Ostatnia tajemnica
Leonarda da Vinci

Ostatnia tajemnica Leonarda da Vinci

David Zurdo
Ángel Gutiérrez

Przekład
Ewa Morycińska-Dzius

AMBER

Tytuł oryginału
EL ÚLTIMO SECRETO DE DA VINCI

Redakcja stylistyczna
JACEK ZŁOTNICKI

Redakcja techniczna
ANDRZEJ WITKOWSKI

Korekta
KATARZYNA KUCHARCZYK
ANNA MATYSIAK

Ilustracja na okładce
LEONARDO DA VINCI, AUTOPORTRET, BIBLIOTECA REALE, TURYN
CAŁUN TURYŃSKI, KATEDRA ŚW. JANA CHRZCICIELA, TURYN

Opracowanie graficzne okładki
STUDIO GRAFICZNE WYDAWNICTWA AMBER

Skład
WYDAWNICTWO AMBER

Wydawnictwo Amber zaprasza na stronę Internetu
http://www.wydawnictwoamber.pl

ISBN 83-241-2040-8

Człowiekowi z Całunu poświęcamy

Non nobis, Domine,
*sed Nomini tuo da Gloriam...**

Napis na sztandarze zakonu templariuszy

---

* *Non nobis, Domine...* (łac.) – Nie nam, Panie, lecz Twojemu imieniu przyniesie sławę...

W ostatnich latach XIX wieku pod Pont au Change w Paryżu
na dnie Sekwany znaleziono tajemniczy medalion z ołowiu.
Były na nim herby rodów de Charny i de Vergy
oraz ryt, przedstawiający Święty Całun Chrystusa.
Medalion zbadał pewien profesor Sorbony i odkrył
ukryte w jego wnętrzu, zamknięte w metalowej kapsule
zagadkowe przesłanie zakonu templariuszy.
Obecnie kopię medalionu można oglądać w zbiorach
muzeum opactwa Cluny.

Część pierwsza

1

Rok 1502, Florencja, Rzym

Światło poranka odbijało się w kroplach wody fontanny stojącej pośrodku Piazza della Signoria we Florencji; był to ten sam plac, który kilka lat wcześniej widział wielki stos i płomienie pożerające Savonarolę, a wkrótce potem z dumą przyjął posąg Dawida dłuta Michała Anioła. Człowiek spacerujący wokół fontanny, odziany w wytworną tunikę, wydawał się zatopiony w myślach, daleki od tłumu na placu. Zupełnie jakby nie słyszał stukotu kół powozów po bruku, głosów handlarzy i przekupek, rozmów krzątającej się służby z Palazzo Vecchio i z Loggia dell'Orcagna. Miał bujną siwą brodę przydającą mu dostojeństwa, twarz przedziwnej urody, głębokie spojrzenie i majestatyczny chód. Był to boski Leonardo da Vinci. Liczył wówczas pięćdziesiąt lat i od kilku miesięcy jako inżynier wojskowy pozostawał w służbie Cezara Borgii.

Leonardo przemyśliwał nad nowym zamówieniem swego pana, dziełem trudnym i skomplikowanym, czymś pomiędzy sztuką a nauką. Borgia głęboko wierzył w jego talent, Leonardo zdołał bowiem zaprojektować z sukcesem umocnienia w prowincji Emilia Romagna. Ale teraz chodziło o coś zupełnie innego, o pracę, którą trzeba było wykonać w największej tajemnicy; przy tym Leonardo wcale nie był pewien, czy uda mu się spełnić to życzenie.

W miarę jak słońce, pełne blasku u schyłku lata, opisywało swą drogę po łuku nad horyzontem, zgiełk na placu powoli cichł. Było południe i niemal wszyscy jedli posiłek albo odpoczywali po porannej pracy. Jednak Leonardo wciąż okrążał powoli fontannę, ze wzrokiem utkwionym gdzieś daleko, nieobecnym, zapatrzonym w jakieś odległe miejsca.

Nagle wzniósł oczy na Króla Gwiazd, a jego źrenice zwęziły się, gdy padł na nie blask. Oślepiony, spuścił głowę i wpatrzył się w jakiś punkt na bruku. Przez długą chwilę stał tak nieporuszony, a potem szybko ruszył naprzód. Szedł wielkimi krokami; musiał podtrzymywać tunikę, by nie zaplątać się w nią i nie upaść. Jego twarz rozjaśniła się dziecięcą radością.

Przebiegł plac przed fasadą Palazzo Vecchio i zostawiwszy za sobą szerokie łuki Logii, skierował się do swej pracowni, położonej niedaleko. Na rogu ulicy o mały włos nie przejechał go powóz, ale nawet wtedy nie zwolnił. Leonardo zwykle był spokojny i pogodny, ale ilekroć nawiedzał go z gwałtowną siłą jakiś pomysł, zmieniał się w rozpłomienionego entuzjazmem młodzieniaszka. Czasami przy pracy energia zdawała się go pochłaniać, a bywało, że mijały długie godziny czy nawet dni, kiedy tylko rozmyślał. Natchnienie było połową jego geniuszu; drugą połową – intelektualna refleksja. Dlatego zyskał sławę artysty powolnego i umiarkowanego, na co wskazują trzy lata poświęcone na malowanie mistrzowskiego dzieła *Ostatnia Wieczerza* na ścianie refektarza klasztoru Santa Maria delle Grazie w Mediolanie.

Przed tygodniem Cezar Borgia wezwał go do siebie do Rzymu. Chociaż Leonardo pozostawał u niego w służbie, a Borgiowie nie cieszyli się popularnością we Florencji, mistrz uzyskał zezwolenie na zamieszkanie w tym mieście, znajdującym się tak blisko jego rodzinnego Vinci. W środku nocy obudził go posłaniec z wiadomością od Cezara: ma natychmiast jechać do Rzymu, nie tracąc czasu na przygotowania.

Leonardo miał charakter słaby, ale niezależny, ogromnie więc nie lubił, gdy zmuszano go do spełniania kaprysów różnych panów i protektorów, w których służbie lub pod których opieką pracował całe życie. W dodatku Cezar Borgia był człowiekiem nieobliczalnym. Sława okrutnego zbrodniarza zmuszała go do ciągłej uwagi i ostrożności wobec innych. Trudno było przewidzieć, co mu przyjdzie do głowy, bo jego oblicze nigdy nie zdradzało prawdziwych zamiarów. Nawet pożerany przez wilki śmiałby się i żartował ze swego bólu; błyskotliwy i przebiegły, rzadko pozwalał sobie na prawdziwie naturalne zachowanie, stale ukryty pod chytrą maską obojętności i cynizmu.

Kiedy Leonardo przybył do Rzymu, zaprowadzono go prosto do Pałacu Watykańskiego, rezydencji Jego Świątobliwości. Tam Cezar i jego ojciec Rodrigo, papież, który przybrał imię Aleksandra VI, oczekiwali go z wielką niecierpliwością. W owym czasie sława Leonarda była już ogromna nie tylko we Włoszech, ale także we Francji i w całej Europie. Wszyscy cenili go jako genialnego artystę i znakomitego inżyniera. I chociaż podziw i zachwyt, jakim darzyli go współcześni, nie obudził w nim pychy, lubił, gdy traktowano go z szacunkiem. Wiedząc o tym, Borgiowie zachowywali się wobec niego miło i uprzejmie, czego nie zwykli robić w stosunku do większości swych sług.

Podniecenie tych dwóch głów potężnego rodu spowodowane było zdarzeniem wywołanym przez nich samych jakiś czas temu, które jednak zaowocowało w sposób nagły i niespodziewany. Cezar znał z ksiąg i zwojów, które przechowywano w Bibliotece Watykańskiej, legendy o niezwykłej mocy tkwiącej w mitycznym Całunie z odbiciem twarzy Jezusa. Całunie, w który galilejski biedak został owinięty po śmierci na krzyżu i w którym, według Pisma, przeleżał dwie noce i jeden dzień przed swym Zmartwychwstaniem. Od połowy XV wieku ów Całun znajdował się w posiadaniu jednego z najpotężniejszych rodów włoskich, dynastii sabaudzkiej, która otrzymała go jako legat od swych dawnych opiekunów, Francuzów z rodu Charny, nie bez uprzednich licznych dysput.

Cezar chciał mieć Całun dla siebie jako symbol boskiej opieki, który umocniłby, bądź nawet pomnożył jego potęgę, a może także zmazał ślady jego okrutnych czynów. Lecz Sabaudczycy – jego wrogowie, i to wrogowie potężni – nie daliby sobie wydrzeć tak cennej relikwii. Tylko w przebiegłej głowie młodego Borgii mógł się zrodzić plan jej zdobycia. Plan ten okazał się w gruncie rzeczy prostszy niż w jego pierwotnym zamierzeniu, jako że odwoływał się do jednej z najpowszechniejszych cech natury ludzkiej, do najniższego z instynktów człowieka: pożądliwości.

Borgiowie postanowili wysłać młodą, ładną i niedbającą o skrupuły dziewczynę, by uwiodła Karola, młodszego syna księcia Sabaudii Filiberta; ten, owładnięty nieodpartym urokiem dziewki, miał pokazać jej Całun, zazdrośnie strzeżony, a w zamian otrzymać upragnioną rekompensatę w naturze. Kobieta z miodową słodyczą miała go zobowiązywać do coraz większych ustępstw aż do chwili, gdy zdoła wykraść relikwię i umknąć z Chambery, zabierając ją ze sobą.

Plan się powiódł. Nawet lepiej niż Cezar przewidywał. Karol Sabaudzki, naiwny młodzieniaszek, nie mógł się oprzeć urokom perfidnej wysłanniczki Borgiów. Dał się omotać fałszywymi wyznaniami miłości i pozwolił, by cenny Całun został wykradziony. To wywołało dokładnie taką reakcję rodu, jaką Cezar przewidział. Początkowo zachowywano całą rzecz w tajemnicy, by zarówno utrzymać dobre imię chłopca, jak i uniknąć wrogości ludu, uwielbiającego swą relikwię, chociaż tylko z rzadka pokazywano ją publicznie. Ale równocześnie starano się dociec, kto stał za kradzieżą, bo przecież niemożliwe było, aby jeden człowiek uknuł całą intrygę, zdobył dokumenty umożliwiające wejście na terytorium Sabaudii i miał informacje niezbędne, by doprowadzić sprawę do końca. To właśnie wywołało podniecenie Borgiów: musieli jak najszybciej zdobyć kopię Całunu tak dokładną, by nikt nie potrafił jej odróżnić od oryginału; w ten sposób będą mogli zwrócić ją Sabaudczykom i zarazem ogłosić, że złodziejkę schwytano na ich terytorium. Prawdziwą relikwię zatrzymają dla siebie, a jednocześnie osiągną korzyści dyplomatyczne.

Ale Cezar, choć nie był ekspertem, jako wykształcony, subtelny i bystry człowiek Renesansu, wiedział, że wykonanie kopii identycznej z wątłym odbiciem na Całunie nie będzie łatwe. I tu miał wkroczyć Leonardo, najbardziej ceniony malarz Włoch, człowiek o wielkim dorobku artystycznym i naukowym, mistrz realizmu, postaci umieszczonej w plenerze, mistrz *sfumato**. Jeśli ktoś może tego dokonać, to tylko on.

– Witaj, drogi mistrzu – rzekł papież, gdy da Vinci zbliżył się do niego, by ucałować pierścień. – Musisz wybaczyć memu synowi. Jest zbyt popędliwy.

– Niechaj Wasza Świątobliwość nie prosi o wybaczenie swego najniższego sługi, jeno wyjaśni mi, jeśli można, powód tego pośpiechu – odparł Leonardo dwornie, ale z nutką irytacji.

Cezar obserwował obu oczami drapieżnego ptaka, badawczo, jakby chciał spojrzeniem wwiercić się w ich dusze. Teraz włączył się do rozmowy. Mówił swym zwykłym tonem, bardziej stanowczo niż ojciec, niemal ze złością:

– Mamy dla was zadanie, mistrzu. Musicie zdecydować bez dalszych wstępów.

– Dobrze mówicie, panie. Lepiej zaoszczędzić sobie ceremonii. Objaśnijcie mi zatem, o co idzie.

– Zanim zaspokoimy waszą ciekawość, powiedzcie mi tylko, co wiecie o Całunie Chrystusa?

Leonardo natychmiast pojął o wiele więcej, niż dał do zrozumienia odpowiedzią. Wolał się nie ujawniać przed Cezarem; nie chciał pokazywać wiedzy, którą ten w swej pysze uważał za jedynie jemu przynależną.

---

* *Sfumato* (wł.) – w malarstwie łagodne przejścia z partii ciemnych do jasnych, dające mgliste efekty (przyp. tłum.).

– Znam legendę – powiedział obojętnie. – Materiał, który przedstawia odbicie ludzkiego ciała. Jest czczony jako odbicie ciała Chrystusa. – Zauważył, że twarz Cezara lekko poczerwieniała, choć nie stracił panowania nad sobą.

– I nic więcej?

– Nic... no, właściwie tak. Wydaje mi się, że należy do książąt Sabaudii? Chociaż kopie są rozproszone po wszystkich krajach chrześcijańskich.

Cezar wolał nie reagować na te słowa – pełne zuchwałości, lecz subtelnej – by uniknąć jakiegokolwiek bezpośredniego ataku. Skierował się powoli do srebrnej arki, otworzył ją i wyciągnął Całun złożony we czworo, co było tradycyjnym sposobem przechowywania go od legendarnych czasów Edessy, od czego otrzymał nazwę *tetradiplon**.

Leonardo ujrzał zamglone oblicze Jezusa zajmujące środek górnej części Całunu, zwanej Mandylionem, oblicze pozbawione bólu, poważne i pełne spokoju. Gdyby przedtem widział tę twarz, nie żartowałby z niej. Patrzył na nią z podziwem artysty doceniającego dzieło najwyższej miary.

– Ach! Cóż za pogodna piękność! – wykrzyknął.

Papież Aleksander rzucił pełne aprobaty spojrzenie na syna, które ten, ciągle urażony ironią Leonarda, przyjął z lodowatym chłodem. Widać było, kto naprawdę rządzi w rodzinie Borgiów.

– Widzę, że i wy, mistrzu, podzielacie podziw wszystkich, którzy widzieli ten Całun – rzucił Cezar pogardliwie.

– Teraz pojmuję, teraz wszystko pojmuję... – Leonardo nadal wpatrywał się w odbicie.

– Co takiego, mistrzu? – spytał papież.

– Pojmuję, dlaczego nazywają to postacią nienamalowaną ludzką ręką – odparł da Vinci, ciągle pochłonięty kontemplacją. – Niemożliwe, by człowiek stworzył coś takiego.

Twarz Cezara Borgii, dotąd dumna i pyszna, spoważniała.

– A jednak musi, ten, który to skopiuje – rzekł ostro, niemal gniewnie.

W obszernej, bogato udekorowanej sali zapadła cisza. Wydawało się, że anioły z fresku ozdabiającego plafon przerwały na chwilę swą alegoryczną pracę i spoglądały z wyżyn niebiańskich na ludzi, oczekując rozwiązania. Zwierciadła w złotych ramach, umieszczone pośrodku każdej ściany odbijały, niewzruszone, postaci trzech mężczyzn.

---

* *Tetra* (gr.) – pierwsza część wyrazów złożonych, oznaczająca poczwórność (przyp. tłum.).

Nagle Leonardo rzekł z niesłychaną otwartością:

– Ja nie jestem odpowiednim artystą. Nie potrafię namalować takiego samego Całunu. Pomówcie z Michałem Aniołem; może on...

– Mowy nie ma o Michale Aniele! Jak możecie wspominać, mistrzu, o tym, który nas tak lekceważy? To człek utalentowany, ale nierozsądny i grymaśny! – wykrzyknął Cezar z wściekłością. – Nie za to wam płacę, byście mi mówili, że czegoś zrobić nie możecie. Nie pytam was, czy możecie: pytam, ile czasu wam to zabierze.

Przez całe życie Leonardo unikał sytuacji, w których trzeba było się komuś sprzeciwić. Zawsze szukał zgody ze wszystkimi, z którymi – wielekroć z powodu rywalizacji wywołanej przez osoby trzecie – wdał się w dyskusję czy zwadę. Gotów był nawet wziąć na siebie winę, która niemal nigdy nie była jego, był bowiem z natury serdeczny i łagodny, a próżność i zarozumialstwo były mu zupełnie obce. I choć przysporzyło mu to kilku niefortunnych epizodów, przede wszystkim w stosunkach z Michałem Aniołem Buonarottim – którego zresztą w tajemnicy podziwiał – wolał postępować właśnie tak.

– Dobrze. – Leonardo skłonił głowę. – Postaram się wykonać to, o co mnie prosicie. Ale nie mogę niczego obiecać. A co do czasu, będę potrzebował co najmniej roku; może nawet więcej...

– Najwyżej cztery tygodnie – powiedział Cezar, wyraźnie uspokojony. Nie mamy więcej czasu.

– Jesteśmy pewni, że wykonacie to z właściwym wam mistrzostwem – wtrącił papież. I po chwili spytał: – Jaka jest wasza dewiza, mistrzu?

– *Obstinato rigore**, Wasza Świątobliwość – odparł da Vinci cicho.

– Najwyższa dokładność w osiąganiu doskonałości, tak, właśnie to: najwyższa dokładność.

---

* *Obstinato rigore* (łac.) – z najwyższą dokładnością (przyp. tłum.).

2

Rok 1888, Paryż

Noc była zimna i ponura. Paryż, Miasto Świateł, zamieniał się o tej porze w czarną ścianę cieni, którą z trudem przebijały słabe latarnie uliczne. Gazowe latarnie jeszcze nie dotarły do tej części miasta. W powietrzu zabójczy odór pleśni bijący od Sekwany mieszał się z odstręczającą wonią gnijących ryb z podwórek i śmietnisk sięgających aż do rzeki. A nad tym wszystkim fetor stęchłego piwa wydobywający się z podejrzanych spelunek. To właśnie tu opryszkowie, pijacy i prostytutki bawili się aż do nadejścia świtu, a budzące strach indywidua knuły intrygi i planowały morderstwa.

Jean Garou wracał do domu, tak jak każdej nocy, no, może trochę później niż zwykle. Miał w pobliżu portu sklep rybny, który należał do jego rodziny od wielu pokoleń: waląca się rudera z gnijących desek, pamiętająca lepsze czasy. Skierował kroki na nabrzeże, rozglądając się ze strachem i próbując przebić wzrokiem ciemności. Napadli go już kilka razy; raz nawet poważnie go raniono. Odruchowo dotknął ręką blizny przecinającej policzek.

— To niedobre czasy dla uczciwych ludzi – wyszeptał. W oddali usłyszał żałosne wycie psa, jakby na potwierdzenie jego słów.

Spojrzał na niebo. Pokrywały je chmury, ale od czasu do czasu księżyc w pełni ukazywał swoje oblicze. Srebrzyste światło miesiąca padało na katedrę Notre Dame, wznoszącą się na Île de la Cité*, nadając jej sylwecie iście baśniowy wygląd. Krążyło wiele legend o tej katedrze, starych

---

* Île de la Cité (fr.) – wyspa na Sekwanie, najstarsza część Paryża (przyp. tłum.).

opowieści o tajnych stowarzyszeniach i potężnych rycerzach. Garou często się zastanawiał, ile jest w nich prawdy.

Kiedy księżyc znowu wyłonił się spoza chmur, coś się wydarzyło. Przez krótką chwilę Jeanowi wydało się, że dostrzegł jakiś delikatny blask w rzece. Podszedł do samego skraju nabrzeża, zaintrygowany i przestraszony zarazem. Próbował dojrzeć coś w ciemnych wodach, ale bezskutecznie. Ukląkł i wpatrzył się w rzekę z jeszcze większą intensywnością. Wreszcie pochylił się tak, że niemal dotknął powierzchni wody.

– Czego...?

Za jego plecami rozległy się kroki i groteskowy chichot. Hałas tak zaskoczył Garou, że stracił równowagę i wpadł do rzeki. Nagle otoczyła go całkowita ciemność. Wykonywał gwałtowne ruchy rękami i nogami, usiłując wydostać się na powierzchnię lodowatej wody. Na próżno. Zahaczył o coś stopą i nie mógł się ruszyć. Przeraził się tak bardzo, że zapomniał, gdzie się znajduje, i krzyczał, krzyczał z całej siły. Ale słyszał tylko dziwny, głuchy dźwięk. Cuchnąca woda wlewała mu się do płuc. Tonął. Czuł, że myśli rozpływają się w tej samej wodzie, która go zabijała. Ostatni raz popatrzył w niebo. Księżyc ukazał się między chmurami, otoczony zielonkawą zniekształconą aureolą... I wtedy Garou to zobaczył. Było tuż przy nim. Resztkami sił powoli wyciągnął rękę. Poczuł chłodne dotknięcie na opuszkach palców. Dreszcz przebiegł jego ciało, gdy już trzymał to w dłoni. Wreszcie był wolny. Coś, co przytrzymywało mu nogi, zniknęło.

Kiedy wydostał się na powierzchnię, był zdrętwiały z zimna i bolały go płuca. Z trudem wrócił na bezpieczną przystań, gdzie jakiś czas tkwił nieruchomo, wymiotując wodą i usiłując złapać oddech.

3

Pracownia Leonarda da Vinci mieściła się w samym centrum Florencji. Wśród trzeszczenia rylców i dłut rozprawiano o zasadach sztuki; panowała tu renesansowa atmosfera, jaką można by znaleźć chyba tylko w samym Duomo Brunelleschiego*.

Leonardo wpadł do pracowni zdyszany szybkim biegiem. Tylko Salai, swego ulubionego ucznia – choć nie ze względu na umiejętności – zastał przy pracy. Modelował właśnie, w ramach nauki rzemiosła, niezbyt udaną figurę konia, na podstawie rysunku mistrza. Pierwotny projekt pomnika księcia Mediolanu Francesca Sforzy nigdy nie doczekał się realizacji, ale Leonardo od lat tworzył kolejne jego wersje.

– Mam! Wreszcie mam! Trzeba być głupcem...

– Mistrzu! – Salai aż podskoczył na te krzyki. – Co się z wami dzieje?

– Zostaw to, kochany, mamy teraz co innego do roboty.

Po spotkaniu z Rodrigiem i Cezarem Borgiami Leonardo wpadł w przygnębienie. Cztery tygodnie to za mało na wykonanie kopii. Nawet gdyby chodziło o kopię zwykłego obrazu czy rzeźby. A ten Całun nie został namalowany ludzką ręką. Musi to dokładnie przeanalizować, zdecydować, jaką technikę zastosować, jaką podstawę, jakie barwniki... I musi zapanować nad sobą: najtrudniejsze zadanie w jego życiu było też największym wyzwaniem.

Uważnie obejrzał Całun i stwierdził, że to lniane płótno utkane w specyficzny sposób zwany „rybią ością". Materiał wykonany tą techniką

---

* Filippo Brunelleschi (1377–1446) – włoski architekt i rzeźbiarz, twórca florenckiej katedry (wł. *Duomo*) (przyp. tłum.).

wygląda wyjątkowo pięknie, ale może być mniej wytrzymały. Leonardo zamówił wykonanie podobnego materiału w warsztacie rodziny Scevola, która od ponad stu lat produkowała najdelikatniejsze tkaniny we Florencji i w całej Toskanii.

Pod uważnym wzrokiem Leonarda odbicie okazało się zniszczeniem samej tkaniny, śladami na płótnie spowodowanymi procesem degradacji. Nie było żadnego barwnika ani niczego, co mogłoby wywołać przebarwienie. Oczywiście odnalazł plamy krwi, otoczone wyschniętnym osoczem, zawsze obecnym, kiedy krew wypływa ze świeżej rany. W wielu miejscach były także plamki wosku, najprawdopodobniej z maści używanych przy obrzędach. Były też miejsca przypalone, rozdarte i poszarpane. A co do samego odbicia, ciało, którego ślad było widać, musiało być okrutnie torturowane. Była to twarz człowieka zmarłego męczeńską śmiercią. Prawy policzek był opuchnięty, a ślady ran i okaleczeń widniały na całym ciele. Korona cierniowa pozostawiła krąg maleńkich krwawiących ran wokół głowy. Falista krwawa pręga przecinała czoło. Biczowania, okrutne pchnięcie kopią w bok... płótno zachowało wszystkie te przerażające ślady.

Leonardo był świetnym anatomem. Wykonał ponad dwadzieścia sekcji ciał nieboszczyków, niektóre ze swym dawnym mistrzem Verrocchiem*. Pomogło mu to zrozumieć dziwne ułożenie ciała, pochodzenie i kształt ran – wyciągnięte ręce z kciukami zwróconymi do środka dłoni i nogi różnej długości – bez odwoływania się do legend, wedle których Jezus był kulawy. Chociaż wiele starych obrazów przedstawiających Chrystusa ukrzyżowanego było zgodnych z tym, co Leonardo zauważył na Całunie. *Ukrzyżowanie* Masaccia** także przedstawiało Jezusa z odrzuconą głową, nieostrzyżonymi włosami i nogami różnej długości: jedna była ugięta, tak by krzyżowała się z drugą przy przybijaniu do drzewca gwoździem przechodzącym przez obie stopy. Na Całunie dziury po gwoździach widoczne były na nadgarstkach, podczas gdy tradycyjnie przedstawia się je na dłoniach.

Ale najbardziej zdumiało Leonarda, że odbicie było jasne w miejscach, które powinny być ciemne, a ciemne w miejscach, które powinny być jasne. To wydawało mu się niepojęte i chociaż ze wszystkich sił starał się znaleźć wyjaśnienie, nie potrafił. Dopiero cztery wieki później odnalazł

---

* Andrea del Verrocchio, wł. A. di Cione (1435–1488) – włoski rzeźbiarz i malarz, działał we Florencji (przyp. tłum.).
** Masaccio, wł. Tommaso de Ser Giovanni di Simone (1401–1428) – wybitny malarz włoskiego Renesansu (przyp. tłum.).

je pewien adwokat z Turynu, gdy po raz pierwszy spojrzał na oblicze Jezusa w negatywie i pozytywie.

Kiedy pilnowany przez strażników z Watykanu Leonardo opuszczał Rzym, zabierając ze sobą Święty Całun, czuł trudną do określenia mieszaninę emocji. Jako agnostyk musiał ponownie rozważyć, co wydarzyło się w Judei na początku naszej ery. Jako artysta cierpiał podwójnie: był przejęty stojącym przed nim wyzwaniem i zarazem pragnął mu sprostać. Jako człowiek nauki stanął w obliczu tajemnicy, która sprawiała wrażenie niemożliwej do rozwiązania.

Gdy obejrzał Całun już spokojnie, przypomniał sobie eksperyment, który przeprowadził wiele lat temu w Mediolanie i który mógłby posłużyć – po udoskonaleniach – do skopiowania Całunu. W pewnej starej arabskiej księdze alchemii przeczytał, że można impregnować płótno lub pergamin solami srebra, które ciemnieją i zostawiają ślady w kontakcie ze światłem. Zrobił kilka bardzo interesujących prób, przede wszystkim przy użyciu *camera obscura*: jeśli umieścił światłoczułą tabliczkę w odpowiedniej odległości od otworu, uzyskiwał reprodukcje rzeczywistych obrazów, tyle że rozmazane i jednobarwne. Nie znalazł wtedy sposobu na polepszenie jakości odbitych obrazów, a po wyjeździe z Mediolanu przestał służyć Sforzom i zapomniał o całym pomyśle.

Odbicie na Całunie i jego *luximagos*, jak je nazwał – czyli „wizerunki utworzone przez światło" – miały bardzo dziwną cechę: oba przedstawiały postaci robiące wrażenie reliefu, jakby w rzeczywistości nie były płaskie. Ale Całun nie miał „perspektywy"; jakby pozbawiony jakiegokolwiek określonego źródła światła. Leonardo odgadł przyczynę dopiero w chwili, kiedy pojął to, co podstawowe i nie do logicznego zrozumienia, choć przez to nie mniej zdumiewające. Jeśli Ciało emitowało jakiś rodzaj światła, nie było potrzeby żadnego zewnętrznego źródła. Wyjaśniało to także różnice intensywności wizerunku w miejscach większej lub mniejszej odległości Ciała od płótna, takich jak oczodoły, boki, nos albo ręce.

Przez pierwszy tydzień Leonardo sporządzał szkice kolejnych fragmentów Całunu. Jeżeli zdoła wykonać nadruk na płótnie Scevoli – czego nie był pewien – musi dokładnie skopiować plamy krwi i wosku, ślady złożenia materiału i rozdarcia. Subtelność wizerunku na materiale wymagała wykonania wielu prób, aż do osiągnięcia oczekiwanego efektu. Nie potrafił jeszcze sporządzić precyzyjnego nadruku na tle, a bez tego cała praca była na nic.

4

Jean był zdezorientowany. Rozglądał się dookoła, usiłując sobie przypomnieć, gdzie jest. Całe ciało miał obolałe i dygotał z zimna. Przez chwilę myślał, że zaatakowano go ponownie. Przypominał sobie mętnie jakiś chichot i potem... nic. Jego umysł odmawiał ujawnienia, co się zdarzyło później. Pamiętał tylko, że wpadł do rzeki.

Z ulgą stwierdził, że ulica jest pusta. Zaczęło się rozjaśniać i zdołał dostrzec swój sklepik, jakieś sto metrów dalej. Próbował wstać, ale zakręciło mu się w głowie i znowu upadł na ziemię. Czuł się bardzo słaby i było mu niedobrze. Udało mu się usiąść. Kiedy oparł rękę o ziemię, poczuł ból. Dłoń była pokryta zielonkawym mułem i plamami zaschniętej krwi. Skaleczenia były jakieś dziwne: wyglądały jak półksiężyce, jedna rana pod palcami, druga przy kciuku. Patrzył na te ślady z mieszaniną obawy i niedowierzania, zastanawiając się, w jaki sposób powstały.

Chłodny powiew od rzeki smagnął mu twarz i Jean znowu zadygotał. Zęby mu szczękały, a ten dźwięk wydawał się jeszcze głośniejszy w ciemnościach. Wykręcił głowę tak mocno, że aż coś chrupnęło w szyi. Wydawało mu się, że ktoś go obserwuje, chociaż nie widział w pobliżu nikogo.

Podniósł się tak gwałtownie, że o mało ponownie nie stracił równowagi. Usłyszał głuchy dźwięk pod stopami. Spojrzał w dół i stwierdził, że na ziemi leży jakiś ciemny przedmiot. Podniósł go, niemal na niego nie patrząc, wsunął do kieszeni i ruszył pospiesznie w kierunku niedalekiego Pont au Change. Przebiegł na drugą stronę rzeki i nie zwolnił aż do chwili, kiedy nie miał już sił biec. Gdy dotarł do domu, ciągle dyszał z wysiłku. Gwałtownie zatrzasnął za sobą drzwi i przebiegł oba piętra jak oszalały, sprawdzając okna i upewniając się, czy jest sam.

Trochę spokojniejszy, włożył koszulę nocną i zmył muł pokrywający mu twarz i ramiona. Potem napalił w piecu i padł na krzesło stojące obok. W ręku trzymał przedmiot podniesiony z ziemi.

Dom, choć nieduży i skromny, już od jakiegoś czasu miał bieżącą wodę, dzięki reformom Haussmanna*. Na parterze były przestronna kuchnia, spiżarnia i łazienka. W sypialni na piętrze stały łóżko i wysłużona szafa, której brakowało jednego skrzydła drzwi. Garou był kawalerem i nigdy nie zadał sobie trudu, żeby ją naprawić.

Przy piecu leżała sterta narąbanego drewna. Wziął jedno polano i wrzucił do ognia. Ciągle było mu zimno. Wpatrywał się uważnie w przedmiot, który trzymał w ręku. Był okrągły, chociaż brzegi wydawały się jakby naderwane, i niemal całkowicie pokryty zielonym nalotem, tak jak łańcuch przyczepiony do głównej części. Jeanowi przemknęła przez głowę pewna myśl. Położył przedmiot na prawej dłoni. Ślady skaleczeń pasowały idealnie do brzegów przedmiotu. Wyglądało na to, że ściskał go w ręku z taką siłą, że brzegi wbiły się w ciało.

Nagle przypomniał sobie, co się wydarzyło. Wrażenie było tak wielkie, że przez chwilę nie mógł oddychać. Jakby jeszcze był tam, w rzece, otwierał usta, starając się chwytać odrobinę powietrza. Znowu czuł mdłości, a nawet smak brudnej wody. Gwałtownym ruchem odrzucił medalion. Przy uderzeniu o podłogę część zielonego nalotu odpadła, ukazując coś, co wyglądało jak metal. Jean był śmiertelnie przerażony. Siedział nieruchomo na krześle, wpatrując się w przedmiot. Nie miał odwagi się ruszyć, ale nie chciał też, żeby to pozostało w jego domu jeszcze choćby chwilę. Wreszcie zdołał się podnieść. Jego odzienie ciągle śmierdziało błotem i było wilgotne. Ubierając się, nie przestawał patrzeć na przedmiot, który leżał w tym samym miejscu, w którym upadł. Ujął pogrzebacz i przyciągnął nim przedmiot, zahaczywszy o łańcuch. Potem wziął szmatkę, w której trzymał chleb, i ostrożnie włożył medalion do środka, starając się go nie dotykać.

---

* George Eugene Haussmann (1809–1891) – prefekt departamentu Sekwany, inicjator nowoczesnej przebudowy Paryża (przyp. tłum.).

5

Skłonność Leonarda do zdobywania wiedzy we wszelkich jej przejawach wykraczała poza zwykłą ciekawość. I choć w jego epoce nie wolno było prowadzić zbyt daleko idących badań, jego duch mógł ulatać swobodnie przynajmniej w części ogólnie dostępnej: Renesans popierał rozluźnienie kontroli sprawowanej przez Kościół. Ale i tak wszystko, co oznaczało myśl w czystej formie, mogło zostać uznane za herezję lub bluźnierstwo; inkwizycja papieska była upoważniona do interweniowania w przypadkach zboczeń i tego, co uważano za niebezpieczne dla doktryny. Akceptację od stosu dzieliła bardzo cienka linia, wyznaczająca granicę pomiędzy religijną ortodoksją a ideami, które mogłyby zagrozić jej hegemonii.

Ale Toskańczyk czuł taki głód wiedzy, dociekania sensu świata i jego cudów, że nie zaniedbywał żadnej okazji do zdobywania nowych wiadomości. A były to właśnie tematy zakazane, budzące największe zainteresowanie w ludziach tamtej epoki. Wśród dyscyplin ezoterycznych poczesne miejsce zajmowała alchemia i chociaż uważano ją czasem za rodzaj magii – jak to się często dzieje w przypadku czegoś, czego się nie zna lub co budzi lęk – wielu zapewniało, że dzięki tym praktykom można dokonać niezwykłych cudów.

Leonardo po raz pierwszy zetknął się z alchemikami w Mediolanie, gdy pozostawał w służbie u księcia Ludwika zwanego Maurem, głowy dynastii Sforzów i syna jej założyciela Francesca, który zagarnął księstwo w 1450 roku i stworzył z niego kwitnący, potężny kraj. Tam właśnie mistrz poznał pewnego staruszka, nikczemnego wzrostu i o niepozornym wyglądzie, ale o wielkiej sile ducha. Ambrogio de Varese, nazywany Wielkim Cudotwórcą, pełnił funkcję astrologa – medyka księcia Maura. Mówiono, że ma już ponad dwieście lat i potrafi czynić cuda.

Jak zdołał wybadać Leonardo, Varese był z pochodzenia Żydem, ale przeszedł na chrześcijaństwo wraz z całą swoją rodziną, pod opieką biskupa Palermo Giacomo de Varese, od którego przyjął nowe nazwisko (prawdziwego nikt nie znał). Przewędrował całe Włochy, znaczną część Europy, Afryki Północnej i krajów Wschodu. Mówił dziesiątkami języków i posiadał rzeczywiście ogromną wiedzę. W Mediolanie, gdzie pracował dla Sforzów, utworzył z grupą uczniów lożę, w której praktykowano alchemię, a także dziwne wschodnie ćwiczenia fizyczne. Towarzystwo było dobrze znane, ale swoje praktyki utrzymywało w najgłębszej tajemnicy.

Członkowie loży, nazywający się między sobą „braćmi", byli, jak wieść głosiła, ascetami o wysokim morale, powściągliwymi i uczciwymi, z zapałem zdobywającymi wiedzę. Ich celem było osiągnięcie doskonałości moralnej, a nie poszukiwanie kamienia filozoficznego czy uniwersalnego lekarstwa; starali się zmienić człowieka w istotę najwyższą, ponad wszelkim materializmem. A jeszcze bardziej niż na próbach przedłużenia cielesnej egzystencji zależało im na pełnym rozwoju duchowym, oczyszczeniu duszy ludzkiej.

Ich znakiem było jajko – nieporównywalny z niczym symbol energii i życia – a swoje praktyki, dyscyplinę i filozofię nazywali Królewską Wiedzą. Przestrzegali bardzo ścisłych zasad, w swoich rytuałach używali dziwnej symboliki pełnej alegorii. Do zapisywania swoich notatek używali hermetycznej grafiki zwanej *Alfabetem Honoriusza z Teb*, powstałej w początkach chrześcijaństwa. Dla tych ludzi dwanaście operacji alchemicznych miało również sens duchowy i realizowali je jako symboliczny sposób osiągnięcia rozwoju wewnętrznego. Ich kodeks, zaakceptowany przez wszystkich członków, zawierał cztery podstawowe obowiązki: nie zajmować się niczym innym poza uzdrawianiem i ulepszaniem życia, spotykać się w pierwszą niedzielę miesiąca w loży z pozostałymi braćmi, wziąć na siebie obowiązek wykształcenia ucznia i strzec tajemnic stowarzyszenia nawet w obliczu niebezpieczeństwa śmierci.

Sam Varese nawiązał kontakt z Leonardem, kiedy dowiedział się, że ten przybył do Mediolanu na służbę u księcia Maura. Uczonego fascynowało mistrzostwo Leonarda, a wkrótce i Leonardo zainteresował się

Varesem. Stosunki pomiędzy nimi nie osiągnęły stopnia zażyłej przyjaźni. Mieli bowiem odmienne osobowości, częstokroć przeciwstawne, chociaż w dziedzinie duchowej udało im się osiągnąć porozumienie, a to właśnie najbardziej łączy ludzi wyjątkowych. Varese nie tolerował jednak graniczącej z nieustępliwością dociekliwości Leonarda, a ten z kolei nie pojmował ostatecznego sensu orientalistycznych filozofii Varese'a. Mimo to wzajemne kontakty były dla obu pożyteczne i nader pouczające.

Koncepcje stwarzania wizerunków postaci przy użyciu światła dotarły do Leonarda właśnie poprzez Varesego. Ambrogio darzył ogromnym uwielbieniem arabskiego lekarza nazwiskiem Abu Musa al-Sufi, największego alchemika wszystkich czasów, jak o nim mówiono. W swoich badaniach Arab stosował klasyczne substancje alchemików: złoto, rtęć, arszenik, siarkę, sole i kwasy – i odkrył mnóstwo związków dotychczas nieznanych. Były wśród nich sole srebra, które reagowały na światło przy dłuższej ekspozycji. Nigdy jednak nie znalazł praktycznego zastosowania tego interesującego zjawiska.

To Leonardo pierwszy zaczął eksperymentować z pergaminami wymoczonymi w takich solach, robiąc na nich odbicia przy użyciu *camera obscura*. Rezultaty były niezłe, ale Toskańczyk nie mógł rozwiązać jednego problemu: obrazy, jakie uzyskiwał, były blade. Przez kilka miesięcy starał się pozbyć tego defektu, nie osiągnął jednak pozytywnego rezultatu. Kiedy jakiś czas później opuścił Mediolan, zapomniał o tej technice, która go fascynowała i irytowała w równym stopniu.

Teraz, gdy wobec zadania zleconego przez Borgiów cały jego talent był oddany zadaniu, w jego umyśle zrodziła się pewna idea, zamysł równie mętny jak obrazy powstałe z pomocą *camera obscura*. Niemniej coś mu mówiło, że jest na właściwej drodze.

Leonardo używał soczewek przy pracy nad jednym ze swoich najważniejszych wynalazków, który już od lat starał się ulepszyć: teleskopem. Robił coraz to nowe rysunki różnych ich rodzajów, opracowywał metody ich szlifowania, pracował nad ich sferycznością i geometrią. Udowodnił, że poza zdolnościami powiększania lub zmniejszania obrazu soczewki pozwalają regulować załamanie światła.

Nie miał czasu do stracenia. Minęła już ponad połowa owych czterech tygodni danych mu przez Cezara Borgię na wykonanie kopii Świętego Całunu. Po przyjściu do pracowni poprosił Salai o pomoc w sprawdzeniu wszystkich soczewek, które były już wyszlifowane. Niektóre tkwiły w tulejach o rozmaitych przekrojach, pomalowanych wewnątrz na czarno dla uniknięcia refleksów. Inne nie były jeszcze gotowe do użycia, w różnych fazach procesu przygotowywania.

Eksperymenty Leonarda z teleskopem miały bardzo szeroki zasięg i bywało, że wymagały połączenia ponad dwudziestu soczewek. Wmontowywał je, jedną po drugiej, we wnętrze *camera obscura,* którą w tym wypadku był po prostu zamknięty pokój z otworem w jednej ze ścian. Okrągły otwór łączył się z przyległą izbą, wyposażoną w szerokie boczne okna i liczne okrągłe lustra, które skupiały światło w punkcie naprzeciwko otworu. Chyba nikt na świecie nie miał *camera obscura* o tak wielkich rozmiarach.

Płachty, których Leonardo używał do swoich „luksimagów", wykonano z kwadratowych kawałków pergaminu o boku około pół metra, pokrytych na całej powierzchni jodkiem srebra. Proces był powolny, bo czułość reakcji była bardzo ograniczona. Stąd potrzeba zwierciadeł rozjaśniających naświetlane przedmioty. Gdy upływał czas potrzebny do naświetlenia pergaminu, to co zostało na nim odbite, utrwalało się, wystawiając pergamin na działanie oparów rtęci, jednego z ulubionych pierwiastków alchemików, który nazywali *hydroargentum,* czyli płynnym srebrem. W końcu, by uniknąć niepożądanej reakcji uzyskanego obrazu ze światłem już po utrwaleniu, trzeba było bardzo dokładnie zmyć powierzchnię rozpuszczoną w wodzie zwykłą solą. To bowiem hamowało proces. Potem pozostawało oczyścić powierzchnię wodą i można było oglądać pozytywowy obraz przedmiotu, złożony z plam w różnych odcieniach brązu.

Salai przygotował pergamin i zrobili próbę z pierwszą soczewką. Po wymaganym okresie oczekiwania, używając jako obiektu pracy małego modelu konia Francesca Sforzy, zastąpili pierwszą płachtę drugą i w oku *camera obscura* umieścili inną soczewkę. Powtarzali proces, aż wszystkie soczewki zostały wypróbowane.

Początkowo Leonardo był nastawiony entuzjastycznie, ale w miarę uzyskiwania kolejnych obrazów na pergaminach jego entuzjazm malał i w końcu zmienił się we frustrację i zniechęcenie. Tylko jedna soczewka dała obraz konia możliwy do rozpoznania. Ale Leonardo starał się panować nad przygnębieniem; zabrał się do analizowania każdego z pergaminów, zastanawiając się nad przyczynami niepowodzenia.

Pierwszym jego wnioskiem było to, że nie wszystkie zadrukowane miejsca na płachtach zgadzały się ze sobą. Niektóre w ogóle nie zostały naświetlone i przedstawiały kółko rozjaśnione pośrodku. Przy innych, które były zadrukowane w całości, niewyraźne obrazy przedstawiały plamy podobne do siebie, ale o rozmaitych wymiarach.

Musiał się gdzieś pomylić, co do tego miał pewność. Był wszak wystarczająco mądry, żeby nie uważać się za nieomylnego. Ale mimo to nie potrafił zrozumieć, w czym tkwił błąd.

6

Idę, już idę, cierpliwości!

Proboszcz kościoła Saint Germain zastanawiał się z niechęcią, kto może do niego pukać o tej porze. Spał już, kiedy usłyszał stukanie do głównej bramy, musiał więc wstać z łóżka.

– Przestańcie walić w bramę, powiadam! – krzyknął, choć nie wierzył, że jego prośba odniesie jakikolwiek skutek.

Wszedł do głównej nawy od strony zakrystii. Ukląkł przed ołtarzem i przeżegnał się, zanim ruszył dalej ku wejściu. W ręku trzymał kaganek, którym oświetlał sobie drogę. Jego kroki odbijały się głośnym echem od kamiennych ścian. Kiedy w końcu dotarł do drzwi, walenie ustało.

– Kto tam? I czego chce o tak niestosownej porze? – spytał, nie otwierając drzwi. – Czy aby nie goni was jakiś diabeł? – dodał złośliwie.

Odpowiedź dobiegła jakby z bardzo daleka, stłumiona przez grube drzwi. Ksiądz nie zrozumiał prawie nic z tego, co mówił przybysz.

– Co mówicie? Czy dobrze usłyszałem? – zapytał.

Pootwierał liczne zasuwy, zamki i uchylił drzwi. W wąskiej szparze dostrzegł kogoś niskiego i tęgiego. Wygląd i strój świadczyły, że jest to człek prostego pochodzenia. Twarz miał zupełnie bladą i mizerną. Źle zarośnięta blizna przecinała mu prawy policzek. W jednej ręce trzymał mały woreczek, na który patrzył ze strachem i starał się odsuwać go możliwie najdalej od siebie.

– Pytam po raz drugi, kim jesteście?

– Wybaczcie, że wam przeszkadzam, ojcze. Jestem Jean Garou, mam kramik z rybami w pobliżu przystani i mieszkam...

– Nie musicie mi opowiadać całego swojego życia – przerwał mu ksiądz, podnosząc rękę niechętnym gestem. – Co macie tam w środku?

– To jest... to było w rzece, ojcze. Wydaje mi się, że w tym jest jakaś zła moc – wybełkotał Garou ze strachem.

– Naprawdę? I mówicie, że znaleźliście to w rzece? A czy czasem nie na dnie dzbanka z piwem, panie Garou? – Cierpliwość proboszcza była na wyczerpaniu.

– Uwierzcie mi, na miłość boską! Przysięgam, że nie piłem ani kropli. Jestem uczciwym człowiekiem. Wpadłem do rzeki i tam to znalazłem.

Jean nie pojmował, dlaczego ksiądz mu nie chce pomóc. Był pewien, że w tym przedmiocie tkwi jakaś nieczysta siła i że tylko sługa boży może coś na to poradzić. To dlatego zdecydował się wyjść z domu w środku nocy i pójść do pobliskiego kościoła Saint Germain.

– Proszę was, ojcze... – rzekł ze szlochem.

Ksiądz chwilę obserwował go uważnie, nic nie mówiąc. W końcu otworzył drzwi szerzej.

– Dobrze; możecie wejść. .

Kiedy Jean wszedł do świątyni, proboszcz podprowadził go aż do ołtarza. Tam ponownie ukląkł i zrobił znak krzyża; Jean uczynił to samo, by następnie pójść za księdzem przez boczne drzwi, prowadzące do prywatnego mieszkania kapłana. Proboszcz zaprowadził go do małej kuchenki i poprosił, by usiadł, podczas gdy sam dorzucił do ognia. Jean usiadł posłusznie, wpatrując się w księdza nieprzytomnym wzrokiem. Węzełek położył na podłodze w sporej odległości od siebie, ale tak, by nie stracić go z oczu.

– Wypijcie to, panie Garou. – Proboszcz podał mu dymiący kubek. – To rosół z kury, który przyrządziła moja gospodyni. Dobrze wam zrobi.

– Dziękuję, ojcze.

– A teraz opowiedzcie mi łaskawie swoją historię.

Jean opowiedział księdzu wszystko, co wydarzyło się tej nocy, od chwili gdy wyszedł ze sklepiku, aż do momentu, kiedy udał się do kościoła. Proboszcz cały czas go obserwował, to z uprzejmym zaciekawieniem, to znów badawczo, zwłaszcza gdy opowiadał o tym, jak coś złapało go za nogę i jak potem podniósł ów przedmiot. Chwilami musiał go zachęcać, by opowiadał dalej, bo Jean bał się mówić. Gdy skończył, ksiądz milczał chwilę, podczas gdy Garou dopijał rosół, którego początkowo ledwie skosztował.

Proboszcz nie wiedział, co o tym myśleć. Wydawało się, że ten człowiek mówił prawdę. Po cóż miałby zmyślać tak dziwaczną historię? Ale ten błysk w wodzie w kompletnych ciemnościach, siła, jaką wydawał się mieć tajemniczy przedmiot... nic z tego nie miało sensu. Może po prostu ten człowiek nie był przy zdrowych zmysłach. Ksiądz pomyślał nie bez smutku, że jeszcze nie tak dawno pewnie skazano by go za czary, gdyby opowiedział komuś podobną historię.

– Czy możecie mi to pokazać? – spytał.

Jean wahał się chwilę. Szalony czy nie, niewątpliwie był bardzo przestraszony.

– Jest tam w środku. – Wskazał głową węzełek. – Proszę, niech ojciec to weźmie i zrobi z tym, co uzna za stosowne.

– Jak chcecie. – Proboszcz podniósł węzełek i położył na szafce koło paleniska. – Idźcie zatem w pokoju, a ja zajmę się resztą.

Jean odetchnął z ulgą. Na jego zmęczonej twarzy pojawiło się coś w rodzaju uśmiechu.

– Nie wiem, jak mam dziękować... – wykrztusił.

– Och, nie musicie mi dziękować, panie Garou. Wracajcie teraz do domu. I spróbujcie odpocząć i o wszystkim zapomnieć.

Ksiądz odprowadził gościa do wyjścia tą samą drogą, którą przedtem weszli. Tym razem Jean nie tylko ugiął kolana przed ołtarzem, ale klęczał tam dobrą chwilę, oświetlony przez słabe światło woskowych świec. Niewątpliwie dziękował Najwyższemu za Jego bezmierną dobroć. Proboszcz z pewnym zaskoczeniem odkrył, że chce, by sprzedawca ryb już sobie poszedł, a on mógł obejrzeć z bliska ów przedmiot, który wywierał tak silne emocje. Niemniej uszanował jego modły i stał obok, aż Jean się podniósł. Gdy wstawał, proboszcz zauważył, że po twarzy mężczyzny spływają łzy. Podziękowawszy jeszcze raz księdzu za pomoc, Jean opuścił kościół. Ksiądz patrzył za nim aż do chwili, gdy zniknął za rogiem.

Ponownie zamknąwszy ciężkie wrota, skierował się do mieszkania. Ogień prawie wygasł i w kuchni było zimno i ciemno. Oświetlony był tylko mały krąg w pobliżu paleniska. Węzełek ciągle leżał tam, gdzie go położył, teraz okryty mrokiem. Ksiądz wrzucił kilka szczap do ognia, nie zadając sobie trudu zapalenia lampy. Usiadł na prostym sosnowym krześle i położył sobie węzełek na kolanach.

– Zobaczmy, co tu mamy – powiedział do pustego pokoju.

Wsunął dłoń do węzełka i pomacał wnętrze, aż dotknął przedmiotu. Był chropowaty i wilgotny, ale co dziwne, nie było to wrażenie nieprzyjemne. Przeciwnie: czuł coś dziwnego, jakby prąd przebiegający przez rękę, poczynając od końców palców. Tłumaczył sobie, że to tylko wytwór jego wyobraźni. Wyglądało na to, że sprzedawca ryb zaraził go swoim szaleństwem.

W końcu wyjął przedmiot z woreczka i przysunął do ognia, by lepiej go zobaczyć. Jak mówił Jean, był pokryty zielonkawym nalotem. Pewnie to muł i algi, narosłe przez długi czas, kiedy przedmiot leżał w wodzie. Byłoby dziwne, gdyby błyszczał. Chociaż z jednego brzegu nalot zszedł i pozwalał dostrzec metalową część. Proboszcz położył przedmiot na kamiennej podłodze i zaczął ostrożnie uderzać w niego pogrzebaczem. Nie mógł pohamować uśmiechu, gdy stwierdził, że nalot łatwo odpada.

Zaciekawiony przypatrywał się czemuś, co wyglądało jak medalion. Był szary i bardzo ciężki jak na swoje niewielkie rozmiary, musiał więc zostać zrobiony z ołowiu. Wisiał na łańcuszku, który był przerwany, jakby medalion zdarto komuś z szyi. Jedna strona była całkiem gładka, podczas gdy druga przedstawiała coś, co w pierwszej chwili wziął po prostu za zarysowania.

Nie mógł rozpoznać, co przedstawiają te rysy, więc umył dokładnie medalion. To, co ujrzał, zaskoczyło go tak bardzo, że aż przysiadł na krześle. Przetarł medalion rękawem habitu i zbliżył do oczu, aby się upewnić, że to jest tam naprawdę.

– Boże Święty – wyszeptał zachwycony.

7

Była to ciężka noc dla Leonarda. Dręczyły go koszmarne sny, pełne groteskowych postaci, diabolicznych i potwornych. Zegar z zepsutymi wskazówkami ciągle wskazywał mijające godziny. Czarna przepaść pochłaniała miliardy zagubionych istot, wciąganych tam jakimś przerażającym magnetyzmem i znikających w głębi z żałosnymi jękami.

Twarz Cezara Borgii także tam była, groźna, wybuchająca kaskadami śmiechu, kiedy śmiertelni podążali do otchłani. Jego przenikliwy śmiech zmienił się w głośny lament, a potem w trwożny krzyk, który następnie ucichł w ciemności. Ale Leonardo nie czuł lęku. Zauważył, że ta groźba była tylko fanfaronadą: Borgia był zgubiony i niczym zranione zwierzę próbował się bronić ostatkiem sił, udając okrucieństwo, które już stracił.

Udręczony mózg mistrza, męczony jakimś dziwnym zawrotem głowy, wytwarzał dantejskie sceny, chorobliwe i przepełnione fatalizmem. Aż nagle jego przestrzeń senną wypełniło niebiańskie światło. Z wysokości spłynęła delikatna, fantasmagoryczna postać. Była podobna do jednego z rysunków, za pomocą których zwykł zapisywać swoje wynalazki i mechanizmy, coś w rodzaju szkicu, na którym koń Francesca Sforzy był przedstawiony z obu stron ogromnej jaśniejącej soczewki. Wtedy Leonardo ujrzał wszystko zupełnie jasno.

Poruszony, zlany potem zbudził się ze snu. Leżał z szeroko otwartymi oczami. Serce biło mu gwałtownie. Jeszcze nie zdawał sobie sprawy, co go zbudziło, co przywróciło go rzeczywistości z fantastycznego świata snów.

Przez jakiś czas starał się powtórzyć w myślach ideę, która tak jasno i wyraźnie ukazała mu się we śnie. Fragmenty same układały się w całość, bez wysiłku, i nagle, jak w olśnieniu, pojął wszystko: jego błąd polegał na odległości, w jakiej umieścił model i światłoczułą płachtę z każdej strony soczewki *camera obscura*. Dlatego uzyskane obrazy były nieproporcjonalne i mętne.

Leonardo wyskoczył z łóżka jak chłopak mający za chwilę odbyć tajemną randkę z ukochaną. Chwycił się rękami za głowę, zastanawiając się, jak mógł być tak głupi. A przy tym czuł się usatysfakcjonowany i zadowolony z siebie. Nie było problemu, którego nie mógłby rozwiązać, ani wyzwania zbyt trudnego dla jego geniuszu. Prawdziwy artysta nosi w sobie niebo i piekło.

Kiedy Salai obudził się następnego ranka, jego mistrz już od wielu godzin pracował, robiąc obliczenia i rysunki. Rysował właśnie sferyczną soczewkę, która pozwoliłaby osiągnąć obraz tej samej wielkości co przedmiot materialny. W tym celu musiał zmierzyć głębię *camera obscura* pomiędzy otworem a ścianą. W przyległym pokoju narysował na podłodze znak, który określał tę samą odległość.

By sprawdzić swoją teorię, kazał Salai i dwóm innym uczniom, którzy nic nie wiedzieli o projekcie mistrza – Cezarowi de Sesto i Zoroastrowi – przygotować nową soczewkę według jego wskazań. Leonardo potrzebował bloku weneckiego szkła w najlepszym gatunku, wyszlifowanego z wyjątkową ostrożnością, i musiał precyzyjnie wymierzyć odległość, w której należało umieścić Całun.

Potem pozostawał jeszcze jeden problem: precyzyjne ustawienie modelu. Płachta pokryta jodkiem srebra powinna być idealnie równoległa do tej, na której miał być zawieszony Święty Całun. Obie musiały być ustawione prostopadle w stosunku do osi soczewki pośrodku. Jeśli tak nie będzie, kopia wyjdzie przesunięta albo wykrzywiona, będzie miała zmniejszoną albo powiększoną długość lub szerokość w stosunku do oryginału – tak jak się widzi z perspektywy.

Z najwyższą ostrożnością i zarazem bardzo zręcznie Leonardo usytuował wykończoną soczewkę w odpowiedniej pozycji. Potem, po umieszczeniu światłoczułej płachty w *camera obscura* rozpoczął eksponowanie światłem. Czekali w napięciu.

Tym razem nie było błędów. Leonardo zrozumiał problem, a tym samym rozwiązanie było słuszne. Po użyciu nowej soczewki obraz na projekcji okazał się o wiele dokładniejszy niż przy poprzednich próbach. Dobrze również obliczył odległości, więc różnica wielkości pomiędzy modelem a kopią była niemal niezauważalna.

Rozwiawszy wszystkie swoje lęki i wątpliwości, mistrz wręczył Salai sto dukatów w złocie, sumę więcej niż wystarczającą, i posłał go do Wenecji, by kupił tam blok szklany najwyższej jakości. W międzyczasie zajął się budowaniem sztalug dla Całunu oraz dla materiału od Scevoli i do rysowania planów ustawienia w przestrzeni obu tkanin.

Wenecjanie produkowali najlepsze szkło w całej Europie, zarówno pod względem jakości produktu, jak i szlifu oraz artystycznego zdobienia. Mimo to Leonardo dał swemu posłańcowi szereg bardzo dokładnych wskazówek co do wykonania bloku, z którego miała być zrobiona soczewka. Podczas procesu produkcji do szkła trzeba było dodać mangan, aby wyeliminować kolor, wynikły z zanieczyszczeń i podwyższyć przejrzystość; trzeba było też dodać arszenik, który zapobiegał tworzeniu się bąbelków, co było bardzo ważne przy produkcji soczewek; wreszcie musiało ono być poddane drugiemu topieniu w celu wyeliminowania wewnętrznych napięć i powiększenia jednorodności.

Podróż Salai potrwa, o ile nie wynikną żadne przeciwności, co najmniej trzy dni: jeden na drogę do Wenecji, drugi na przygotowanie materiału według życzeń mistrza i trzeci na powrót. Te dni Leonardo zamierzał wykorzystać na rysowanie projektów i budowę sztalug.

Najpierw wykonał ramę z grubych listew dębowych, ustawionych dokładnie pod kątem prostym. Następnie przymocował malutkimi gwoździkami i wynalezionym przez siebie klejem gumowym poprzeczne belki na całej długości i szerokości urządzenia, krzyżując je ze sobą, tak że wszystkie razem utworzyły płaską powierzchnię. Całość wygładził heblem i dokładnie wypolerował. By być jeszcze pewniejszym, pokrył całą strukturę gumową substancją, która po wyschnięciu stawała się niezwykle twarda i której Leonardo używał przy freskach, gdyż nienawidził techniki *al fresco*.

Na wewnętrznej stronie listwy, która miała zajmować miejsce w górnej części po ustawieniu ramy, przymocował szeroką plakietkę z żelaza, wystającą z każdej strony po kilka centymetrów, i wywiercił w niej kilka otworów. Miały one umożliwić przeciągnięcie sznurków, na których zawiśnie cała konstrukcja.

Leonardo od dzieciństwa robił mnóstwo eksperymentów związanych z siłą ciężkości. Choć nie zdołał w pełni określić jej znaczenia fizycznego, dobrze pojmował jej właściwości. Udowodnił, że każde ciało spada na ziemię najkrótszą drogą, podążając pionowo – inaczej mówiąc, po linii łączącej zenit z nadirem. Tak jest zawsze, chyba że działają dodatkowe siły, jak przy locie pocisku, który jest wynikiem połączenia wstępnego impulsu i przyciągania ziemskiego.

Przyjaciel Leonarda, Paolo del Pozzo Toscanelli, autor mapy, która prawdopodobnie rozbudziła wyobraźnię Krzysztofa Kolumba, był przekonany, że siła przyciągania to rezultat braku równowagi pomiędzy niebiosami a piekłem. Człowiek i wszystko, co materialne, splamione stygmatem grzechu, jest ciągnięte w kierunku królestwa ciemności.

Tylna ściana *camera obscura* nie była doskonale gładka, a światłoczuła płyta opierała się o nią na tej samej wysokości co Całun w przyległym pokoju. Leonardo uznał, że do rozwiązania tego niewielkiego kłopotu wystarczy pokryć ścianę świeżą warstwą gipsu, dokładnie wygładzoną i bez nieregularności.

Potem długim, prostym prętem wymierzył odległość między ścianą z otworem *camera obscura* a ścianą przeciwną w zamkniętym pokoju. By uzyskać najkrótszą odległość, położył pręt na podłodze i przymocował go z jednej strony. Następnie zakreślił nim łuk, poszukał punktu, w którym ściana nie pozwalała posunąć go dalej, i po trochu skracał pręt aż do momentu, kiedy zdołał dotknąć obu ścian. Potem oznaczył tę samą odległość w sąsiednim pomieszczeniu, powtarzając całą procedurę z prętem przymocowanym w kilku rozmaitych punktach ściany z soczewką i zaznaczając kredą na podłodze układ każdego z nich. Wystarczyło powtórzyć proces dziesięć razy, by uzyskać układ, w którym górny punkt łuków został ustawiony w linii prostej.

Przed narysowaną kredą kreską umieścił następnie grubą belkę poprzeczną, która wznosiła się nad podłogę na wysokość ponad dwudziestu pięciu centymetrów. Jej długość była większa od szerokości ramy, na której rozpięty był Całun. Przybił podstawę do podłogi z obu boków, w których przedtem porobił wcięcia, narysował na ziemi linię, która miała być osią soczewki po jej umieszczeniu na ścianie. Ustaliwszy ten punkt jako centrum, za pomocą sznurka przeniósł na poprzeczną belkę pozycję otworów z blachy umieszczonej nad ramą. Przed zawieszeniem Całunu musiał ustalić określone punkty na suficie w tej samej pozycji pionowej, jaką miały na dole. Osiągnął to za pomocą dobrze wyważonego pionu z ołowiu, który stopniowo przybliżał, aż jego koniec dotknął znaków na tablicy.

Ponieważ rama musiałaby ważyć więcej z tej strony, z której miała podtrzymywać Całun, po jego zawieszeniu lekko by się przechyliła. By uniknąć tego efektu, Leonardo przygotował kilka ciężarków do powieszenia z jej przeciwnej strony i możliwie jak najniżej – tam gdzie działały najskuteczniej. Miały one zrównoważyć masę całości. W momencie, w którym dolna listwa urządzenia dotknie poprzecznej belki przymocowanej do podłogi, Całun znajdzie się w odpowiednim miejscu.

Ale to jeszcze nie wystarczało. Kolejnym problemem, z którym Leonardo musiał sobie poradzić, było wymierzenie wysokości i pozycji, w której trzeba umieścić soczewkę. Przy poprzednich próbach otwór zrobiony w ścianie nie zmieniał pozycji, gdyż przesuwało się w prawo lub w lewo, podnosiło lub opuszczało same przedmioty, aż znalazły się dokładnie w centrum, czyli na osi soczewki. Wielkie rozmiary Całunu wykluczały takie manewry, więc Leonardo zasłonił dawny otwór i zrobił nowy, którego centrum musiało się zgadzać w poziomie z tym samym punktem już ustawionej ramy, czyli znaleźć się na przecięciu przekątnych i na odpowiedniej wysokości nad podłogą. Użył do tego wielkiego drewnianego trójkąta, którego dłuższy bok był równy długości pręta, którego poprzednio używał do mierzenia.

Stosunkowo łatwe było rozwieszenie tkaniny namoczonej w jodku srebra, która miała zarejestrować Święte Odbicie Całunu. Wystarczało sprawdzać co pewien czas stopień zaciemnienia statywu, wchodząc do pomieszczenia. Wprawdzie przedostawało się tam wtedy nieco światła z zewnątrz, ale jodek srebra reagował tak wolno, że chwilowe sprawdzania niczego nie psuły.

8

Rok 1888, Paryż

Proboszcz jeszcze raz przyjrzał się medalionowi w świetle ognia. To, co wziął za zwykłe zarysowania, to były w rzeczywistości wyrzeźbione symbole. Dwa wyglądały na herby, ale nie zdołał ich zidentyfikować. Emblematy oskrzydlały obraz, który wzbudził taką ekscytację księdza. Był to rysunek przedstawiający jedną z najcenniejszych relikwii chrześcijaństwa: Święty Całun Chrystusa, płótno, w które Syn Boży został owinięty po swojej śmierci na krzyżu.

W głowie kapłana myśli kłębiły się jak trąba powietrzna; pojawiło się mnóstwo pytań, na które nie potrafił odpowiedzieć. Skąd pochodził medalion? Jak znalazł się na dnie rzeki? Do jakiego rodu lub rodów należały herby strzegące Całunu? Nie miał wiedzy koniecznej do rozszyfrowania tajemnic medalionu, ale znał kogoś, kto mógł mu pomóc. Poznał Gillesa Bossueta, kiedy obaj studiowali na Sorbonie: Gilles w Akademii Nauk, on na Wydziale Teologii. Nadal widywali się od czasu do czasu, bo Bossuet wykładał na uniwersytecie, na tym samym wydziale, na którym przedtem studiował, a który mieścił się niedaleko kościoła Saint Germain. Proboszcz uważał go za przyjaciela, choć Gilles był nieprzejednanym ateistą.

Postanowił trochę się przespać, a rano pokazać medalion przyjacielowi. Nie mógł jednak zasnąć, przejęty odkryciem. Gdy w końcu mu się udało, miał dziwny sen. Widział w nim człowieka o śniadej skórze, ubranego w egzotyczne jedwabne szaty. Człowiek ten uśmiechał się niewyraźnie, podczas gdy powoli zbliżała się ku niemu inna postać: mężczyzna w białej tunice, którą rozwiewał wiatr. Po chwili postać zniknęła, zupełnie jakby rozpłynęła się w powietrzu.

38

Proboszcz obudził się o świcie. Szybko założył ornat i poszedł do kościoła, by odprawić pierwszą poranną mszę. Potem, już w sutannie, ksiądz wszedł do kuchni. Była tam pani Du Champs, jego gospodyni; przygotowywała mu śniadanie.

– Wyspał się ojciec? Nie wygląda ojciec zbyt dobrze – wyrzucała mu dobrotliwie, macierzyńskim tonem. – Proszę zjeść śniadanie. Na pewno poczuje się ojciec o wiele lepiej.

Pani Du Champs zajmowała się jego gospodarstwem od czasu, gdy dziesięć lat temu objął tu probostwo. Traktował ją jak matkę i często myślał, że on jest dla tej biednej kobiety synem, którego nigdy nie miała.

– Dzień dobry, pani Du Champs. Proszę mi wybaczyć, ale dziś nie będę nic jadł. Mam pilne spotkanie.

Popatrzyła na niego surowo, nie pojmując, że coś może być tak pilne, że nie pozwoli proboszczowi zjeść śniadania.

– Proszę się nie martwić – próbował ją pocieszyć. – Zjem po powrocie.

Nie dając jej czasu na odpowiedź, włożył biret i wyszedł z kościoła na zalaną słonecznym światłem ulicę. Zapowiadał się piękny dzień. Włożył rękę do kieszeni, by sprawdzić, czy jest w niej medalion, i skręcił w ulicę wiodącą do Sorbony. Potem Rue des Écoles dotarł do północnej bramy uniwersytetu.

Choć spędził w tym gmachu wiele lat, podziwiał go przy okazji każdej wizyty. Prosta fasada z dyskretnymi romańskimi łukami pomiędzy dwiema wieżami ukoronowanymi kapitelami była imponująca. Ksiądz przeciął arkady i wszedł do westybulu, ogromnej sali, z której sufitu zwisały wielkie lampy z lanego żelaza. Naprzeciwko były paradne schody prowadzące do amfiteatru i sali recepcyjnej. Kamienne posągi przedstawiające Archimedesa i Homera strzegły tego miejsca, obserwując wszystkich, którzy wchodzili do gmachu.

Proboszcz skierował się do galerii Gerson, dawnej ulicy, teraz pokrytej dachem, która dzieliła fakultety literatury i nauk. Przeszedł ją szybkim krokiem, idąc ku siedzibie rektoratu. Tam znajdowało się biuro jego przyjaciela Bossueta. Zastukał do drzwi, nim wszedł do pokoju.

– Już służę. Może zechce pan usiąść?

Głos dobiegł z małego pokoju przylegającego do biura. To Gilles, który widocznie kończył coś robić w swoim *sancta sanctorum*, jak zwykł je nazywać. Tam przechowywał swoje najcenniejsze skarby: starożytne zwoje i manuskrypty, rzadkie okazy archeologiczne, a nawet malutkie główki misjonarzy, spreparowane przez Indian południowoamerykańskich.

Czekając, ksiądz rozglądał się po pokoju. Był urządzony z surową elegancją, podobnie jak cała Akademia Nauk, kontrastująca z pompatycznym i przeładowanym stylem wydziału literatury. Ścianę naprzeciwko drzwi zajmowało duże okno wychodzące na Rue des Écoles, a wzdłuż pozostałych stały proste półki z surowego dębu. Piętrzyły się na nich sterty ksiąg, ułożonych bez żadnego ładu. Prosty stół zawalony papierami zajmował cały środek i wydawał się za duży do tego pomieszczenia.

– Ach, Jacques, więc to ty! Witaj! – powiedział Bossuet, wychodząc z przyległego pokoju. – Myślałem, że to znowu ten nieznośny architekt. Gdybym wiedział, że to ty, nie kazałbym ci czekać. Chyba mi wybaczysz?

Gilles miał zapewne na myśli Anatole'a de Baudota, jednego z architektów zaangażowanych do dokończenia rozbudowy terenów uniwersyteckich. Jacques nie wiedział, dlaczego Bossuet tak nie lubi Baudota, ale podejrzewał, że miało to związek z jego opinią człowieka pretensjonalnego i jasnowidza. Baudot nienawidził wszystkiego, co pachniało innowacją; nie wierzył nawet w wielkiego Aleksandra Gustawa Eiffela i założył się o dużą sumę, że jego imponująca wieża, którą wznoszono z okazji Wielkiej Wystawy w przyszłym roku, nie utrzyma się bez betonowych umocnień.

– Nieważne. – Ksiądz machnął ręką. – Przyniosłem ci mały prezent.

– Naprawdę? Co to takiego?

– W tym właśnie problem, mój przyjacielu, że nie wiem. Dlatego przyniosłem to do ciebie.

Gilles spojrzał na niego jak dziecko spodziewające się cukierka. Jacques rozumiał emocje naukowca. Często się zastanawiał, czego mógłby dokonać ten człowiek, gdyby tylko miał odrobinę wiary. Rozwiązał sznurek, którym był związany węzełek sprzedawcy ryb, i z teatralną ostrożnością wyciągnął z niego medalion, by następnie wręczyć go Bossuetowi. Bossuet obserwował medalion bardzo uważnie, niemal z nabożeństwem.

– Gdzie to znalazłeś? – spytał w końcu.

– Nie uwierzysz, jak ci powiem – odparł kapłan.

Gilles podniósł wzrok i utkwił go w oczy przyjaciela. Kiedy zorientował się, że ten nie żartuje, zapytał:

– Nie uważasz, że warto spróbować?

– Dobrze, jak chcesz. Pewien sprzedawca ryb przyniósł mi go wczoraj do kościoła w środku nocy. Opowiadał, że jakiś blask pociągnął go w kierunku rzeki. Nie pamięta jak, ale wpadł do wody. Wtedy coś chwyciło go za nogę i nie puściło, aż znalazł to. – Wskazał palcem medalion.

– Na miłość boską! – wykrzyknął Bossuet, tłumiąc śmiech. – Czy Szpital Inwalidów nie jest za blisko twojego kościoła? Może któryś z tych starych lunatyków, weteranów wojennych uciekł stamtąd i... – Wybuchnął śmiechem.

– Wiedziałem, że mi nie uwierzysz – rzekł ksiądz spokojnie, kiedy śmiech ucichł.

– Wybacz mi, Jacques. – Gilles naprawdę się starał, by nie parsknąć znowu śmiechem.

– I co? Co o tym sądzisz?

Bossuet zaczął obracać medalion w palcach. Przyjrzał się łańcuszkowi i obu stronom medalu, szczególnie uważnie tej, na której były wyryte znaki. Z poważną już twarzą wziął okulary z jednej z półek i zbliżył medalion do oczu, żeby obejrzeć go z bliska. Gilles zauważył na twarzy akademika wyraz zaskoczenia, który zniknął równie szybko, jak się pojawił.

– Żeby być pewnym, muszę wykonać kilka prób, ale sądzę, że ten medalion jest z ołowiu – mówił, ważąc go w ręku. – Symbole po obu stronach to herby, bardzo stare, prawdopodobnie francuskie. Co do obrazu centralnego, wygląda to na przedstawienie...

– Świętego Całunu – dokończył kapłan.

– Tak, to może być to. Widzę, że to prezent nie tylko dla mnie – powiedział Bossuet z uśmiechem. – Wydaje mi się, że mój przyjaciel Jacques też jest zainteresowany tym medalionem. Czy się mylę?

– Nie, nie mylisz się. – Proboszcz odwzajemnił uśmiech. – Szczerze mówiąc, jestem zaintrygowany tą zwariowaną historią sprzedawcy ryb i...

– I?

– Nic, nic, nieważne.

Ksiądz już chciał wyznać, co poczuł, dotykając medalionu, i opowiedzieć swój dziwny sen, który wydawał się zupełnie realny. Powstrzymał się jednak; wolał to zatrzymać dla siebie.

– Dobrze. Postaram się zrobić analizę, jak tylko znajdę chwilkę czasu. Nie wyobrażasz sobie, ile papierów muszę wypełnić. Biurokracja, przyjacielu, to zguba tego świata.

– Dziękuję, Gilles – rzekł proboszcz, podnosząc się z krzesła.

– Nie masz mi za co dziękować. Opowiem ci wszystko, jak tylko zrobię badania.

Bossuet odprowadził księdza do drzwi i pożegnał się z nim serdecznym uściskiem dłoni. Kiedy Jacques odszedł, usiadł w fotelu i wziął do ręki medalion. Światło wpadające przez okno ledwie rozjaśniało jego matową powierzchnię.

– Święty Całun... – powtórzył, wspominając słowa księdza.

W tym momencie poczuł w ręku lekkie mrowienie. To na pewno z powodu ładunków elektrostatycznych zakumulowanych w medalionie, pomyślał. Ale przecież ołów jest złym przewodnikiem elektryczności.

– Ciekawe zjawisko – powiedział na głos.

Po wyjściu od Bossueta proboszcz udał się do galerii Sorbon, nazwanej tak na cześć fundatora uniwersytetu. Wychodziła na wewnętrzny podwórzec, otoczony budynkami akademickimi i kościołem Sorbony, usytuowanym w przeciwległym końcu. Proboszcz przemierzył odległość dzielącą go od kościoła i wszedł po kamiennych schodach do głównych wrót z ogromnymi kolumnami w stylu korynckim.

Wnętrze kościoła było chłodne i ciche. W promieniach światła wpadającego przez okna w kopule lśniły drobiny kurzu unoszące się w powietrzu. To miejsce stwarzało poczucie zupełnego spokoju. Proboszcz skierował się w głąb nawy. Minął grobowiec kardynała Richelieu, na którym postaci duchownego towarzyszyła Pieta w chwili Sądu Ostatecznego, a dwa anioły podtrzymywały herb. Proboszcz ledwie zwrócił uwagę na grobowiec. Szedł dalej w kierunku ołtarza. Tam ukląkł i zaczął się modlić.

Gdy skończył, dochodziło południe. O tej porze słońce było w zenicie, więc otaczające kościół budynki prawie nie dawały cienia. Trzeba szybko wracać, bo pani Du Champs będzie się niepokoiła. Nigdy nie spóźniał się na południowy posiłek. Przeszedł prawie całe podwórze, kiedy podniósł wzrok. W górze, tuż pod dachem, był zegar słoneczny. W jego dolnej części litery ze lśniącego brązu układały się w werset z Pisma: *Sicut umbra dies nostri* – „Nasze dni są jak cień".

Chociaż dzień był upalny, kapłana przeszedł dreszcz.

9

Salai wrócił do Florencji dopiero po czterech dniach. Spóźnił się, jak tłumaczył swemu mistrzowi, z powodu strasznej burzy, która zaskoczyła go w drodze powrotnej. Leonardo z nadzieją oglądał szklany blok przywieziony przez ucznia. Wydawał się bardzo wysokiej jakości, ale nie można było tego stwierdzić z całą pewnością, zanim się go nie wyszlifowało; dopiero wtedy poznawało się jakość szkła.

Jak zawsze skrupulatny, Leonardo zażądał od chłopca reszty pieniędzy, ale Salai zapewnił, że blok kosztował dokładnie sto sztuk złota, które pan mu dał. Musiał nawet targować się z właścicielem warsztatu, żeby zgodził się na tę sumę – niższą, niż tamten początkowo żądał. Bardzo kocha swego mistrza, więc pracował w warsztacie cały ranek, by zrekompensować różnicę.

Chłopak spodziewał się nagrody, ale Leonardo nie uwierzył ani jednemu jego słowu. Ani o cenie szkła, ani o burzy. Był pewny, że Salai, którego uważano za „złodziejaszka, kłamcę, uparciucha i żarłoka", wydał pozostałe pieniądze – zapewne niemałe – na wino i kobiety lekkich obyczajów. Kochał tego chłopaka, nieznośnego i pozbawionego talentu, ale wielkiej urody. A Salai, wiedząc o tym, wykorzystywał uczucia mistrza. Już brak wdzięczności za czyjąś dobroć jest godny ubolewania, niewdzięczność zaś jest czymś jeszcze gorszym, bo nie tylko nie odnosi się do otrzymanych dowodów dobroci, ale nawet nie uważa ich za takie.

Mimo wszystko mistrz nie potrafił ukarać Salai, przynajmniej nie z prawdziwą surowością, i natychmiast zapomniał o obrażających jego godność kłamstwach. Zresztą miał na głowie o wiele ważniejsze sprawy, gdyż oszlifowanie nowej soczewki musiało być precyzyjne i doskonałe.

Tak jak niemal wszystkie dziedziny nauki, Leonardo zbadał również najlepsze systemy szlifowania soczewek. Zgłębiał i ulepszał tradycyjne techniki, aż osiągnął najwyższą perfekcję. Po wycięciu diamentowym ostrzem przyszłej soczewki z bloku szkła, trzeba było ją szlifować coraz drobniejszymi ścierniwami. Był to krytyczny moment, bo jeśli szkło miało wewnętrzne defekty, mogło popękać i stać się bezużyteczne.

Uformowawszy soczewkę, Leonardo szlifował ją najpierw grubym żelaznym pilnikiem – eliminując największe nierówności – potem zaś kawałkami szmergla, lekko wklęsłymi, których ziarno było coraz drobniejsze. W końcu do najdelikatniejszego szlifu zastosował metodę polegającą na pocieraniu powierzchni soczewki kawałkiem szmatki zaimpregnowanej smołą i czerwoną bejcą.

Nie chciał, by któryś z jego uczniów, z wyjątkiem Salai, znał przyczynę jego projektu. Im mniej wiedzieli, tym mniejsze było ryzyko jego i ich własne, gdyż Cezar nie był człowiekiem wielkodusznym. Wśród zbrodni, jakie popełnił, jedną z najwstrętniejszych było zgwałcenie piętnastoletniego biskupa w jego własnym kościele. Mówiono też, że utrzymywał kazirodcze stosunki z piękną Lukrecją, swoją siostrą, co wytykał mu nawet papież Aleksander – choć sam używał jej do swoich najciemniejszych interesów, intryg, uwiedzeń, zbrodni i otruć.

Młody Borgia, książę prowincji Romagna i Valentinois, który otrzymał kapelusz kardynalski i kierował papiestwem wedle własnej woli, był człowiekiem bez skrupułów. Okrutny i bezlitosny, miał zmienny charakter, co go czyniło jeszcze trudniejszym. Ponadprzeciętna inteligencja i ogromna władza nie uczyniły go dobroczyńcą, wielkim i hojnym; przeciwnie, był podejrzliwy i zazdrosny, stale analizował zamiary tych, z którymi przestawał.

Leonardo sam do końca nie wiedział, dlaczego zgodził się służyć temu człowiekowi. Wszak jeśli chodzi o sztukę, Cezar Borgia interesował się tylko realistycznym odtworzeniem elementów broni i strojów żołnierzy. Ale mistrza fascynowała jego skomplikowana osobowość. Choć bardzo się różnili, Leonardo był w stanie zaakceptować wiele cech swego mecenasa.

Musiał jednak zachować ostrożność, nie mógł ufać temu niemoralnemu człowiekowi, bezlitosnemu wobec wszystkiego, czego nie potrafił kochać, nienawidzić lub podziwiać czy też uznać za niezwykłe.

Po wszystkich tych próbach i przygotowaniach Leonardo uznał, że jest już w stanie zrobić kopię Całunu. Nie wiedział, czy rezultat będzie do przyjęcia, ale miał pewność, że podąża jedyną właściwą drogą. Wkrótce jego wątpliwości zostaną rozwiane. I właśnie to było podnietą dla artysty, podnietą silniejszą niż burza na pełnym morzu. Jeśli porzucał wiele swoich dzieł, nie ukończywszy ich, to dlatego, że nie osiągał ideału, jaki tkwił w jego wyobraźni. Niepowodzenia nie osłabiały jego ducha; przeciwnie, umacniały go każdego dnia, kiedy próbował coś ulepszyć w swoim dążeniu do doskonałości.

Postanowił zrobić próbę ze Świętym Całunem jeszcze przed użyciem tkaniny od Scevoli. Użył innego płótna, prostszego, które umieścił w *camera obscura* na drugiej ramie, którą skonstruował. Zanim wydobył Całun ze srebrnej arki, kazał wyjść Cezarowi de Sesto i Zoroastrowi i powiedział, żeby pod żadnym pozorem nie wracali do pracowni, nim sam ich nie zawoła. Dopiero kiedy poszli, a Salai sprawdził, czy drzwi są dobrze zamknięte na solidny łańcuch, Leonardo przymocował przednią część Całunu do ramy. Wymiary – długość ponad cztery metry – skłoniły go do zrobienia kopii właśnie tym systemem. Planował najpierw nadrukować tę część, na której widać było twarz Chrystusa, a potem tę, która ukazywała Jego plecy.

Soczewka została już umieszczona w odpowiednim miejscu na ścianie. Przedtem mistrz oprawił ją w szeroki metalowy dysk o płaskich brzegach, co ułatwiło znalezienie osi. Soczewka mogłaby ulec przesunięciu ze środka Całunu, gdyby rama nie tkwiła w ścianie idealnie pionowo. Po precyzyjnym osadzeniu ramy wystarczyło umieścić poziomo metalowy dysk, by zapewnić prawidłowe ustawienie soczewki.

Czas naświetlania upływał bardzo wolno. Lustra koncentrujące światło na Całunie lśniły w blasku dnia. Dzień był słoneczny. Może to dobra wróżba, pomyślał da Vinci, chociaż nie wierzył w przesądy. Piaskowy zegar ustawiony na stole wskazywał chwile, w których trzeba było dokonywać sprawdzania.

Początkowo wydawało się, że sole srebra nie reagują na płótnie. Nie pojawiły się na nim żadne wyraźne znaki. Leonardo przeraził się; przy poprzednich próbach z koniem Francesca Sforzy wszystko szło dobrze. Wkrótce jednak zaczęły się pojawiać brązowe plamy i mistrz zrozumiał, co się działo: wizerunek na Całunie był tak delikatny, że prawie nie było go widać przy powolnym powstawaniu reagującej substancji. Kiedy umysł zajęty jest szczegółami, nie pamięta się o czymś najoczywistszym.

Leonardo czuł niemal mistyczne podniecenie. Milczał, ze stoickim spokojem znosząc hałas, jaki robił Salai, który rzucał kośćmi, grając sam ze sobą. Chłopak był krnąbrny i nikomu nie okazywał szacunku, ale mistrz już dawno pojął, że nie zmieni go na lepsze; miał tylko nadzieję, że dobry przykład choć trochę poprawi ten egoistyczny i bezmyślny charakter.

Kiedy Leonardo rozłożył Całun z wizerunkiem Chrystusa i obejrzał go w świetle dnia, przez kilka chwil stał oniemiały z podziwu. Nawet Salai, którego interesowały tylko rozpusta i zabawy, był zaskoczony niezwykłym podobieństwem kopii do oryginału. Na płótnie widać było nawet najdrobniejsze plamki. Nie trzeba było ciągnąć procesu eksponowania; nawet lepiej, że wizerunek zniknie sam z siebie. Nie trzeba go będzie palić, by zniszczyć próbkę.

Leonardo porwany nową emocją, nigdy dotąd niedoświadczaną, poczuł, że jego życie ulega zmianie. Jako wotum dla Świętego, którego oblicze widniało pośrodku pomieszczenia – łagodne, ale penetrujące najgłębsze zakamarki jego duszy, wydzielające jakąś tajemniczą, lecz niemal dotykalną, energię – postanowił, że kiedy wykona ostateczną kopię, zniszczy soczewkę i nigdy więcej nie powtórzy tego procesu. Wydało mu się bluźnierstwem użycie jej ponownie w jakimś przyziemnym celu.

10

Biblioteka Sorbony mieściła się w dawnych budynkach wydziału literatury. Przeniesiono ją tam z kolegium Ludwika Wielkiego, przy ulicy Saint Jacques, która stanowiła wschodnią granicę uniwersytetu. Gilles, chcąc odnaleźć więcej informacji na temat medalionu, zamierzał przejrzeć obszerny księgozbiór, którym dysponowała biblioteka. Późnym popołudniem ogromna czytelnia była już pusta. Na drewniane stoły i ławki, równo ustawione wzdłuż ścian, padały ostatnie promienie słonecznego światła. Bossuet zapalił jedną z gazowych lamp stojących na stołach.

Miał przed sobą opasły tom o spękanych okładkach i brązowym grzbiecie; tytuł, wypisany złoconymi, wypłowiałymi już literami, głosił: GENEALOGIA I HERALDYKA SZLACHTY FRANCUSKIEJ. Gilles zamówił tę książkę i kilka innych woluminów już parę godzin temu. Ale jeszcze niczego nie odkrył. Może herby nie były francuskie? Może były włoskie albo – co bardziej prawdopodobne – należały do rodów szlachty aragońskiej lub katalońskiej?

Na pierwszej stronie księgi widniały słowa hiszpańskiego autora z XVI wieku, Juana Flóreza de Ocariz: „Choć herby potwierdzają szlachectwo ich właściciela, szlachcic nie musi ich mieć; nie herby bowiem dają szlachectwo, ale szlachetne czyny".

Gilles zdjął okulary i lekko potarł powieki czubkami palców. Kiedy wzrok mu się wyostrzył, wrócił do przeglądania księgi. Przekartkował ponad połowę, nim w końcu znalazł jeden z poszukiwanych herbów. Ułożył medalion na księdze, by lepiej mu się przyjrzeć. Porównawszy je dokładnie, doszedł do wniosku, że wyryty herb był jednym z tych, których szukał.

– Do jutra, panie profesorze – dobiegł go głos zza pleców. Bossuet aż podskoczył na krześle.

Był tak pogrążony w myślach, że nie słyszał, jak bibliotekarz się zbliżył. Podnosząc się, o mało nie rozdarł stronicy.

– Boże wielki, Pierre! Przestraszył mnie pan śmiertelnie.

– Proszę mi wybaczyć – rzekł bibliotekarz ze skruchą. – Nie miałem tego zamiaru. Po prostu chciałem panu powiedzieć, że kończę pracę i spytać, czy życzy pan sobie jeszcze czegoś, zanim pójdę.

– Proszę się nie martwić. To nie pana wina – odparł Gilles. – Myślę, że mam wszystko, czego potrzebuję, ale bardzo dziękuję za pomoc.

– Do zobaczenia jutro.

– Do jutra, Pierre.

Znów sam, zajął się księgą. Herb zajmował sporą część stronicy. Był podzielony na cztery pola, dwa na górze i dwa na dole. Górne lewe pole i dolne prawe miały białe tło z czerwonym krzyżem maltańskim pośrodku; dwa pozostałe pola miały tło czerwone, a pośrodku stał żółty lew z podniesionymi przednimi łapami. Napis pod spodem głosił: HERB RODU DE CHARNY, a potem następował opis.

Tarcza herbowa podzielona na cztery części: krzyże maltańskie na srebrnym polu i wspięte na tylne łapy złote lwy na czerwonym polu.

Był również krótki rys historyczny, mówiący o najbardziej znanych członkach rodu:

Początki rodu Charny sięgają pierwszej wyprawy krzyżowej, rozpoczętej pod auspicjami papieża Urbana II 27 listopada 1095 roku. Pod rozkazami Godfryda de Bouillon, księcia Dolnej Lotaryngii, mając zaledwie siedemnaście lat, Chrystian de Charny walczył w licznych bitwach, które doprowadziły krzyżowców do Ziemi Świętej; po zagarnięciu Nicei i klęsce pod Doryleą głównych sił tureckich w Anatolii brał udział w oblężeniu i zajęciu Jerozolimy, której egipscy obrońcy zostali zmasakrowani.

Po wojnie de Bouillon został gubernatorem Jerozolimy i tam pozostał z nieliczną grupą ludzi, wśród których był Chrystian de Charny. Po śmierci księcia w roku 1100 Chrystian wrócił do Francji, do swoich posiadłości na północy, skąd znowu udał się na wojnę. Tym razem u boku Roberta II, księcia Normandii, który w następnym roku najechał Anglię, by zemścić się na swoim bracie

Henryku. Po pięciu latach układów, intryg i bitew Robert został pokonany, a Normandia przeszła w ręce Henryka I, króla Anglii.

Znużony walkami wewnętrznymi szlachty przyłączył się do wojsk Hugona de la Champagne, które skierowały się do Palestyny w celu ochrony królestwa łacińskiego w Jerozolimie. Podczas długiej podróży zawarł przyjaźń z jednym z kapitanów, szlachcicem francuskim Hugo de Payns. W 1118 roku on i Chrystian, i jeszcze siedmiu rycerzy oferowali swoją służbę i opiekę Baldwinowi II, królowi Jerozolimy, którego Payns poznał w czasie pierwszej krucjaty. Rycerze zostali ulokowani w świątyni Salomona, w związku z czym otrzymali imię Rycerzy Świątyni lub templariuszy.

Gilles przerwał lekturę, bo wydało mu się, że słyszy za plecami jakiś hałas. Rozejrzał się dookoła, by sprawdzić, co się dzieje. Stwierdził, że w sali nikogo nie ma. Jedynym jego towarzyszem był portret dostojnego Armanda Jeana du Plessis Richelieu, wiszący nad drzwiami. Prawdopodobnie dźwięki pochodziły ze skrzypienia starego drewna.

– Pozwoli Wasza Eminencja, że będę czytał dalej? – spytał na wszelki wypadek potężnego kardynała, zanim wrócił do pracy.

Ten zakon rycerski został oficjalnie ukonstytuowany w dziewięć lat później, w czasie konsylium w Troyes, przez papieża Honoriusza II. Chrystian de Charny należał do zakonu aż do śmierci w roku 1141.

Ród Charny od tego czasu był nierozerwalnie związany z templariuszami. Uważa się, że brali udział w plądrowaniu Konstantynopola przez krzyżowców w roku 1204. Po tej dacie nie ma żadnych danych o rodzinie. Dopiero w sto lat później Godfryd de Charny, mistrz zakonu templariuszy z Normandii, został skazany na śmierć przez spalenie na stosie wraz z wielkim mistrzem, Jakubem de Molay. Wyrok ten zapadł po procesie, który rozpoczęto z rozkazu króla Francji Filipa IV i który położył kres istnieniu zakonu templariuszy.

Akademik zastanawiał się, dlaczego król Francji postanowił skończyć – i to w tak okrutny sposób – z rycerzami zakonu templariuszy i z życiem jego najwyżej postawionych przedstawicieli.

Dalsze lata były bardzo ciężkie dla rodu Charny. Wielu jego członków, również kawalerów zakonu templariuszy, straciło majątki; byli zmuszani do składania przysięgi wobec wielu świadków i biskupa

Rawenny, że nie są heretykami. Wtedy rozpoczął się nowy okres, o którym nie wiadomo nic, a który kończy się na innym Godfrydzie de Charny, rycerzu, który zmarł, broniąc swego króla Jana II w bitwie pod Poitiers z Anglikami. Został przez nich uwięziony jako jeniec wojenny, udało mu się jednak zbiec z fortecy, w której był przetrzymywany. Przekonany o boskiej interwencji przy tej ucieczce, ufundował kościół w maleńkiej miejscowości Lirey. Kazał tam wznieść kaplicę, w której przechowywano Święty Całun Chrystusa. Całun ten w niewyjaśniony do dzisiaj sposób trafił w ręce rodziny Charny.

– A więc tu jest powiązanie! – wykrzyknął akademik. – Rodzina Charny miała Całun.

Czytał dalej, próbując potwierdzić podejrzenie, jakie powziął. Według księgi małżonką Godfryda de Charny była Joanna de Vergy. Gilles poszukał tego nazwiska w spisie i w końcu znalazł właściwą stronę.

– Tak! – krzyknął triumfalnie na widok herbu. – To jest to!

Na liście widniało nazwisko Vergy. Herb tej rodziny zgadzał się z drugim herbem na medalionie: wieża w czerwonym polu i żółta gwiazda w polu błękitnym, przekątna dzieląca herb na część prawą górną i lewą dolną, a pośrodku małe insygnium z biało-niebieskimi falami. Poniżej widniał napis:

Herb przecięty na dwie części. Pierwsza część: czerwona ze srebrną wieżą, z czarnymi obrzeżami. Druga część: złota gwiazda na błękitnym polu. W środku mały herb: fale srebrno-błękitne.

Znalazł wszystko. Sądził, że tajemnica została rozwiązana. Niebawem miał zrozumieć, że zagadka dopiero się zaczyna.

11

Próba z soczewką z weneckiego szkła zakończyła się sukcesem, ale ostateczna kopia na wspaniałym płótnie z warsztatu Scevoli była jeszcze bardziej wierna i doskonała. Wykonując tę drugą replikę, Leonardo utrwalił wizerunek przy użyciu oparów rtęci. Żywe srebro, jak w tamtych czasach nazywano rtęć, podgrzewał, aby zwiększyć jej lotność. Zakończył proces, kąpiąc płótno w roztworze wodnym zwykłej soli, w którym trzymał materiał przez całą noc, by być całkowicie pewnym skuteczności. Przypuszczał, że im dłużej będzie trwała kąpiel, tym większa będzie trwałość uzyskanego obrazu.

Na fałszywym całunie odbiły się wszystkie znaki z oryginału: przerażające ślady nieludzkiego torturowania Chrystusa, plamy z wosku po wotywnych maściach oraz przypalone miejsca powstałe przy pożarach, które omal nie zniszczyły Całunu. Teraz Leonardo musiał wykonać reprodukcje tych znaków.

Zauważył – dzięki swoim studiom anatomicznym i fizjologicznym – że plamy krwi są otoczone płynem surowiczym. Składały się więc z dwóch okręgów: jednego ciemniejszego, z wyraźnymi brzegami, i drugiego, szerszego i niewyraźnego – co dzieje się tylko wtedy, gdy krew wydostaje się ze świeżej rany. Do odtworzenia tych plam miał zamiar użyć królika. Przetnie mu szyję w miejscu aorty, a potem do lejka, do którego spłynie krew, przytknie zagiętą trzcinę i będzie mógł malować ślady na płótnie.

Wydawało się to dobrym rozwiązaniem, ale obawiał się, że krew królika po wyschnięciu będzie wyglądała inaczej niż ludzka. Ponadto żal mu było zwierzątka, które musiałoby umierać długą i bolesną śmiercią.

Postanowił więc użyć własnej krwi – ze skaleczenia w lewej ręce, lepiej ukrwionej przez bliskość serca – i nią malować Całun.

Ślady wosku były łatwiejsze do skopiowania, gdyż z upływem wieków krople, które przywarły do materiału, odpadły, pozostawiając jedynie ślady w odstępach tkaniny. Wystarczyło użyć grubej świecy; przy późniejszym ogrzaniu materiału wosk miał odpaść i zostawić plamy identyczne z oryginalnymi.

Jeśli idzie o przypalenia i naddarcia, Leonardo w obu przypadkach zastosował podobną technikę. Tam, gdzie brakowało kawałka materiału, bo został strawiony ogniem czy po prostu wyrwany, wycinał kawałek o tym samym kształcie, ale nieco mniejszy. Potem odpowiednio poprzypalał brzegi albo je powystrzępiał. Musiał także wyszczerbić brzegi całunu, gdyż czas zrobił to z oryginałem, jak to się dzieje z uzębieniem u starca.

Kiedy dzieło zostało wykonane – dzieło, w które włożył wiele z siebie samego, zagłębiając się w nie ostrzem swego wielkiego umysłu – Leonardo długo patrzył na nie z dumą. Wreszcie, niemal zmuszając się do odwrócenia od niego oczu, włożył płótno do wielkiego pieca, którego używał w pracowni do wypalania ceramiki. Ten finalny proces miał sprawić, by płótno wyglądało na tak stare jak Święty Całun, minęło wszak piętnaście wieków od chwili, gdy owinięto w niego po śmierci biednego Galilejczyka z Betlejem.

Zanim następnego dnia mistrz wyjechał do Rzymu, przypomniał sobie początek starego hymnu chrześcijańskiego, którego nauczyła go jego przybrana matka we wczesnym dzieciństwie i który w pewien sposób zdołał uspokoić jego duszę: *Te Deum laudamus; Te Dominum confitemur* – „Ciebie, Boga, chwalimy; Ciebie za Pana uznajemy".

Leonardo wręczył Borgiom Święty Całun i jego kopię z ogromną niechęcią, której jednak, rzecz prosta, nie okazał. Czuł się tak, jakby oddawał córkę, której nigdy nie miał, najohydniejszemu z mężczyzn. Choć nigdy zbytnio nie wierzył w Boga, wydało mu się świętokradztwem, że ci złoczyńcy będą posiadali prawdziwy Całun. Ale przynajmniej, pocieszał się, będzie dobrze strzeżony i zabezpieczony w Watykanie.

Pochwały, jakich papież Aleksander i Cezar Borgia nie szczędzili na widok kopii, wzbudziły w Leonardzie głęboki niesmak, uważał je bowiem za zdrożne i odpychające. O ile Cezar potraktował sprawę jako zwykłe wykonanie pracy, o tyle Aleksander VI wydawał się ofiarą tego samego pragnienia pochlebstw, których przedmiotem sam był w dniu koronacji i które wtedy tak bardzo go mierziły.

Niemniej Cezar okazał więcej emocji; emocji niezwykłych jak na niego, nie były bowiem skutkiem okrucieństwa ani chełpliwości, ale raczej zrodziły się z nieskończonej żądzy władzy. Już marzył o przyszłych triumfach, gdy tymczasem przeciwnie, zbliżał się czas jego upadku.

Kiedy Leonardo pracował nad kopią Całunu, Cezar czekał z niecierpliwością na to, by mistrz skończył nareszcie swoje dzieło. Był realistą i doskonale zdawał sobie sprawę, że zadanie nie jest łatwe. Zaczął nawet przemyśliwać, jak zachować Całun dla siebie, gdyby Leonardo nie zdołał zrobić kopii albo gdyby ta okazała się niedoskonała.

Ale gwiazda mistrza lśniła jeszcze jasno na firmamencie i Leonardo wypełnił swoje zadanie. Uwalniało to Cezara od wielkich problemów, bo pozwalało na kontynuowanie pierwotnego planu, najlepszego – z uwagi na jego perwersyjną czystość. Pierwszą rzeczą, jaką zrobił młody Borgia, było wysłanie emisariusza do Chambéry z wiadomością, że złodziejka relikwii została zatrzymana w Rzymie przez gwardię papieską, gdy starała się o audiencję u papieża Aleksandra VI z zamiarem sprzedania mu Całunu.

Sabaudczycy, jak się spodziewał, byli szczerze wdzięczni za wiadomość i poprosili go niezwykle uprzejmie, by był łaskaw odesłać relikwię – a poparli swoją prośbę cennym podarunkiem. Cezar, z rozkoszą panujący nad sytuacją, nie zawahał się wydać rozkazu ścięcia kobiety, która ukradła dla niego Całun i z którą ostatnio utrzymywał intymne stosunki, a kosz z jej głową wysłał wraz ze srebrną arką z relikwią do Sabaudii. Zdołał w ten sposób spełnić oba swoje pragnienia: posiadał Święty Całun Chrystusa, a potężna dynastia sabaudzka miała zobowiązania względem jego rodziny.

Ale w następnym, 1503 roku papież Aleksander VI zmarł, prawdopodobnie otruty przez własną córkę Lukrecję, która miała dosyć wykorzystywania jej przez ojca jako marionetki do wypełniania zamysłów Cezara i używania do własnych cielesnych rozkoszy, kiedy tylko chciał. To wydarzenie bardzo nadwerężyło pozycję rodziny Borgiów, gdyż mimo iż Cezar faktycznie rządził rodziną i podejmował wszystkie ważne decyzje, to papież utrwalał ich moc z wysokości Piotrowego Tronu.

Przełomowym momentem w upadku rodu Borgiów był wybór na papieża Giuliano della Rovere, który przybrał imię Juliusza II – on potem zatrudnił Michała Anioła do malowania fresków na kopule Kaplicy Sykstyńskiej – na konklawe po krótkim pontyfikacie Piusa III. Juliusz II, przysięgły wróg Cezara, odebrał mu godność kardynalską i kazał go aresztować. Borgia musiał uciekać do Neapolu, wówczas już od ponad roku w posiadaniu wojsk kastylijskich.

Jednakże postanowienie osiedlenia się w Neapolu, gdzie mieszkała część rodziny Cezara, nie udało się. Ferdynand Katolicki, regent Kastylii po śmierci królowej Izabeli, pragnąc utrzymać dobre stosunki z Rzymem, kazał go uwięzić. Cezara odesłano do Hiszpanii pod strażą tego, który go schwytał – Gonzala Fernandeza de Córdoby. Przebywał w więzieniach w la Mota i Chinchilla, udało mu się jednak jeszcze raz uciec i schronić w królestwie Nawarry, gdzie panował król Jan III, jego szwagier. Walcząc z nim w wojnie przeciwko Kastylii, zginął w roku 1507 podczas oblężenia Viany. Cezara pochowano w kościele. Po jego kamiennym nagrobku w centrum nawy depczą dziś wierni przychodzący na mszę.

12

Gilles wykładał na Sorbonie matematykę, ale jako prawdziwy człowiek nauki, nie ograniczał się tylko do tej dyscypliny. Ukończył wydział literatury i nauk humanistycznych, posiadał także rozległą wiedzę w dziedzinach fizyki i chemii. Nikogo więc nie dziwił widok Gillesa pracującego w którymś z laboratoriów uniwersyteckich. Do tego stopnia, że profesor chemii zwykł zwracać się do niego żartobliwie „mój alchemiku" i często dowcipkował, że podczas któregoś z eksperymentów Bossuet wysadzi kiedyś w powietrze całą Dzielnicę Łacińską.

Tej nocy Bossuet był właśnie w laboratorium chemicznym, próbując ustalić skład medalionu. Tydzień już minął od chwili, gdy odkrył, do kogo należały wyryte na nim herby. Nie mógł jednak poświęcić sprawie więcej uwagi, gdyż miał liczne zobowiązania uniwersyteckie. Teraz była już prawie północ; dopiero o tej porze mógł sobie pozwolić na odpoczynek. W laboratorium prócz niego nie było już nikogo.

Ściany pomieszczenia były wyłożone nieskazitelnie białymi kafelkami, a w powietrzu unosił się kwaśny, ostry zapach: coś jakby mieszanka środka dezynfekcyjnego i jakiegoś związku siarki. Większość sali zajmowały stoły, każdy wyposażony w mały kran. Na stołach było mnóstwo urządzeń i substancji używanych do doświadczeń: pipety, przezroczyste butelki z odczynnikami, palniki Bunsena, szczypce różnych rozmiarów, wagi, a przede wszystkim probówki, naczynia z podziałką, rurki do pobierania próbek i inne naczynia o dziwacznych kształtach, wyglądające, jakby cierpiały najokropniejsze piekielne męki.

Gilles skierował się do lewego rogu sali. Był tam stół o większych rozmiarach, wyposażony w rozmaite krany i niezliczoną liczbę urządzeń. Tego stołu używał profesor podczas zajęć i przy nim również zwykł pracować Bossuet. W znajdującej się za nim dużej oszklonej szafie stały w równych rządkach dobrze strzeżone pod kluczem najdroższe i niebezpieczne środki chemiczne.

Ogólnie pomieszczenie miało raczej ponury wygląd, a w dodatku miało złą sławę wśród studentów. Bossuet uśmiechnął się na wspomnienie opowieści krążącej w uniwersyteckich aulach, wedle której przed laty doszło tu do przerażającej zbrodni: ojciec zamordował własną córkę i jej kochanka. Od tego czasu, jak mówiono, duchy nieszczęsnych młodzieńców pojawiają się co noc o tej samej godzinie, o której zostali zamordowani.

O ile Gilles wiedział, na terenie Sorbony nie wydarzyła się żadna zbrodnia, a w każdym razie on nigdy nie zauważył w laboratorium żadnej pokutującej duszy błagającej o pomstę; najwyżej studentów żądających głowy profesora, pomyślał rozbawiony.

Uśmiechnięty i w dobrym humorze pomimo zmęczenia, wyciągnął medalion z woreczka, w którym go przechowywał. Przyniósł go tu, by potwierdzić swoje podejrzenia, że został zrobiony z ołowiu. Przyglądał mu się dłuższą chwilę, po czym umieścił na dokładnej wadze. Wskazówka pokazała cyfrę, którą Bossuet zapisał na kartce: *387 gramów*.

– Jesteś małym tłuścioszkiem, drogi przyjacielu.

Teraz potrzebne mu było szklane naczynie. Rozejrzał się po stole, szukając czegoś odpowiedniego, i wybrał jedno w kształcie gruszki, które stało na brzegu obok jakiegoś groźnie wyglądającego szpikulca. Podstawił naczynie pod kran, ale gdy go odkręcił, woda nie poleciała. Prawdopodobnie jego kolega, wychodząc, zakręcił dopływ wody, co zwykł robić dla ostrożności. Gilles powinien był o tym pamiętać; przecież sam zawsze zapominał ponownie zamknąć wodę, kiedy stąd wychodził.

Pochylił się nad stołem i próbował sięgnąć kranu poniżej baterii. Wymacał palcami klucz, ale nie zdołał go obrócić. Pochylił się jeszcze bardziej i zaklął, gdy usłyszał jakiś hałas i poczuł, że coś uwiera go w brzuch. Był zły na siebie, że po prostu nie okrążył stołu i nie odkręcił klucza od tyłu. To byłoby o wiele łatwiejsze. Jeszcze raz złapał klucz i tym razem zdołał go przekręcić. Woda natychmiast popłynęła do pojemnika. Wyprostował się i zobaczył, że to, co się przewróciło i uwierało go, to waga.

Leżała na stole; górna szalka spadła i widać było podstawę. Wyglądało to jak rozpostarte skrzydła jakiegoś metalowego ptaka, zrodzonego w wyobraźni *monsieur* Verne'a.

Bossuet ustawił wagę i odsunął ją na bok. Po napełnieniu pojemnika wodą włożył go do drugiego, większego i z podziałką. Trzymając medalion za łańcuszek, zatopił go w wodzie. Potem wyjął go i położył na stole obok mniejszego pojemnika. Wystarczyło spojrzeć na podziałkę większego, by poznać objętość medalionu. Zgodnie z prostą zasadą: „objętość wody wypartej przez dany przedmiot jest równa objętości tego przedmiotu". Jak cudowne było to odkrycie pewnego Greka żyjącego ponad dwa tysiące lat temu. Następne obliczenie było jeszcze prostsze: iloraz masy medalionu i jego objętości dawał ciężar właściwy materiału, z którego został wykonany. Teraz wystarczyło go porównać z ciężarem właściwym ołowiu, by sprawdzić, czy rzeczywiście ma się do czynienia z tym metalem.

Na półkach w bocznym skrzydle szafy piętrzyły się rozmaite książki chemiczne. Większość półek wygięła się w łuk pod zbyt dużym ciężarem, a wiele ksiąg było pokrytych grubą warstwą kurzu, zwłaszcza te rzadziej używane. Gilles sięgnął do kieszeni po mały kluczyk, którego używał do otwierania szuflady z napisem TABLICE, znajdującej się tuż przed nim. Szuflada wysunęła się z głośnym zgrzytem, a z wnętrza wydobył się odór pleśni i starego papieru. Dwa cylindry podtrzymywały teczki w kolorze sepii, w których przechowywano rozmaite dokumenty. Na jednej z teczek widniał napis TABLICE CIĘŻARU WŁAŚCIWEGO.

Bossuet przebiegł palcem listę pierwiastków, aż odnalazł ołów. Poczuł się zawiedziony, stwierdziwszy, że liczba podana w tablicach nie odpowiada jego wynikowi. W dodatku różnica była znaczna, o wiele wyższa niż ryzyko błędu. Zastanowił się, co mogło być przyczyną: albo medalion został zrobiony z innego materiału, albo jest pusty w środku, albo jedno i drugie.

Niezależnie od rezultatu, był przekonany, że chodziło tu o ołów bądź o jakiś inny pierwiastek o podobnym ciężarze właściwym. Cynk i bizmut wykluczył, gdyż jeden był przezroczysty, a drugi różowawy. Jeśli to nie ołów, to najprawdopodobniej cyna, ale wygląd medalionu nie bardzo pasował. A może tal? Gilles wiedział, że tal, podobnie jak ołów, w zetknięciu z powietrzem nabiera szaroniebieskiej barwy; jest też miękki, kowalny i ciągliwy. Został jednak odkryty dopiero niedawno przez profesora

Sorbony Claude'a Augusta Lamy i był pierwiastkiem występującym o wiele rzadziej niż ołów. W tym przypadku na nic nie przydadzą się próby z silnymi kwasami, bo nie reagowały one z żadnym z tych dwóch pierwiastków. Najlepiej więc sprawdzić temperaturę topnienia, gdyż ta różnica była wystarczająco duża, aby dojść do jakiegoś ostatecznego wniosku.

Bossuet nie chciał niszczyć medalionu, ale musiał zdobyć próbkę do doświadczenia. Parę wiórków zupełnie wystarczy. Sięgnął po pilnik do metalu, a kiedy chciał wziąć do ręki medalion, zaparło mu dech. Pilnik wyślizgnął mu się z palców i z metalicznym brzękiem uderzył o kamienną podłogę. Bossuet czuł, że pali go gardło, a krew gwałtownie pulsuje w skroniach. Musiał podejść bliżej do medalionu i po prostu nie mógł. Zacisnął powieki i stał tak, pragnąc z całej mocy, aby to było tylko przywidzenie.

13

Rok 1504, Neapol, Poblet, Paryż

Gonzalo Fernandez de Córdoba, znany jako Wielki Kapitan, diuk Sant-angelo i komendant zakonu Świętego Jakuba, był głównym bohaterem wojny, w której zdobyto Neapol i wygnano zajmujące miasto wojska francuskie. Po dwóch latach spędzonych w Hiszpanii wrócił do Włoch, by przeprowadzić podział terytoriów pomiędzy Francuzów i Hiszpanów wedle ustaleń traktatu Chambord–Granada. Wkrótce jednak walki znowu wybuchły. Francuzów było więcej, ale Wielki Kapitan, niezrównany mistrz strategii i taktyki, zdołał powstrzymywać ich ataki do chwili nadejścia posiłków. Po zwycięstwie otrzymał za to od Ferdynanda Aragońskiego tytuł wicekróla Neapolu.

Fernandez de Córdoba już przed zdobyciem Granady należał do zakonu Świętego Jakuba, utworzonego w 1161 roku przez dwunastu rycerzy z León, którym przewodził Pedro de Arias, pierwszy wielki mistrz i fundator zakonu. Początkowo zadaniem tej chrześcijańskiej milicji było chronienie pielgrzymów zmierzających do relikwii świętego Jakuba, ale wkrótce włączyli się do walk z najeźdźcami saraceńskimi na całym Półwyspie Iberyjskim.

Tak samo jak templariusze, kawalerowie zakonu Świętego Jakuba zaczęli tworzyć tajne związki wewnątrz zgromadzenia. W ramach tych związków podejmowano studia zakazanych nauk, jak magia czy alchemia. Gdy Królowie Katoliccy wcielili urząd wielkiego mistrza zakonu do korony, te hermetyczne kręgi nadal istniały, ale ich członkowie musieli być jeszcze ostrożniejsi. Spotykali się wyłącznie w niektórych klasztorach cystersów, zakonu, na którym wzorowali swoją organizację i który od czasów świętego Bernarda zachował zasady duchowe żołnierzy Chrystusa.

Wielki Kapitan był jednym z najważniejszych rycerzy zakonu Świętego Jakuba, wspólnikiem wiedzy tajemnej i wielkim obrońcą królewskich nadań. W bitwach otaczała go gwardia przyboczna złożona z dwunastu rycerzy zakonu, na pamiątkę liczby jego założycieli. Nosili białe peleryny cystersów z naszytym na nich czerwonym krzyżem świętego Jakuba, którego dolne ramię zastąpione było ostrzem miecza.

Fernandez de Córdoba pragnął usunąć ze sceny władzy we Włoszech młodego Borgię, którego uważał za potwornego zbrodniarza. Poczuł więc prawdziwą rozkosz, kiedy król po długich wahaniach dał mu na to zezwolenie. Ferdynand Aragoński był znakomitym dyplomatą i równocześnie geniuszem wojskowym. Żadnej decyzji nie podejmował lekkomyślnie, starając się każdym manewrem zyskać jak najwięcej, a zawsze w służbie racji stanu.

Gdy Wielki Kapitan uwięził Cezara w Neapolu, odebrał mu także Święty Całun Chrystusa. Srebrną arkę zawierającą relikwię ukrył Borgia w podziemiach pałacu, w którym mieszkał, w obawie, że napastnicy ją zatrzymają, co istotnie nastąpiło. Wielki Kapitan rozkazał zatem dwóm zaufanym mężom, obu należącym do jego gwardii osobistej, strzec Całunu w drodze do Hiszpanii i zawieźć go do klasztoru w Poblet na ziemiach Katalonii. Tam hiszpański wielki mistrz templariuszy, ukryty pod habitem cystersa, miał postanowić, co zrobić z relikwią.

Po rozwiązaniu zakonu templariuszy, do którego doszło w XIV wieku z poduszczenia króla Francji Filipa Pięknego, człowieka nikczemnego i zdrajcy, pragnącego zdobyć niezmierne skarby zakonu, zaledwie kilku rycerzom udało się uciec lub zostać uwolnionymi od fałszywych oskarżeń. Zamieszkali oni w klasztorach cystersów i braci szpitalników. W ten sposób templariusze istnieli nadal, choć oficjalnie zniknęli z kart historii.

Mimo iż większość templariuszy była Katalończykami i Aragończykami, pochodzenie zakonu było francuskie. Dlatego kiedy zakon został tajnym związkiem, jego centrum mieściło się w Paryżu, w klasztorze w pobliżu katedry Notre-Dame, na południowym brzegu Sekwany.

Podróż morska dwóch rycerzy minęła spokojnie. Żywioły nie dawały o sobie znać, jakby siły natury strzegły bezcennej relikwii. Pod wieczór czwartego dnia na horyzoncie zamajaczyło wybrzeże Hiszpanii. Dopłynęli do portu w Barcelonie, gdzie wyszli na ląd wraz z arką z Całunem, ukrytą w drewnianej skrzyni. Stamtąd podróżowali do Poblet dwukonnym wozem. Nie napotkali po drodze żadnych wrogów – ani bandytów, ani żołnierzy królewskich. Nikt nie powinien wiedzieć, co zawierała wieziona przez nich skrzynia ani jaki jest cel ich misji.

W klasztorze opat i hiszpański wielki mistrz templariuszy, brat Rajmund de Salazar, przyjął Całun z wielką radością i zdumieniem. Wiedział, że przed laty dawni opiekunowie relikwii przekazali ją Sabaudii, i nie miał pojęcia, w jaki sposób i w jakich okolicznościach znalazła się w rękach Borgiów. Wątpił w jej autentyczność aż do chwili, kiedy na własne oczy ujrzał odbicie Jezusa. Ten wizerunek rozwiewał wszelkie wahania.

Rajmund wysłał do Paryża jednego z rycerzy, którzy wieźli Całun z wiadomością do wielkiego mistrza templariuszy. Zapraszał go do Poblet, by sam zdecydował o przyszłości cennej relikwii. Wiadomość zamknięto w medalionie z wyrytymi herbami rodów de Charny i de Vergy i z wizerunkiem Świętego Całunu pośrodku, na pamiątkę rodów, które strzegły relikwii przed przekazaniem jej Sabaudii. Taki był sposób porozumiewania się pomiędzy klasztorami. Nikt nie podejrzewałby, że w metalowym medalionie może być ukryta tajna wiadomość.

Rycerz zakonu Świętego Jakuba, którego wysłano do Francji z wiadomością dla wielkiego mistrza templariuszy, tylko nocami pozwalał sobie na parogodzinny wypoczynek. Nie miał czasu do stracenia; sprawa Świętego Całunu była zbyt ważna, by mógł sobie pozwolić na najmniejszą zwłokę.

Gdy dotarł do przedmieść Paryża, dostrzegł wznoszącą się na Ile de la Cité katedrę Notre-Dame; ta wyspa dała początek miastu, znanemu już w czasach rzymskich pod nazwą Lutecia. Klasztor templariuszy znajdował się bardzo blisko katedry.

Na Pont au Change rycerza zatrzymał patrol wojskowy. Kapitan straży kazał mu zejść z konia i potwierdzić swoją tożsamość. Mnich nie zgodził się; wiedział, że Paryż jest miejscem niebezpiecznym dla rycerzy Chrystusa, a największym zagrożeniem była sama monarchia oraz jej zbrojne ramię, wojsko.

Nieposłuszeństwo rycerza sprawiło, że żołnierze otoczyli go kołem. Jedynym wyjściem była ucieczka. Spiął konia, próbując przebić się przez żołnierzy. Kiedy rzucił się na nich, jeden ze strażników skoczył do niego i o mały włos zrzuciłby go z konia; złapał go przy tym za szyję i zerwał z niej medalion z wiadomością, który wpadł w głębiny rzeki. Mnich zdołał się przebić przez zagradzających mu drogę, ale inny strażnik wydobył kuszę i wystrzelił bełt, który wbił się mnichowi w plecy na wysokości lewego ramienia, przeszywając pierś na wylot.

Rycerz zdawał sobie sprawę, że rana jest bardzo ciężka, może nawet śmiertelna. Ból nie pozwalał mu na szybką jazdę, ale wiedział, że musi zanieść wiadomość wielkiemu mistrzowi; to pomogło mu zebrać resztki sił, jakie mu jeszcze pozostały, i jechać dalej.

Zanim przybył do klasztoru, stracił wiele krwi. Ogromna ciemnoczerwona plama rozlewała się na płaszczu. Zdołał tylko przekazać wiadomość i chwilę potem umarł. Wielki mistrz templariuszy uwierzył w prawdziwość jego słów.

Zmarły poseł nie wiedział, że kapitan straży wskoczył na konia i śledził go aż do klasztoru, w którym ukrywali się bracia. Tej samej nocy setki żołnierzy otoczyły klasztor, rozkazując mieszkańcom opuścić budynek. Nikt nie wyszedł. Templariusze woleli zginąć niż się poddać.

Żołnierze zaczęli wystrzeliwać płonące strzały w okna klasztoru, a przez wejście do budynku wepchnęli wóz wypełniony słomą. Po chwili wóz ogarnęły płomienie. Żołnierze wyczekiwali krzyków rycerzy.

Ale wewnątrz panowała grobowa cisza, która wkrótce przeszła w daleki nabożny śpiew, intonowany przez setki ludzi skazanych na okropną śmierć. Huk ognia i śpiewy nadawały całej scenie przedziwny charakter.

Budynek był już morzem płomieni, kiedy z centralnego kapitelu oderwał się szczyt i dymiąc, spadł prosto na dowódcę żołnierzy. Jego wierzchowiec spłoszył się i zrzucił jeźdźca na ziemię. W tej chwili rozległ się potężny grzmot, chociaż niebo było zupełnie bezchmurne. Wielu żołnierzy uciekło w panice, być może pojmując, jaką zbrodnię popełnili. Komendant leżał na ziemi z rozciętą szyją, w pobliżu płomieni pożerających budynek. Umierając, patrzył na masakrę, którą spowodował, ze łzami w oczach, świadomy bliskości sądu, jaki czeka go na tamtym świecie. Zanim skonał, prosił o spowiedź, ale nie było już czasu na udzielenie mu ostatnich sakramentów.

Wiadomość o tych wydarzeniach dotarła do Poblet po kilku dniach. Była ogromnym zaskoczeniem dla mnichów należących do zakonu templariuszy, ale musieli udawać, że nic się nie stało, by nie wzbudzić podejrzeń wśród niewiedzących o niczym pozostałych mnichów. Placówka w Paryżu padła, a Katalonia stała się główną redutą tajnego stowarzyszenia. Nie było już żadnych wątpliwości: Święty Całun miał pozostać w Poblet.

14

Gdy Gilles zdołał otworzyć oczy, wszystko już się skończyło. Ciągle jednak był przejęty tym, co się stało przed chwilą – o ile rzeczywiście coś się stało. Nie miał wszak co do tego absolutnej pewności. Był cały obolały. Czuł napięcie we wszystkich mięśniach i potworne zmęczenie. Miał wrażenie, że jest tu obcy, że znajduje się w jakimś innym miejscu, oddalony od realnego świata. Przez chwilę pocieszał się, że wszystko było wytworem jego wyobraźni, zmęczonego umysłu. O wiele łatwiej było tak sądzić niż żyć dalej z tym, co przed chwilą zobaczył. Ale przecież był naukowcem. Przez całe życie zwalczał właśnie ten błąd, który teraz sam miał popełnić. Strach i przesądy nie niosą żadnego światła; jedynie najczarniejszą, przerażającą ciemność.

Ze wszystkich sił próbował przekonać sam siebie, że musi istnieć jakieś racjonalne wytłumaczenie. Na pewno istnieje. Gwałtownie nabrał powietrza w płuca i chwiejnym krokiem ruszył naprzód, opierając się ręką o brzeg stołu. Nie był pewien, czy zdoła pokonać tę przestrzeń. Po chwili, która wydała mu się wiecznością, dotarł do miejsca, gdzie leżał medalion. Leżał tam, gdzie Gilles go zostawił, i znowu miał normalny wygląd. Gilles głośno przełknął ślinę i wyciągnął drżącą rękę w kierunku medalionu. Delikatnie dotknął go palcami i gwałtownie cofnął dłoń. Medalion był lodowato zimny. A dosłownie parę sekund temu wydawał się lśnić jakimś własnym światłem, niczym maleńkie słoneczko wysyłające gorące promienie. Gillesowi wydawało się wtedy, że słyszy jakiś głos we własnej głowie, głos obcy i potężny, mówiący coś, czego niepodobna było zrozumieć.

Zdołał się opanować i przytrzymać palce na medalionie. Bardziej zdecydowanym gestem podniósł go ze stołu i umieścił tuż przed oczami. Nie widział żadnej zmiany. Herby były takie, jak pamiętał, chociaż... zauważył pewien szczegół, którego przedtem nie dostrzegł: wokół medalionu ciągnęła się niemal niezauważalna rysa. Serce zaczęło mu gwałtownie walić, a lęk zastąpiło podniecenie. Zdrętwiałymi dłońmi wodził po stole w poszukiwaniu narzędzi.

– Gdzie one się podziały, do diabła? – mruknął zniecierpliwiony.

O mało się o nie nie przewrócił. Kilka naczyń upadło na podłogę, tłukąc się na drobne kawałki i robiąc okropny hałas. Ale Gilles tego nie słyszał. Kiedy w końcu znalazł skrzynkę z narzędziami, miał ochotę podskoczyć z radości. Pospiesznie oderwał kawałek koszuli i zawinął medalion w tę szmatkę. Ręce mu drżały. Próbował umieścić medalion w imadle przymocowanym do stołu, ale nie zamocował go dostatecznie i ten spadł znowu na ziemię.

– Do cholery! Do jasnej cholery! – krzyczał, pochylając się, by go podnieść.

Podnosząc się, o mały włos nie walnął głową o krawędź stołu. Drżącą ręką ponownie zawinął medalion. Otarł pot z czoła i przymocował medalion dokładniej, by tym razem na pewno się nie wysunął. Potem wziął młotek i dłuto i uderzył w krawędź medalionu. Nic się jednak nie ruszyło.

Spróbował ponownie, tym razem mocniej. Wydało mu się, że ostrze lekko zagłębiło się w metal. Dygocąc nieprzytomnie, niemal w histerii, uderzył kilka razy, aż wbiło się w metal. Gilles był w tym momencie tak pochylony nad imadłem, że upadł na nie, nie napotykając na opór.

Głośno sapiąc, przez chwilę wpatrywał się w zawinięty w szmatkę medalion. Ponownie otarł pot z czoła, starając się uspokoić nieco oddech. Za każdym razem, gdy wypuszczał powietrze, słychać było chorobliwe syczenie.

Odłożył dłuto i młotek na stół. Następnie wyjął medalion z imadła i położył na stole, ostrożnie tuląc w obu dłoniach, jakby kołysał go do snu. Powoli odsunął szmatkę, aż odkrył go zupełnie. Jego podejrzenie było słuszne: medalion rzeczywiście był pusty w środku. Patrzył na jego dwie połówki na białym tle urwanego kawałka materiału. Było jeszcze coś... coś, czego się nie spodziewał... a może właśnie tak? Nie był pewien. W każdym razie pomiędzy resztkami medalionu widniał maleńki kawałek złożonego, pożółkłego papieru.

Wytarł ręce o to, co zostało z koszuli. Podniósł wzrok i rozejrzał się po pokoju. Musiał sprawdzić, czy nadal w nim jest, że to wszystko dzieje się naprawdę. Na dworze zaczął padać rzęsisty deszcz. Woda z szumem płynęła rynnami i zaczynała się już z nich wylewać. Z oddali słychać było grzmoty zbliżającej się burzy.

Stał o krok od stołu, nie wiedząc, co robić. Po raz pierwszy w życiu czuł strach. Nie taki, jak codzienne lęki ludzkie, ale prawdziwy strach, który się odczuwa, kiedy nadchodzi chwila próby, kiedy trzeba zostawić za sobą wszystko, co było dotychczas. I nie tylko to: było także inne uczucie, może jeszcze silniejsze. Nie potrafił sobie uświadomić, co... może nadzieja?

Grzmoty były coraz bliższe i silniejsze. Z każdym uderzeniem szyby brzęczały gwałtownie. Oślepiające światło błyskawic co chwila rozjaśniało laboratorium, mimo zapalonych lamp. Jedno z okien, które ktoś zapomniał zamknąć, gwałtownie uderzało o ścianę, szarpane gwałtownym wichrem.

Gilles wyjął papier spomiędzy resztek medalionu. Kartka była ostra i chropowata. Z największą ostrożnością rozłożył ją. Papier zatrzeszczał. Widać było, że jest bardzo stary. Prawdziwy cud, że zachował się w tak dobrym stanie. Gilles znieruchomiał na chwilę, kiedy zobaczył na papierze coś, co wyglądało na zapisaną wiadomość. Śpiesznie rozprostował kartkę do końca, choć ręce drżały mu z przejęcia.

Ogłuszający huk grzmotu sprawił, że Gilles aż podskoczył. Otwarte okno trzaskało coraz gwałtowniej, w tym samym rytmie, w którym biło jego serce.

Wyblakłe brązowe litery zajmowały centralną część kartki. Pismo było staranne i eleganckie. W miarę jak Gilles czytał, na jego twarz wypływał radosny uśmiech. Gdy skończył, zorientował się, że płacze. Łzy płynęły mu po policzkach, zostawiając na nich błyszczące ślady. Tymczasem na dworze burza zaczęła cichnąć i deszcz ustał. Dopiero wtedy Gilles poczuł ulgę.

Drogi naszego Pana bywają niezwykłe, a Jego plany pozostają dla nas, Jego pokornych niewolników, niezbadane. Jego niezmierzona dobroć przyniosła nam światło, które oświeca swoją Boską łaską nasze nieczyste serca i która pozwoliła nam podziwiać Całun, w który Pan nasz, Jezus Chrystus został owinięty w Świętym Grobie, z którego zmartwychwstał trzeciego dnia, dla tym większej chwały Boga. Proszę Was, przybywajcie, drogi Mistrzu, by zobaczyć to, co nasz Pan przekazał naszemu klasztorowi, gdyż bez wątpienia mądrość Wasza, która jest większa niż nasza, zdecyduje, jak najlepiej tym zadysponować.

Klasztor w Poblet
15 września Roku Pańskiego 1504

15

Rok 1507, Granada

W Hiszpanii początków XVI wieku Święte Oficjum miało ogromną władzę. Stało się jedynym trybunałem, nad którym nie było już nikogo innego. Pierwszy Wielki Inkwizytor, wybrany przez Królów Katolickich w końcu XV wieku dominikanin Tomasz de Torquemada, przeor klasztoru Świętego Krzyża w Segowii, zorganizował Święte Oficjum w sposób tak doskonały, że żadna inna organizacja nie mogła się z nim równać co do skuteczności. Dzieło Torquemady kontynuował inny dominikanin, brat Diego de Deza, arcybiskup Sewilli, który stał na czele inkwizycji przez niemal całą dekadę. Ale największy rozgłos jako osobistość życia religijnego i politycznego zyskał trzeci Wielki Inkwizytor, Francisco Jimenez, znany w historii jako kardynał Cisneros.

Kardynał Cisneros, człowiek pobożny i mądry, miał twardy charakter i żelazną wolę. Ukończył studia teologiczne i prawnicze na uniwersytetach w Salamance i Rzymie – dwóch najznakomitszych uczelniach owych czasów. Jako członek zakonu franciszkanów i protegowany kardynała Mendozy, był spowiednikiem i głównym doradcą Izabeli Kastylijskiej i arcybiskupem Toledo. Po śmierci królowej panowie Kastylii wybrali go na gubernatora królestwa, rezygnując z kandydatury Ferdynanda Aragońskiego, do którego nie żywili żadnego przywiązania. Ale Cisneros, szczery przyjaciel króla Ferdynanda sprawił, że otrzymał on regencję, uważał bowiem, że należała mu się ona na mocy prawa. Wdzięczny Ferdynand w 1507 roku wręczył Cisnerosowi kapelusz kardynalski i mianował go Wielkim Inkwizytorem z królewskim patronatem.

Rok wcześniej kardynał Cisneros dowiedział się, że Gonzalo Fernandez de Córdoba znalazł Święty Całun Chrystusa. Historię tę opowiedział mu stary żołnierz Wielkiego Kapitana, który po powrocie do Hiszpanii przywdział habit franciszkanina. Mnich nie wiedział wprawdzie, co się wydarzyło w pałacu Cezara Borgii, ale widział, jak na jednej ze ścian piwnicy pojawiło się coś, co przypominało oblicze mężczyzny z długimi włosami i brodą. Wszyscy obecni padli wtedy na kolana, wierząc, że jest to wizerunek Jezusa Chrystusa. Fernandez de Córdoba, powiadomiony o cudzie, rozkazał wszystkim żołnierzom natychmiast opuścić pałac. Chciał kontemplować pojawienie się świętego wizerunku samotnie, jedynie w towarzystwie rycerzy zakonu Świętego Jakuba z jego gwardii osobistej. Niebawem rycerze wynieśli z piwnic drewnianą skrzynię i dwaj z nich bez zwłoki udali się z nią do Hiszpanii.

Opowiadanie zainteresowało kardynała, który uznał postępek Wielkiego Kapitana za akt nielojalności, gdyż nie powiadomił on o swoim odkryciu hiszpańskich władz kościelnych. A może, zastanawiał się Cisneros, król Ferdynand został o tym poinformowany i zdecydował pozostawić sprawę w tajemnicy. W takim razie zachowanie monarchy byłoby nie mniej naganne niż zachowanie jego sługi, ale chroniła go godność królewska.

Żołnierz ujawnił też nazwiska dwóch rycerzy zakonu Świętego Jakuba, którym powierzono misję strzeżenia zawartości skrzyni. Kardynał rozpoczął dochodzenie. Jego szpiedzy odnaleźli tylko jednego z nich: porzucił wojsko, zamieniając szablę na klasztorne mury. O drugim nie zdołano dowiedzieć się niczego. Kiedy rok później Cisneros został Wielkim Inkwizytorem, uznał to za świetną okazję do wznowienia śledztwa. Zarządzanie tak potężną instytucją mogło mu pomóc rozwiązać zagadkę.

W owym czasie stosunki pomiędzy królem Ferdynandem a Wielkim Kapitanem były lodowate. Monarcha definitywnie stracił zaufanie do tego, który był kiedyś jednym z jego najwierniejszych sług. Fernandez de Córdoba stracił tytuł wicekróla Neapolu i został zmuszony do powrotu do Hiszpanii.

Tam dowiedział się, że inkwizycja uwięziła właśnie jego wiernego rycerza i oddanego przyjaciela, brata Bartolomé de Cepedy. Cepeda nie był rdzennym Kastylijczykiem, ale pochodził z przechrzczonych Żydów. Wielki Kapitan przypuszczał, że właśnie to mogło być przyczyną zatrzymania go – Święte Oficjum nigdy nie wyjaśniało powodów swoich działań aż do publicznego odczytania oskarżenia.

Fernandez de Córdoba nie mógł znieść takiego postępowania trybunału w stosunku do jednego z jego najlepszych ludzi, który wykazał się niezwykłą odwagą w najtrudniejszych sytuacjach. Dlatego, skoro tylko dowiedział się o aresztowaniu, wyruszył do Granady. Znajdowało się tam więzienie, które równocześnie stanowiło siedzibę Wielkiego Inkwizytora podczas jego pobytów w tym mieście.

Procesy prowadzone przez Inkwizycję były tak straszne, że włos jeżył się na głowie. Aresztowano oskarżonego, nie informując go o przyczynie, bez żadnych wyjaśnień. W ponurym lochu więziennym taki człowiek zaczynał upadać na duchu, nim rozpoczęły się przesłuchania. Po kilku dniach strażnicy prowadzili go przed oblicze prokuratora okręgu, który, w asyście sekretarza, przyjmował zeznanie. Nadal nie wyjaśniano mu natury oskarżenia, uznając, że sam powinien wyznać swoje oczywiste winy.

Brata Bartolomé zamknięto na dwa dni przed pierwszym przesłuchaniem. Był szlachetnym rycerzem, okrzepłym w walkach, i nie dał się zastraszyć trzymaniem w lochu. Sala, w której czekali na niego funkcjonariusze, była mała, brudna i pozbawiona okien, oświetlona tylko łuczywem zatkniętym na ścianie. Sekretarz siedział na prostym drewnianym krześle, przy równie prostym stole, na którym leżały karty papieru, gęsie pióro, kałamarz, nóż do temperowania piór i dzwonek. Prokurator zajmował krzesło nieco lepszego gatunku, ustawione na podwyższeniu pod arkadą, która skrywała jego twarz w cieniu. Obaj bracia nosili brunatne habity zakonu świętego Franciszka, z kapturami zakrywającymi głowy.

Rycerz stał przed prokuratorem z rękami związanymi na plecach; sekretarz temperował pióro. Kiedy strażnicy wyszli i zamknęli za sobą potężne drzwi, prokurator rzekł:

— Spodziewam się, że pobyt w więzieniu nie sprawił wam zbytniej niewygody.

— Nie próbujcie mnie speszyć, panie — odparł rycerz śmiało. — Znam metody Świętego Oficjum. Powiedzcie, o co się mnie oskarża, a wówczas będę mógł udowodnić swoją niewinność.

— To niemożliwe. Trzeba postępować zgodnie z procedurą. Jak się nazywacie?

— Bartolomé de Cepeda y García Cáceres.

— Stan cywilny?

– Jestem zakonnikiem. I dumny jestem z tego, że zawsze byłem wierny ślubowi czystości.

– Proszę się ograniczać do odpowiedzi na pytania. Jesteście rdzennym chrześcijaninem?

– Nie. Moi dziadkowie byli przechrzczonymi żydami.

Sekretarz, który notował każde wypowiedziane słowo, podniósł wzrok i przyjrzał się twarzy rycerza, jakby szukając w niej semickich rysów.

– Mówicie, że jesteście zakonnikiem. Do jakiego zakonu należycie?

– Jestem rycerzem szlachetnego zakonu Świętego Jakuba z Toledo.

Po krótkiej przerwie – może by dać sekretarzowi czas na sporządzenie notatek, prokurator rzekł:

– Wyznajcie swoje winy, bracie Bartolomé, nie chciejcie przedłużać naszej pracy.

– Jedyną moją winą jest służba Bogu i królowi. Jeśli kogoś zabiłem, czyniłem to zawsze w imieniu króla i sprawiedliwości. Nic innego nie mam do wyznania.

– Obawiam się, że wasza odmowa wyznania zmusza mnie do oddania was w ręce strażników.

Sekretarz zadzwonił dzwonkiem leżącym na stole. Strażnicy natychmiast wpadli do komnaty, by poprowadzić brata Bartolomé do izby tortur. W tej sali, znacznie większej niż pokój przesłuchań, zapach węgla, wosku i smaru mieszał się z odorem potu oprawców i torturowanych, a także uryny i odchodów tych ostatnich. Przy jednej ze ścian płonęło ognisko podsycane miechami; nad nim zwisały na hakach rozmaite żelazne narzędzia o budzących przerażenie formach. Ponadto w izbie stał „kozioł", a stół i dwa krzesła, jedno ustawione wyżej, oczekiwały nadejścia inkwizytorów w celu dalszego przesłuchiwania.

Oprawcy rozebrali brata Bartolomé do naga i przywiązali do grzbietu „kozła". Tortura polegała na stopniowym naciąganiu sznurów, aż wpiły się w ciało. Prokurator i sekretarz, ten ostatni z księgą i przyborami do pisania, wkroczyli do izby. Kiedy prokurator siadał na krześle, po raz pierwszy ukazał swoją twarz. Oczy miał błyszczące i okrutne. Były to oczy fanatyka, który w imię czynienia dobra dopuszcza się największych okrucieństw. Wydatny zakrzywiony nos jeszcze podkreślał surowość twarzy inkwizytora.

– Przyznacie się teraz? – spytał, ale nie otrzymał odpowiedzi.

Brata Bartolomé poddano dalszym torturom. Jego rozdzierające krzyki wypełniły izbę. Sytuacja była beznadziejna: wyznanie albo tortury. A gdyby się przyznał, prawdopodobnie stos. Brat Bartolomé nie wiedział, co ma wyznać, z wyjątkiem tego, że jego dziadkowie przeszli na chrześcijaństwo wcześniej, niż nakazało to prawo. Nie zrobili tego dla ratowania majątku, którego nie mieli, ale z przekonania. Ilekroć oprawca przerywał na chwilę, prokurator powtarzał pytanie, brat jednak zachowywał milczenie. Z jego ust nie wyszło ani jedno słowo, tylko jęki i krzyki człowieka, który nie może się bronić.

Po torturze „kozła" oprawca zdjął ze ściany żelazo i włożył je w żarzące węgle. Po paru chwilach żelazo rozpaliło się do czerwoności. Oprawca ujął je za drugi koniec i wrócił do „kozła", do którego przywiązany był rycerz. Dwukrotnie napiętnował mu pierś rozpalonym żelazem i oba razy brat Bartolomé zniósł ból wytrwale.

Oprawca wydawał się rozczarowany. Drażniła go wytrzymałość rycerza, która mogła zmniejszyć czujność inkwizytorów. Powiesił żelazo na odpowiednim haku na ścianie i wziął wielkie kleszcze o ostrych brzegach. Ale i tym razem nie zdołał z brata Bartolomé wydusić wyznania winy, chociaż poszarpał mu obcęgami całe ramię.

— Wyglądasz na twardego człowieka. Zobaczymy, czy wytrzymasz „skok o tyczce" — rzekł prokurator i zwrócił się do oprawcy: — Słyszeliście mnie? Odwiążcie go z „kozła" i róbcie, co nakazuję.

Do „tyczki" przywiązywało się ofiarę za przeguby rąk związanych z tyłu na plecach. Po podciągnięciu go na linach na wysokość kilku metrów puszczano sznur i następnie gwałtownie zatrzymywano, co powodowało wywichnięcia naciągniętych mięśni. Podczas tej tortury brat Bartolomé wymiotował i prawie stracił przytomność. Po wielokrotnym powtórzeniu operacji prokurator zapytał:

— Czy przyznajecie się wreszcie?!

— Służyłem wyłącznie Bogu i królowi. To moje wyznanie.

Przesłuchanie trzeba było przerwać, gdyż rycerz był już u kresu wytrzymałości i kontynuowanie tortur nie dałoby żadnych rezultatów. Brata Bartolomé odprowadzono do celi, gdzie zajął się nim jeden z więziennych medyków, który posmarował mu maściami rany.

16

Rok 1888, Paryż

Proboszcz kościoła Saint Germain skończył odprawiać poranną mszę. Tematem kazania było odkupienie grzeszników, którzy żałują za grzechy i porzucają złą drogę, by pójść za naukami Jezusa Chrystusa. Na nabożeństwo przyszło znacznie więcej ludzi niż zwykle. Bogiem a prawdą, zwykle na tej mszy bywało tylko kilka dewotek, mających tyle lat, ile wiary. Proboszcz pomyślał, nie bez pewnej złośliwości, że powodem takiej frekwencji była straszna burza, która rozpętała się poprzedniej nocy. Strach przed śmiercią to niezbyt pobożna przyczyna przyjścia przed oblicze Pana, ale niewątpliwie przyczyna niesłychanie skuteczna.

Ksiądz wstał tego ranka bardzo wcześnie; nie mógł spać i modlił się aż do rozpoczęcia mszy. Już w sutannie zjadł śniadanie przygotowane przez panią Du Champs. Gdy wszedł do kuchni, nie było w niej nikogo. Prawdopodobnie gospodyni poszła kupić produkty na obiad.

Usiadł na swoim zwykłym miejscu przy oknie. Na stole czekała na niego duża miska gorącego mleka i talerz z trzema kromkami chleba posmarowanymi miodem. Jedząc, patrzył przez okno, chociaż nie było tam wiele do oglądania. Zaledwie kawałeczek ulicy. Tylko młody, dobry wzrok mógł dostrzec między budynkami fragmenty zieleni niedalekich ogrodów Pałacu Luksemburskiego. Ksiądz już od dawna mógł sobie je tylko wyobrażać, słyszał jedynie odległy zgiełk Rue de Rennes i bulwaru Saint Germain.

Kończył ostatnią kromkę, gdy wśród przechodniów dojrzał znajomą twarz. Mężczyzna szedł wielkimi krokami, lekko pochylony. Z tej odległości ksiądz nie mógł go rozpoznać, ale był pewien, że zna tę twarz. Wstał i podszedł do okna, by lepiej widzieć.

– Gilles?

Dziwne, że profesor składał mu wizytę o tej porze. Rano albo prowadził zajęcia ze studentami, albo wykonywał papierkową robotę w katedrze. Ksiądz odłożył niedojedzoną kromkę na talerz i wybiegł z kuchni. Był dopiero w połowie drogi, w głównej nawie, kiedy zobaczył Gillesa wchodzącego do świątyni.

– Witaj, mój drogi Jacques – powitał go Bossuet.

Ksiądz aż się wzdrygnął na dźwięk głosu profesora. Brzmiał tak, jakby dochodził z głębokiej otchłani. A jego oczy... Co się stało z jego oczami? Zapadnięte, otoczone niezdrowo poszarzałą skórą. Promieniowały jakimś niepokojącym blaskiem, od którego aż przechodził dreszcz.

– Co się stało, Gilles? Dobrze się czujesz?

– Co? Ależ tak, Jacques, czuję się znakomicie. – Gilles, jakby wyrwany z transu, uśmiechnął się szeroko.

Proboszcz nie wierzył, że Bossuet dobrze się czuje. Bogiem a prawdą był przekonany, że jest z nim naprawdę źle. Nie potrafiłby wytłumaczyć, dlaczego, ale miał wrażenie, że wie, o co chodzi. Niedawno widział podobne spojrzenie. Z jeszcze większym niepokojem, nagle zdał sobie sprawę, że już wie.

– Czy to coś z...?

– Co wiesz o klasztorze w Poblet? – przerwał mu profesor.

– O czym?!

– Klasztor w Poblet. Co o nim wiesz? – powtórzył Gilles, jakby tłumaczył małemu dziecku.

– Najpierw wyjaśnij mi, co ci się stało i dlaczego chcesz to wiedzieć.

Gilles pokręcił przecząco głową, równocześnie kładąc dłoń na ramieniu kapłana.

– Nie ma na to czasu, przyjacielu. Wierz mi.

Proboszcz miał ochotę nalegać, ale dał za wygraną. Upór był jedną z głównych przywar profesora.

– Co chcesz wiedzieć o Poblet?

– Gdzie to jest? Czy nadal jest tam klasztor?

– Nie pamiętam dokładnie. Ale znam tę nazwę. Słyszałem ją w seminarium, a może na Sorbonie... Trzeba by sprawdzić w księgach.

Bossuet popatrzył na przyjaciela z takim wyrazem twarzy, jakby mówił „To na co jeszcze czekasz?" Z głębokim westchnieniem ksiądz ruszył w kierunku swego mieszkania, czyniąc w kierunku Gillesa zapraszający gest. Szli w milczeniu nawą, jeden obok drugiego. Proboszcz słyszał nerwowy oddech profesora. Próbując nie myśleć o tym, co się mogło stać, usiłował sobie przypomnieć, gdzie słyszał o klasztorze w Poblet. Był tak zaabsorbowany, że nie zauważył, że Gilles został w tyle. Zorientował się dopiero, kiedy podszedł pod główny ołtarz.

Rozejrzał się po kościele w poszukiwaniu przyjaciela. W pierwszej chwili nie mógł dojrzeć, gdzie tamten się podział. Zaniepokojony, poszedł z powrotem tą samą drogą, rozglądając się na prawo i lewo, nie wiedząc dokładnie, dokąd iść. Kiedy go w końcu zobaczył, nie uspokoił się jednak, ale zdenerwował się jeszcze bardziej. Gilles stał dziesięć metrów od ołtarza, po przeciwnej stronie nawy. Stał nieruchomo i wpatrywał się w jakiś niewielki obrazek. Ksiądz zbliżył się do niego ostrożnie. Nie był pewien, czy dlatego, że się bał, czy też dlatego, że nie chciał przeszkodzić przyjacielowi w kontemplacji. Gilles chyba nie zdawał sobie sprawy, że ksiądz stoi obok niego. Wpatrywał się w obraz na ścianie, oświetlony mętnym światłem świecy.

– Chciałem to zobaczyć – powiedział wreszcie i skierował się do mieszkania księdza.

Proboszcz zbliżył się do kamiennej kolumny, żeby dokładniej przyjrzeć się obrazowi, który widział już setki razy. Na płótnie Jezus Chrystus wznosił się do nieba, otoczony boską poświatą, w asyście chóru anielskiego. U Jego stóp klęczała kobieta, prawdopodobnie Maria Magdalena, trzymająca w dłoniach Święty Całun. Proboszcz odwrócił głowę w chwili, kiedy profesor znikał za drzwiami. Nim poszedł za nim, jeszcze raz spojrzał na obraz i przeżegnał się.

Jacques prowadził życie proste i surowe, zgodnie ze swym powołaniem duchownego. Jedną z niewielu przyjemności, na jaką sobie pozwalał bez ograniczeń, była lektura. Przez lata zgromadził piękną kolekcję książek. Niemal wszystkie pochodziły z dotacji osób bardziej zainteresowanych winem i światowymi rozkoszami niż naukami klasycznymi. Obok sypialni, w północnym skrzydle kościoła, była komnata służąca jako biblioteka. Jacques, szczególnie podczas chłodnych zimowych nocy, palił w kominku i spędzał długie godziny, rozkoszując się dobrą książką.

Gilles dobrze znał to miejsce. Bardzo często prowadzili tu ze sobą długie dysputy na najrozmaitsze tematy. Gdy ksiądz wszedł do sali, profesor już tam był, przeglądając tytuły tomów na półkach.

– Już jesteś – powiedział, siadając w wygodnym fotelu.

Proboszcz doskonale znał miejsce każdej swojej książki, więc bez trudu znalazł te, które mogły mu się teraz przydać. Bossuet obserwował go z fotela. Po paru minutach kapłan zbliżył się do niego, kładąc na stole stosik książek. Jedna, widać niedokładnie ułożona, zsunęła się i spadła na dywan z głuchym stukiem, wzbijając przy tym chmurę kurzu.

– Dobrze, ty pierwsza, skoro jesteś taka niecierpliwa – powiedział ksiądz do książki.

Gilles uśmiechnął się i przysunął fotel bliżej stołu, by lepiej widzieć. Tytuł brzmiał *Klasztory chrześcijańskie*. Była to kopia oryginału napisanego przez pewnego mnicha z klasztoru w Clairvaux, którego opatem, jak wyjaśnił ksiądz, był święty Bernard, jeden z fundatorów zakonu cystersów. Potężne, wielostronicowe dzieło, oprawne w skórę zniszczoną przez dotknięcia tysięcy rąk, miało kartki wystrzępione na brzegach i częściowo nadgryzione przez mole.

Ksiądz otworzył księgę. Stronice były pomarszczone i wyblakłe, co powodowało, że wydawały się niezmiernie kruche. Informacje o klasztorach i opactwach znajdowały się na początku, po krótkim opisie całego dzieła w języku oryginału, czyli po łacinie. Nie zostały wymienione w porządku alfabetycznym i dlatego szukanie było trudniejsze. Cierpliwie sprawdzali nazwy, jedną po drugiej, aż dotarli do klasztoru w Poblet.

– Jest! – wykrzyknął profesor z entuzjazmem.

Zarażony radością przyjaciela, który wydawał się teraz mniej roztrzęsiony, proboszcz odszukał wskazaną stronicę. Bossuet wstał z fotela i usadowił się na stole. Drżącym z przejęcia, ale pogodnym głosem ksiądz czytał głośno:

Klasztor Matki Boskiej z Poblet został ufundowany w roku 1151 przez mnichów z klasztoru cystersów z Fontfreda, którym Ramon Berenguer IV, książę Aragonii i hrabia Barcelony, nadał te ziemie. Usytuowany w Conca de Barberà w Katalonii, został ustanowiony panteonem królewskim dla Piotra III Wielkiego, czwartego króla Korony Aragońskiej.

Musieli przejrzeć pozostałe księgi, żeby dowiedzieć się czegoś więcej. W rezultacie tych poszukiwań ustalili, że opactwo znajduje się w pobliżu niewielkiej miejscowości L'Espluga de Francoli, na południowy wschód od miasta Lérida.

Poszukiwania zajęły im całą resztę przedpołudnia. Tuż przed porą obiadu kapłan odprowadził przyjaciela do wrót kościelnych i tam się z nim pożegnał.

– Powiesz mi, co ci się przydarzyło, Gilles? – spróbował jeszcze raz.

Bossuet, już w połowie schodów wiodących na ulicę, odwrócił się do proboszcza. Posłał mu ciepły uśmiech i w tym momencie stał się dawnym Gillesem, przyjacielem, z którym ksiądz spędził tak wiele cudownych chwil.

– Olśnienie, mój drogi Jacques, olśnienie...

Kapłan patrzył, jak Bossuet oddala się pustą ulicą, a jego krótki południowy cień za nim. Nagle zatrzymał się w połowie skrzyżowania. Ksiądz sądził, że zawróci, ale Gilles tylko pomachał mu ręką na pożegnanie i ruszył dalej. Proboszcz odwzajemnił gest i chociaż wiedział, że Gilles nie może go usłyszeć, wyszeptał ze łzami w oczach:

– Żegnaj, przyjacielu.

Wiedział, że nie zobaczy go nigdy więcej.

17

Brat Bartolomé przebywał dwa dni w lochu, przykuty łańcuchem do jednej ze ścian. Łańcuch był krótki, więc mógł tylko leżeć albo klęczeć. Powietrze było gęste od odoru ekskrementów, a podłoga wilgotna od moczu. Raz dziennie strażnik otwierał maleńkie okienko w drzwiach i wsuwał przez nie miskę z kromką chleba, kawałkiem słoniny i odrobiną wody.

Ból całego ciała, początkowo ostry, stopniowo słabł. Ubranie miał brudne i zakrwawione. Bartolomé nie potrafił zrozumieć, jak można postępować w ten sposób w imię religii. Władza świecka też potrzebowała zbrojnego ramienia, gwarantującego jej utrzymanie, ale nie posuwała się aż tak daleko dla osiągnięcia celu.

Samotny w celi, po raz pierwszy w życiu naprawdę samotny, brat Bartolomé złożył przyrzeczenie Bogu, jego jedynemu rozmówcy w tych strasznych chwilach: odda swoje życie bez wahania, zniesie tortury i poniżenie, ale zawsze będzie wierny swojemu imieniu.

Drugie przesłuchanie rozpoczęło się tak samo jak pierwsze. Strażnicy zaprowadzili brata Bartolomé do maleńkiej izby, w której czekali na niego inkwizytorzy. Zmieniło się tylko jedno: wyniosłość rycerza, pokonana przez tortury, przeszła w smutną rezygnację. Jego odzienie sprawiało równie przygnębiające wrażenie jak jego duch.

— Czy dzisiaj jesteście gotowi z nami współpracować, bracie Bartolomé? Zrozumcie, że dla nas wszystko to jest równie bolesne jak dla was — rzekł prokurator z udawaną słodyczą.

– Jestem o tym przekonany, panie – odparł rycerz ironicznie, ze wzrokiem utkwionym w podłogę.

Prokurator milczał chwilę. To nie była właściwa droga. Po krótkim namyśle przemówił ponownie:

– Zapytam was jeszcze raz: czy jesteście gotowi wyznać wasze przestępstwa?

– Moje przestępstwa to to, że broniłem Boga i swojego króla. Już wam powiedziałem...

– Dosyć! – krzyknął inkwizytor. – Jeżeli nie chcecie się przyznać, przeczytam wam wasze oskarżenie.

– Kto mnie oskarża?

– Milczeć! To nie ma znaczenia. Odpowiadajcie tylko na pytania, które wam zadam.

Brat Bartolomé wiedział, że w którymś momencie trybunał powinien przedstawić podsądnemu oskarżenie. Ale był także pewien, że w tej fazie procesu powinien tu być obrońca.

– Gdzie jest mój adwokat? – zapytał, po raz pierwszy podnosząc głos.

Prokurator spojrzał na niego, siadając. Jego zakapturzona głowa wychyliła się trochę z cienia. Brat Bartolomé oczekiwał krzyku, ale inkwizytor przemówił spokojnie:

– Nie macie prawa niczego wymagać od trybunału. Odpowiadajcie na nasze pytania z powagą, prosząc Boga, by was oświecił, a wszystko skończy się w krótkim czasie. – Usadowił się na krześle i spytał: – Czy to prawda, że byliście w Neapolu wraz z generałem Fernandezem de Córdobą w dniu, kiedy uwięziono Cezara Borgię?

Rycerz już miał odpowiedzieć. W pierwszej chwili pytanie wydało mu się banalne, ale potem nagle zrozumiał przyczynę swojego procesu. Nie chodziło wcale o jego żydowskich przodków ani o podejrzenie, że jest heretykiem! Inkwizycja w jakiś sposób dowiedziała się o znalezieniu Świętego Całunu w Neapolu.

Wobec braku odpowiedzi prokurator zadawał kolejne pytania, w których zawarta była już odpowiedź, stopniowo podnosząc głos aż do krzyku:

– Czy to prawda, że na murach piwnic w jego rezydencji ukazało się oblicze naszego Pana, Jezusa Chrystusa? Czy to prawda, że to, co znaleziono za murami, zostało przewiezione do Hiszpanii przez was i przez brata Dominga Lopez de Tejada? Czy prawda, że Wielki Kapitan ukrył to przed królem Ferdynandem?

Inkwizytor mówił tak szybko, że sekretarz ledwie nadążał z zapisywaniem jego słów. W końcu prokurator wstał i, zbliżywszy się do rycerza, dodał:

– Lepiej, byście się przyznali i powiedzieli nam, gdzie to się teraz znajduje. W przeciwnym razie będziemy musieli ponownie poddać was torturom.

Brat Bartolomé w dalszym ciągu milczał. Wyglądało na to, że inkwizytor nie wiedział aż tyle, ile sądził. A ponadto wyrok z pewnością i tak już wydano. Proces miał na celu jedynie wyciągnięcie z niego informacji, których potrzebował prokurator. Ale nie ułatwi im zadania: będzie wierny obietnicy złożonej Panu i rycerskim zasadom.

Kolejne tortury były jeszcze potworniejsze. Strażnicy przywiązali brata Bartolomé do wąskiego drewnianego stołu. Oprawca wepchnął mu głęboko do ust wilgotną szmatę, a potem przystawił do warg lejek, przez który nalewał wodę. Szmata służyła temu, by torturowany nie mógł wypluć płynu, który lał się do żołądka aż do bolesnego wzdęcia.

Podczas tortur brat Bartolomé oddawał mocz i kał. Odór, i tak ciężki, stał się nie do wytrzymania. Był to fetor cierpienia i bólu, tak miły inkwizytorom, jak zapach świeżo zerwanych róż, wskazywał bowiem, że ofiara zaczyna kapitulować. Ale rycerz nie poddał się. Mimo dzbanów wody, które w niego wlewano, nie zdradził niczego, co mogłoby zaspokoić ciekawość prokuratora. Powtórzył tylko przerywanym głosem, z oczyma pełnymi łez, że jego jedyną winą była służba Bogu i królowi.

Kiedy rycerz cierpiał katusze, Wielki Kapitan przybył do Granady, by spotkać się z kardynałem Cisneros i zażądać uwolnienia brata. Wielki Inkwizytor odmawiał mu jednak audiencji przez całe dwa dni. Gdy nadszedł trzeci dzień, Fernandez de Córdoba nie był w stanie znieść dalszych opóźnień. Czas naglił, każda upływająca godzina zmniejszała szansę odzyskania brata Bartolomé żywego.

Mimo iż Wielki Kapitan nie rządził już Neapolem i jego pozycja została mocno osłabiona po sporach z królem Ferdynandem, jego nazwisko ciągle jeszcze cieszyło się niezmiernym szacunkiem, zwłaszcza w kręgach wojskowych. Żołnierzom gwardii pałacowej Cisnerosa nakazano, by nie pozwolić Kapitanowi wejść; nie odważyli się jednak zaprotestować, kiedy doprowadzony do ostateczności dobył miecza i skierował się do wnętrza.

– Eminencjo – rzekł, wpadając do komnaty, w której kardynał załatwiał codzienne sprawy – nie zostało mi nic innego, jak wejść do was siłą.

Cisneros siedział za ogromnym stołem z drzewa orzechowego, z inkrustacjami z marmuru o rozmaitych barwach. Rozmawiał z jakimś dominikaninem, kiedy Wielki Kapitan wkroczył do sali. Zaskoczony, ale spokojny, gestem odprawił mnicha.

– Zrozumcie, mój panie, że to natłok zajęć nie pozwolił mi was przyjąć. Ale zapewniam was, że z niecierpliwością oczekiwałem chwili spotkania z wami.

Wielki Inkwizytor był niezwykle chudy. Jego nogi wyglądały jak gałęzie uschniętego drzewa, a ręce, długie i kościste, wystawały z mankietów szaty. Włosy miał przyprószone siwizną, gęste z wyjątkiem tonsury, którą sobie wygalał, twarz miał szczupłą i pociągłą, a nos haczykowaty. Był wprost wzorem nieprzejednanego fanatyka.

– Żądam, byście uwolnili brata Bartolomé de Cepedę – rzekł Wielki Kapitan, waląc pięścią w stół przed nosem Cisnerosa. – To nie jest zbrodniarz ani heretyk. Ręczę, że jest chrześcijaninem i dobrym sługą Hiszpanii. Moje słowo niech będzie poręczeniem.

– Nie wątpię w wasze słowo, generale. Ale powinniście zrozumieć, że chociaż działacie w dobrej wierze, możecie się mylić – odparł Cisneros. – Poza tym z przykrością pragnę wam przypomnieć, że nie jesteście już w łaskach u króla. Powinniście się cieszyć, że to nie wy jesteście oskarżeni.

– Czy ośmielacie się mi grozić, kardynale? Nie zdajecie sobie sprawy, że mogę wam tu poderżnąć gardło jak świniakowi?

– Rozumiem wasz ból, naprawdę rozumiem, i dlatego nie będę wam pamiętał tych słów. Ale co do waszego rycerza, musicie czekać, aż zakończy się proces przeciw niemu.

– Powiedzcie przynajmniej, o co się go oskarża.

– Nie mogę wam wyjawić jego przestępstw. Dowiecie się podczas *auto da fé*. Już niebawem.

W tej chwili do salonu wpadło kilku strażników z obnażonymi mieczami. Otoczyli Wielkiego Kapitana, a ich dowódca poprosił go, by poszedł z nimi. Fernandez de Córdoba dostrzegł, że żołnierz postępował w ten sposób, bo musiał, ale w jego oczach widać było niechęć, jaką to w nim wywołało. Wolał więc schować żelazo do pochwy i zrobić to, o co go proszono. Zanim wyszedł, po raz ostatni zwrócił się do kardynała:

– Jesteście tu na ziemi wykonawcą woli Wszechmocnego Boga i pewnego dnia będziecie musieli odpowiedzieć przed Panem za wasze zbrodnie.

Cisneros odprowadził Wielkiego Kapitana surowym spojrzeniem. Kiedy został sam, przez chwilę zastanawiał się nad czymś z zamkniętymi oczyma. Potem wstał i udał się do sąsiadującej z salonem ubieralni. Tam zmienił jedwabne i gronostajowe szaty na surowy habit franciszkanina. Uruchomił tajny mechanizm w kominku i w ścianie z głuchym stukiem otwarło się tajne przejście – był to dźwięk podobny do zamykających się na zawsze wiek trumiennych.

Kardynał nakrył głowę kapturem i wziął do ręki kandelabr, by oświetlić korytarz. Zszedł wąskimi, stromymi i krętymi schodkami do ciasnego pokoiku bez okien. Kamienne ściany były zimne i wilgotne. Ostrożnie otworzył kratę wmontowaną w mur i, będąc już pewnym, że z drugiej strony nie ma nikogo, zgasił świece kandelabru i uruchomił kolejny mechanizm, który pozwolił mu znaleźć się w sali przesłuchań, tuż za krzesłem, które podczas nich zajmował.

Siły rycerza zakonu Świętego Jakuba wyczerpywały się. Przed inkwizytorami stał cień; cień istoty ludzkiej, zmienionej przez podobne mu istoty w przerażającą kukłę.

Cisneros, który był prokuratorem podczas wszystkich jego przesłuchań, zdecydował, że to przesłuchanie będzie ostatnie. Jeżeli nie zdoła wydobyć od brata Bartolomé informacji, jakiej potrzebował, czym prędzej zakończy sprawę. Jedyna nadzieja, że tortury, pobyt w lochu i strach przed nowymi mękami zmiękczyły mnicha. Kardynał nie odważył się oskarżyć Wielkiego Kapitana, chociaż ten zasłużył na to. Nie z racji wyzwisk pod adresem kardynała, ale obrażaniem Boga, którego kardynał był sługą i którego reprezentował na ziemi – tak, za to powinien był ponieść karę.

– Ciągle jeszcze nie jesteście gotowi wyznać tego, co pragnę, byście wyjawili? – spytał Cisneros z rezygnacją, widział bowiem, że brat Bartolomé wytrzyma do końca i zabierze swoją tajemnicę do grobu.

– Poświęciłem swoją duszę Bogu, panie – odparł rycerz, tym razem posadzony na wąskiej ławie, gdyż nie był w stanie utrzymać się na nogach.

– Moją powinnością jest zatem ponownie poddać was mękom. Mam nadzieję, że nie będę musiał, bracie Bartolomé. Możecie położyć temu kres, jeśli będziecie z nami współpracować.

– Jestem męczennikiem w rękach pasterzy mojej religii. Ze spokojem oczekuję wyroku sądu. Czy wy możecie o sobie powiedzieć to samo?

W komnacie zapadła cisza. Cisza pełna napięcia. Kardynał, gdy dotarł do niego sens pytania rycerza, poruszył się niespokojnie na krześle. Ale jego praca inkwizytora, gorliwość w zdobywaniu błogosławionej chwały ponad wszystkie żądze osobiste, rozwiała wątpliwości, które na chwilę zaparły mu dech w piersiach. Królestwo Niebieskie było przeznaczone dla wiernych sług Boga, a on właśnie takim był.

– Obiecuję wam, że to stanie się już niedługo... – powiedział Cisneros, niemal nie zdając sobie sprawy, że mówi to na głos. – Niezadługo stawicie się na sąd o wiele surowszy niż ten tutaj.

Brata Bartolomé jeszcze raz wzięto na tortury. Zadano mu męki tak okrutne, że sami oprawcy byli pełni podziwu, że wciąż to znosi i dotychczas nie oddał ducha. Ale koniec był już bliski. Rany i urazy były tak poważne, że tylko cud mógłby go wybawić przed tym, co nieuchronne. A wiedzieli z doświadczenia, że tego rodzaju cuda się nie zdarzają.

Kardynał poniósł klęskę. Ale w jego fanatyzmie ciągle jeszcze pozostawała wąska szparka, pozwalająca ujawnić się prawdziwej wielkości ducha, i nie mógł nie podziwiać zachowania się rycerza, do końca wiernego swoim przysięgom. Może był wobec niego zbyt twardy. Może powinien był go uwolnić, chociaż jego śmierć była nieuchronna i pewna. Jeśli umrze na skutek procesu, myślał, będzie męczennikiem, którego Pan przyjmie do swojej chwały.

Dlatego właśnie inkwizycja zawsze czyniła dobro.

Gonzalo Fernandez de Córdoba wiedział, że jego możliwości są niewielkie. Nie mógł zwrócić się do króla Ferdynanda. Monarcha, wiedziony absurdalną zazdrością i podjudzany przez perfidnych doradców, stracił zaufanie do kapitana i odebrał mu najcenniejszy dar: tytuł wicekróla Neapolu. Wielki Kapitan kochał Włochy. Włosi nie byli wprawdzie tak waleczni jak Hiszpanie, nie mieli ich siły ducha, ale ci prości ludzie ciągle jeszcze byli mili i serdeczni, a przyroda i architektura w ich kraju były piękne.

Naród hiszpański uwielbiał Fernandeza de Córdobę. Być może Hiszpanie nie rozumieli zbyt dobrze sztuki czy nauk, ale potrafili rozpoznać i docenić prawdziwy geniusz militarny. Była to bodaj jedyna rzecz, jaką naprawdę szanowali. Niekoronowany król Italii i Wielki Kapitan – tak go nazywali i byli dumni z jego triumfów. Pobił Francuzów, Szwajcarów i Niemców, niejednokrotnie mając mniej liczne od nich siły. Zajął połowę Włoch i triumfalnie wkroczył do Rzymu, miasta, które całej Europie przyniosło kulturę i znaczenie historyczne. Ale Ferdynand czuł zazdrość. Zazdrość o to, że jego poddany był tak bardzo kochany i podziwiany przez królową Izabelę nie z powodu pochodzenia, ale za swoje czyny, szlachetność i odwagę.

Zdecydowany wyrwać siłą, jeśli będzie trzeba, brata Bartolomé ze szponów Świętego Oficjum, Fernandez de Córdoba zebrał dwudziestu lojalnych ludzi, gotowych mu towarzyszyć i zaryzykować życie. Prawdziwa wierność nie opiera się na przysięgach ani nie jest tylko stosunkiem poddanych względem pana; prawdziwa wierność zawsze jest wolnym wyborem ducha, który nie zna stopni ani klas.

Gdy Wielki Kapitan przybył pod pałac Cisnerosa, kardynał wydał już rozkaz, żeby, jeżeli się pojawi, zaprowadzono go do jego biura. Rozpalony jak podczas swoich stu bitew, ale rozsądny, Fernandez de Córdoba zgodził się spotkać ponownie z kardynałem. Decyzja o uwolnieniu brata Bartolomé została podjęta i choć liczyła się każda minuta, trzeba było za wszelką cenę uniknąć rozlewu krwi.

Cisneros oczekiwał Kapitana w gabinecie, czytając komedię Torresa Naharra *Soldateska,* choć nie była to książka nazbyt odpowiednia dla członka Świętego Oficjum. Może by walczyć z zakazanymi poglądami, by je świadomie cenzurować, trzeba je przedtem dobrze poznać. Niemniej kardynał zaśmiewał się przy lekturze owego dzieła.

– Och, drogi generale! – wykrzyknął, zorientowawszy się, że Ferandez de Córdoba jest już w sali. – Oczekiwałem was z niecierpliwością. Zawsze miło mi rozmawiać z kimś takim jak wy.

– Oszczędźcie sobie komplementów, kardynale – rzekł Wielki Kapitan poważnie. – Jeśli postanowiłem spotkać się z Waszą Eminencją, to tylko po to, by omówić jedną jedyną sprawę: wolności dla brata Bartolomé de Cepedy. Spodziewam się, że jeszcze nie jest za późno...

– Brat Bartolomé żyje. Zwrócę go wam. Ale przedtem odpowiedzcie mi na jedno pytanie: co znaleźliście w pałacyku Cezara Borgii, gdy go uwięziliście?

Słowa kardynała zdawały się odbijać echem w sali. Fernandez de Córdoba patrzył na niego wielce zaskoczony. Nie podejrzewał, że proces rycerza może być związany właśnie z tym. Ani nie miał pojęcia, jak to odkryto. Był zmieszany. Zaprzeczać czemuś oczywistemu byłoby bez sensu, ale jako związany tajną przysięgą, nie mógł odpowiedzieć.

– Nie mogę nic powiedzieć w tej sprawie, eminencjo.

– Dziękuję, że nie próbujecie mnie oszukiwać. Nie sądźcie, że jestem bez serca, dlatego że pełnię taką funkcję. Podziwiam odwagę brata Bartolomé, a teraz także waszą. Gdy tylko medycy skończą opatrywać jego rany, przyprowadzę go wam. Doprawdy mam nadzieję, że zdoła zachować życie. Oficjalnie jego imię pozostanie czyste.

Stan brata Bartolomé był krytyczny. Wahał się między życiem a śmiercią przez całą noc po uwolnieniu, ale rany były tak straszne, że śmierć okazała się nieunikniona. Zanim wydał ostatnie tchnienie, zdołał powiedzieć Wielkiemu Kapitanowi, że nie zdradził nic na temat Świętego Całunu. Dzięki temu umierał ze spokojnym sumieniem.

Fernandez de Córdoba kazał go pochować z honorami wojskowymi, jak dzielnego żołnierza poległego w walce. Gorzko płakał nad jego grobem, jak zawsze w takich sytuacjach. Ilekroć tracił człowieka, cierpiał; a jeśli ten człowiek był jego przyjacielem, ból był jeszcze większy. Jako że wielokrotnie musiał żegnać swoich wiernych żołnierzy, towarzyszy i przyjaciół, jego dusza nie przestawała cierpieć, nie pokryła się skorupą obojętności. Zawsze pocieszał się w owych chwilach jedną ze swoich ulubionych maksym: „Lepiej umrzeć niż żyć w niesławie". A brat Bartolomé de Cepeda zachował honor aż do końca.

Po egzekwiach Wielki Kapitan opuścił Granadę i skierował się do Poblet, nowego tajnego ośrodka templariuszy. O ile dotychczas strzegli oni Całunu bardzo dokładnie, o tyle od tej chwili czynili to z podwójną gorliwością. Nawet najbardziej pobożni ludzie gotowi byli zabić, by go zdobyć, przydając w ten sposób ważności jego symbolice: postaci grzesznego człowieka.

W Poblet Fernandez de Córdoba zamienił mundur na prosty habit cystersa. Opat oczekiwał go w tajemnej izbie w podziemiach, powiadomiony kilka dni wcześniej o uwięzieniu brata Bartolomé. Od tej chwili wielki mistrz nie przestawał modlić się do Boga o ratunek dla niego. Ale jego prośby nie zostały wysłuchane – przynajmniej na ziemi.

Sancta sanctorum klasztoru była obszerna kwadratowa komnata o ścianach długości co najmniej dziesięciu metrów. Wchodziło się do niej z ciemnego przedsionka, a wejście zasłonięte było kotarami z fioletowego

---

* Kolumny Jachim i Booz – kopie kolumn ze świątyni Salomona w Jerozolimie (przyp. tłum.).

jedwabiu. Po obu stronach stały kolumny Jachim i Booz*. Na przeciwległej ścianie, na wielkim karle z gotyckimi ozdobami mistrz oczekiwał wejścia Wielkiego Kapitana. Za nim wisiał kobierzec z symbolami trzech podstawowych stopni budowniczych, rzemieślników konstruktorów katedr, prekursorów wolnomularstwa. W wyższej części wyryte w skale wszechwidzące Oko Opatrzności prezydowało nad komnatą, otoczone gwiazdami z konstelacji Bliźniąt – był to jeden z najważniejszych tajemnych symboli templariuszy.

Fernandez de Córdoba był w tej komnacie wielokrotnie. Z powagą zbliżył się do mistrza, spojrzeniem pozdrawiając pozostałych braci, którzy siedzieli pod ścianami, ozdobionymi sztandarami i tarczami wojennymi. Wszyscy mieli białe płaszcze z czerwonym *tau** na lewym ramieniu. Znalazłszy się przed mistrzem, pod herbem zakonu, Kapitan wydobył z pochwy miecz i położył go u swoich stóp, niby krzyż ze stali i złota; ukląkł na prawe kolano i pochylił głowę na znak posłuszeństwa.

– Pobłogosław mnie, panie.

– Wstań, bracie – rzekł mistrz, kładąc mu rękę na głowie.

Fernandez de Córdoba nie mógł powstrzymać łez. Utrata towarzysza i przyjaciela sprawiła, że czuł rozpacz. On, jeden z najpotężniejszych ludzi Hiszpanii, głęboko odczuł niesprawiedliwość i fanatyzm tych, dla których kiedyś walczył. Człowiek, myślał, nie różni się wiele od dzikich bestii. Kiedy mu to pasuje, ukazuje pełne obłudy cywilizowane oblicze; ale jeśli mu pozwolić puścić wodze najbardziej skrytych ciągot, zrywa subtelną maskę i wydaje pierwotny okrzyk żądzy śmierci.

– Czasy są straszne, Gonzalo – mówił mistrz, głęboko wzruszony. – Straciliśmy jednego z naszych najukochańszych braci. Oddał życie za to, w co wierzył. Wszyscy, składając święte przysięgi, zdajemy sobie sprawę z grożących niebezpieczeństw. Nasz brat umarł: niech Wszechmocny przyjmie go do swojej chwały. Ale pocieszamy się, że Święty Całun naszego Pana Jezusa Chrystusa pozostanie zawsze, z bożą pomocą, bezpieczny w Poblet.

---

* *Tau* – litera grecka przypominająca krzyż (przyp. tłum.).

Część druga

18

Kilka dni przed ostatnim świętem Paschy, które Jezus z Nazaretu miał obchodzić jako człowiek, do Jerozolimy przybył Labeo, poseł z miasta Edessa. Jakiś czas temu król owego miasta, młody Abgar Ukhamn posłyszał od podróżnych i kupców o rabim z Galilei, o jego naukach i przypowieściach. Chcąc mieć u siebie tego świętego człowieka, znienawidzonego na własnej ziemi, bo traktowanego jako fałszywego proroka, postanowił wysłać posła z misją przekonania go, by opuścił Galileę i zamieszkał w Edessie, gdzie mógłby swobodnie głosić i pogłębiać swoją doktrynę.

Drogi Judei były jałowe i trudne do przebycia. Południowe słońce, mimo wczesnej pory roku, prażyło wędrowców, którzy musieli się okrywać obszernymi szatami z jasnej tkaniny. Gdy Labeo dotarł pod bramy Jerozolimy, pył dostał mu się do sandałów i wydawał się zatykać wszystkie pory skóry. Usta miał wyschnięte, oczy zaczerwienione, brodę pobieloną, a włosy brudne i szorstkie od kurzu zmieszanego z potem i tłuszczem.

Zatrzymał się na chwilę przy źródle Gihon, na południowym wschodzie Jerozolimy, na zewnątrz murów. Zdjął sandały i tunikę, zrzucił kaptur i dokładnie umył twarz i ręce. Kiedy ochłodził wodą kark i szyję, poczuł, że siły stopniowo wracają do jego zmęczonego ciała. Podróż była bardzo długa i męcząca, ale jej cel był już bliski.

Wszedł do miasta przez Bramę Wód, najbliższą źródła Gihon. Po prawej stronie wznosiła się Świątynia Jerozolimska, potężny kamienny gmach wielkiej urody, a z lewej ciągnęła się dzielnica znana jako Stare Miasto Dawida, zbudowana przez hebrajskiego króla w najszczęśliwszych czasach synów Judy.

Labeo minął rzymski patrol, wychodzący z jednej z wąskich uliczek Miasta Dawida. Patrol składał się z dziesięciu legionistów i dekuriona. Ten ostatni trzymał swój hełm w ręku i ocierał pot z łysej głowy. Upał był nie do wytrzymania. Z twarzy żołnierza można było wyczytać nienawiść do tego kraju, wynikłą raczej z powodu trudnych warunków klimatycznych niż z niechęci do ludzi.

Labeo próbował zdobyć jakieś informacje od dekuriona, ale ten odsunął go od siebie, mimo że poseł zwrócił się do niego doskonałą łaciną. Labeo nie miał nawet okazji wytłumaczyć, kim jest. Niezadowolony z powodu zachowania żołnierza, szedł dalej aż do pałacu Asmoneuszy znajdującego się w centrum. Tam spytał jakiegoś kupca o rezydencję rzymskiego gubernatora tego regionu. Mężczyzna, zanim wskazał drogę, wahał się chwilę, jakby sądził, że chodzi o jakiś żart, ale w końcu odpowiedział mu bardzo uprzejmie. Powodem tej reakcji były zapewne szaty Labeo, podobne do szat każdego Hebrajczyka; wyglądał w nich jak jeden z wielu, ukrywając swoje prawdziwe stanowisko.

Rezydencja rzymskiego gubernatora mieściła się w pobliżu północnej ściany Świątyni. Była to słynna Wieża Antoniusza, kamienna budowla wznosząca się majestatycznie ponad mury miasta. By tam dotrzeć, Labeo musiał przejść przed główną fasadą Świątyni. Wewnątrz, w głównym przedsionku żydowscy i pogańscy kupcy – chociaż ci ostatni nie mieli wstępu do sanktuarium – sprzedawali baranki i koźlęta na ofiarę paschalną, a ponadto wszelkiego rodzaju narzędzia, tkaniny, ozdoby i drobiazgi. Labeo przypatrywał się krzątaninie i pomyślał, że takie zachowanie nie jest odpowiednie w świętym miejscu, przeznaczonym do modlitwy.

Zanim dotarł do Wieży Antoniusza, musiał się zatrzymać przed powracającym do koszar garnizonem rzymskim. Ludzie bez entuzjazmu przerywali pracę, stając się publicznością wydarzenia, które oglądali już od wielu lat. Ich twarze wyrażały zmęczenie i rezygnację, gdyż ból, który nęka człowieka zbyt długo, staje się chroniczny.

Ambasador stał obok młodego mężczyzny o dumnej postawie, wysokiego, ciemnowłosego i z zakrzywionym nosem.

– Co dzień to samo... – rzekł mężczyzna smutnym, przygaszonym głosem.

– Widzę, że nie godzisz się jak inni z cesarską dominacją – zwrócił się Labeo do nieznajomego.

Mężczyzna przyjrzał mu się z lekkim uśmiechem, znamionującym równocześnie niechęć i ironię.

– Nie wiem, kim jesteś ani skąd pochodzisz, cudzoziemcze, ale gdybyś dobrze znał Żydów, wiedziałbyś, że nigdy nie pogodzili się z dominacją innego narodu. Tak było w całej naszej historii i tak będzie zawsze.

– Zakładam, że dobrze znasz swój naród i musi być tak, jak mówisz. Nazywam się Labeo, a przybywam tu jako poseł z Edessy w poszukiwaniu rabbiego znanego jako Jezus z Nazaretu.

– Jeśli szukasz tego człowieka, obawiam się, że nie będę mógł ci pomóc, Labeo. Nikt nie wie, kiedy pokaże się w jakimś miejscu. Wraz z nim idzie zawsze grupa mężczyzn, których nazywa uczniami. Ale pozwól, że się przedstawię: nazywam się Szymon Ben Matias i jestem członkiem Sanhedrynu. Czy uczynisz mi zaszczyt, jedząc ze mną obiad w moim domu, Labeo? Tam będziemy mogli porozmawiać obszerniej o Jezusie.

– Chętnie przyjmę zaproszenie. To dla mnie prawdziwy zaszczyt. Ale przedtem muszę pójść do rezydencji gubernatora Poncjusza Piłata, by wręczyć mu list od mojego króla.

– Zatem poczekam, aż to załatwisz. Mój dom jest niedaleko Wieży Antoniusza. Pozwól, że będę ci towarzyszył, a po drodze pokażę, gdzie mieszkam.

Szymon pochodził ze szlachetnego rodu żydowskiego i był członkiem Sanhedrynu, ale jego głębokie spojrzenie wskazywało, iż wie, że pewnego dnia przebierze się miara cierpliwości jego narodu. Sanhedryn był uległy wobec rzymskich najeźdźców, gdyż ci pozwalali mu utrzymać władzę. Ale choć miał prawo głosu w niektórych kwestiach prawnych, ostatnie słowo zawsze należało do Rzymian. Oni również wydawali i wykonywali wyroki.

Labeo dotarł do głównego wejścia Wieży Antoniusza, strzeżonego przez dwóch legionistów z długimi *pilum*. Gdy zbliżył się do nich, skrzyżowali lance, a jeden spytał z pogardą:

– Dokąd to idziesz, Żydzie?

– Przybywam z Edessy, stolicy królestwa Osrhoene, z poselstwem od króla Abgara. Mam list do gubernatora – odparł Labeo spokojnie, ale stanowczo był już zmęczony takim traktowaniem. Pokazał im pieczęć Edessy na zwiniętym pergaminie.

– W porządku... Dekurion! – wykrzyknął strażnik do wnętrza wieży.

Natychmiast pojawił się mężczyzna bez zbroi z krótkimi rzadkimi włosami intensywnie czarnej barwy. Legioniści objaśnili mu, kim jest Labeo, i w końcu został zaprowadzony do pomieszczenia, w którym miał go przyjąć Poncjusz Piłat.

Poseł i towarzyszący mu żołnierz przeszli szerokim korytarzem ozdobionym posągami z białego marmuru, które przedstawiały cesarzy rzymskich. Największa rzeźba, zajmująca centralną pozycję, przedstawiała Tyberiusza, cesarza, który bojąc się własnego cienia, schronił się na wyspie Capri. Dalej była prostokątna komnata strzeżona przez żołnierza o gburowatym wyglądzie; w głębi komnaty były schody. Dekurion poprosił Labeo, by tu na niego poczekał, po czym wszedł po schodach.

Poseł usiadł na jednym ze skromnych krzeseł bez oparcia wyścielanych skórą, stojących pod ścianami w równych odległościach. Musiał czekać, bacznie obserwowany przez niemiłego żołdaka, dobrze ponad pół godziny, aż dekurion pojawił się ponownie i powiedział, że gubernator przeczytał list od jego króla, ale dzisiaj nie może go przyjąć osobiście. Zaprasza na następny dzień pod wieczór, chociaż z uwagi na przygotowania do święta Paschy jest bardzo zajęty, więc spotkanie nie będzie trwało długo.

Labeo sądził, że Poncjusz Piłat przyjmie go serdeczniej. Żydowska Pascha ściągała do Jerozolimy tysiące gości, co zwiększało ryzyko zamieszek. Zeloci, wywrotowcy sprzeciwiający się rządom Rzymian, mogli przygotowywać jakiś atak, a nawet, jak się obawiano, walne powstanie. Mimo to wydało mu się dziwne, że gubernator nie wspomniał o treści petycji króla Abgara. Cóż, pozostawało czekać do następnego dnia, by wyjaśnić wszystkie wątpliwości.

Po wyjściu z Wieży Antoniusza Labeo skierował się do domu Szymona Ben Matiasa. Mieszkał on w eleganckiej dzielnicy, na zachód od rzymskich koszar, między pałacem Heroda a północną stroną murów. Sanhedryta pokazał mu drogę, którą ma iść, oraz swój dom – piękny dwupiętrowy budynek, uwieńczony spłaszczoną kopułą.

Labeo podał swoje nazwisko młodemu służącemu w pasiastej tunice i mycce na czubku głowy. Chłopak oznajmił przybycie gościa swemu panu i po chwili wrócił, by wprowadzić posła do domu. Szymon przyjął go, leżąc na łożu w stylu rzymskim. W całym domu styl żydowski łączył się harmonijnie z rzymskim, chętniej przyjmowanym przez arystokrację niż przez prosty lud. Na widok Labeo Szymon podniósł się i poprosił, by ten zajął miejsce obok niego, okazując w ten sposób wielką gościnność. Czekał na nich stół suto zastawiony smacznymi potrawami: były tam pieczone mięsiwo, langusty i rozmaite owoce.

– Rozmawiałeś z Piłatem, Labeo? – spytał gospodarz, dając równocześnie znak służącym, by napełnili ich szklanice słodkim winem sprowadzanym z Sycylii.

– Nie mógł mnie przyjąć. – Poseł westchnął. – Jest bardzo zajęty z powodu Paschy. Musiałem czekać, aż przeczyta list od mojego króla, ale nie rozmawiałem z nim osobiście.

– Musisz wiedzieć, że obchody paschalne to trudny okres dla Rzymian. W Jerozolimie jest wtedy mnóstwo przyjezdnych i wzrasta ryzyko zamieszek. Piłat rządzi tu jak cesarz. Jest twardy i nieugięty, by utrzymać porządek. Ale nie mówmy już o polityce. Przybyłeś tu w poszukiwaniu Jezusa... Chociaż to także jest związane z polityką.

– To święty człowiek. Tak uważa nasz król. Właśnie dlatego tutaj jestem. Mam go zaprosić, by zamieszkał w Edessie.

– Istotnie, Jezus to święty człowiek. Ale kiedy ogłosił się Mesjaszem, obudził nadzieję wśród ludzi pragnących uwolnić się spod rzymskiego jarzma. Choć nie było to jego intencją, został zamieszany w ruchy wyzwoleńcze.

– Sądzę, że wiesz o Jezusie więcej, niż mi powiedziałeś dziś rano, drogi Szymonie.

– Oczywiście... Boli mnie, kiedy widzę, jak szlachetny, sprawiedliwy człowiek zmierza ku samozniszczeniu. W Sanhedrynie ma wielu przeciwników. Czekają na odpowiedni moment, a może on nadejść bardzo niedługo, by podburzyć całą radę i oskarżyć go o bluźnierstwo, chociaż to przewinienie nie podlega u Rzymian karze śmierci. To mnie nieco uspokaja, ale mimo wszystko spodziewam się najgorszego.

– Orientujesz się, gdzie teraz może przebywać Jezus?

– Nie, ale pewien członek Sanhedrynu, Józef z Arymatei, jest bardzo bliskim przyjacielem Jezusa. Jezus często bywa w jego w domu. Słyszałem, że on i jego apostołowie mają zamiar właśnie tam odbyć święto Paschy.

Jakiś brzęk zwrócił uwagę Szymona i Labeo. Był to syn gospodarza, bawiący się nieopodal metalowym kółkiem.

– Ciszej, Józefie! – wykrzyknął Sanhedryta serdecznie, acz z powagą. – Chodź tu, synku, chcę cię przedstawić przyjacielowi, który przybywa z bardzo daleka.

Chłopiec sprawiał wrażenie bardzo nieśmiałego. Wyglądało, jakby chciał uciec, lecz pod surowym spojrzeniem ojca wolał dać spokój. Zbliżył się do stołu.

– Bardzo ładny chłopiec – zauważył Labeo, gdy mały stanął przed nim.

– To radość mojego domu, wierz mi. Gdyby nie on i jego przyszłość, już od dawna mieszkałbym na wsi, z dala od tej wynaturzonej Jerozolimy.

Szymon znowu przybrał melancholijny ton. Labeo – choć nie wątpił w szczerość słów gospodarza – pomyślał, że mógłby on zrobić karierę jako aktor, gdyby na przykład urodził się w Grecji.

– Zawsze lepiej stawić czoła trudnościom niż od nich uciekać – dodał Szymon po krótkiej pauzie.

– Dobrze mówisz. Ten, kto kapituluje już przed walką, nie zasługuje na to, by być wolnym. Jednak czasami lepiej poczekać, pozwolić, żeby wypadki toczyły się same, nie uważasz?

– Ale tylko po to, by znaleźć słabe punkty przeciwnika, by go zmylić i szukać najlepszego momentu, w którym można go zniszczyć. Nasz los to łódź, którą albo możemy sterować, albo pozostawić ją kaprysom fal. Sami decydujemy, którą z tych dwóch możliwości wybrać.

Szymon był znakomitym mówcą. Widać było, że poza wrodzonymi zdolnościami ma duże doświadczenie, może zdobyte podczas debat Sanhedrynu, gdzie każda subtelność wywoływała burzliwe dyskusje, które rozpalały uczestników bardziej niż zasadniczy temat.

– Jezus nie jest prowokatorem; to człowiek miłujący pokój, który chce tylko zbawiać ludzkie dusze. Wolność, o której mówi, to wolność duchowa – ciągnął Szymon. – Budzi wielkie zainteresowanie. Nikt nie pozostaje wobec niego obojętny. Ma w sobie jakąś prawdę, która czyni go niebezpiecznym.

W tym momencie mały Józef potknął się i upadł. Jego płacz napełnił komnatę. Ojciec podbiegł do niego, podniósł i próbował pocieszyć. Chłopczyk tylko lekko skaleczył sobie rączkę, ale ból i widok krwi wywarły na nim wielkie wrażenie.

Tymczasem Labeo zastanawiał się nad ostatnimi słowami Sanhedryty. Szymon wydał mu się człowiekiem sprawiedliwym, choć nieco zagubionym. Jego doskonała i przemyślana mowa, jego wrodzona swada nie mogły tego ukryć. Wydawało się jasne, że los Jezusa z Nazaretu, był nieodwołalnie związany z tym, co mu zgotuje naród żydowski, świadomie albo i nieświadomie.

19

Gilles siadł na przydrożnym kamieniu nieopodal L'Espluga de Francoli, w miejscu gdzie ścieżka rozdzielała się na dwie odnogi, otaczające serpentynami zbocza sąsiadujących wzgórz. Odziany był w prosty strój pielgrzymi, zapuścił brodę i długie włosy. Odłożywszy kij, którym się podpierał, i sakwę podróżną, zaczął ściągać sandały, by dać odpocząć obolałym stopom.

Miał wrażenie, że upłynęło mnóstwo czasu od chwili, gdy opuścił Paryż. Nie było łatwo przekonać rektora Sorbony, aby udzielił mu krótkiego zwolnienia z zajęć. Gilles miał mnóstwo obowiązków, zwłaszcza wobec zbliżającego się końca roku akademickiego, ale dopiął swego. Cały tydzień poświęcił planowaniu tego, co zamierzał zrobić. Dowiedział się, jak najprościej dotrzeć do klasztoru: bardzo przydały mu się informacje otrzymane od proboszcza. Zwłaszcza wiadomość, że klasztor oferuje posiłki i odzież nawiedzającym go pielgrzymom. Postanowił iść piechotą już od granicy kraju. Dzięki temu miał dość czasu, by przyzwyczaić się do swojego przebrania i sprawić, aby jego historia wydała się bardziej wiarygodna, jako że przemierzył tę samą drogę co prawdziwy pielgrzym.

– Witajcie! – odezwał się jakiś wieśniak, wyrywając go z zamyślenia.

Bossuet podniósł wzrok i spojrzał w kierunku, skąd dobiegał głos. Mężczyzna o prostym wyglądzie patrzył na niego z uśmiechem z wozu zaprzężonego w parę wołów.

– Drogi naszego Pana są ciężkie, prawda? – spytał z jeszcze szerszym uśmiechem, ukazując liczne szczerby w uzębieniu. – Chcecie, żebym was podwiózł?

Gilles skończył wiązanie sandałów.

– Pewnie, że ciężkie – rzekł, wstając. – Zdążam do klasztoru w Poblet. Możecie mnie zawieźć aż tam?

– Wsiadajcie! Jadę do zajazdu, który jest niedaleko, trochę przed klasztorem, ale oszczędzicie dobry kawałek drogi.

Dziękując niebiosom, że zesłały mu tego chłopka, Bossuet wgramolił się na wóz i usadowił obok woźnicy.

– Mam na imię Pere – przedstawił się chłop, wyciągając ciężką, pokrytą odciskami dłoń.

– Miło mi was poznać, Pere. Nazywam się Gilles.

Pere trzepnął woły długim biczyskiem, równocześnie wydając dźwięk poganiający je. Zwierzęta posłusznie ruszyły naprzód.

– Mało kiedy tacy jak wy przychodzą tutaj. Pielgrzymi, znaczy. Wyście Francuz, tak?

– Tak, z Paryża.

Wieśniak zamilkł i wpatrzył się pobożnie w niebo, jakby prosił o przebaczenie Pana za wymienienie tej nazwy. Bossuet roześmiał się. Pere natychmiast zawtórował mu kaskadami śmiechu, waląc się przy tym po nogach olbrzymimi dłońmi.

– Jeżeli idziecie do Santiago – rzekł, wskazując palcem jego pielgrzymi kij z muszlą* na końcu – to zboczyliście trochę z drogi.

– Wiem. Jacyś pielgrzymi mówili mi o tym miejscu, kiedy przechodziłem granicę, i uznałem, że zboczę trochę i odwiedzę klasztor, zanim pójdę dalej do Composteli.

– Słusznie – pochwalił go chłop. – To dobre miejsce, by odnaleźć spokój ducha, mój francuski przyjacielu.

Milczeli przez resztę drogi, co pozwoliło Gillesowi podziwiać krajobraz. Z obu stron wznosiły się imponujące wzgórza, na ich zboczach rosły sosny i dęby. Najwyższe szczyty kryły się w otulających je białych obłokach.

– No, to jesteśmy – oznajmił Pere, zeskakując z wozu.

Rzeczywiście; po prawej stronie Bossuet mógł już dojrzeć grupę budynków, niektóre były jeszcze w budowie. Jasne dachy i niedawno wzniesione mury odbijały się wyraźnie od roślinności otaczającej zajazd.

– Dziękuję za podwiezienie.

---

* Muszla – symbol św. Jakuba, patrona Hiszpanii, którego relikwie znajdują się w Santiago de Compostela (przyp. tłum.).

– Nie ma za co – odparł Pere. – Dobrze mieć czasem inną kompanię w drodze oprócz tych wołów.

Żegnając się z Gillesem, wskazał mu ścieżkę wiodącą do klasztoru, który, jak zapewniał, był zaledwie o kilometr stąd.

Wkrótce Bossuet znowu poczuł ból w stopach. Bliskość opactwa nie wydawała się dla nich wystarczającą przyczyną, by przestały boleć. Przeszedł zaledwie krótki kawałek, kiedy w oddali zobaczył wśród drzew budynki wyglądające na klasztor. Niewiele widział, bo zabudowania były zasłonięte gęstwiną liści. Przyspieszył kroku, pragnąc nareszcie znaleźć się u celu, głuchy na skargi zmaltretowanych nóg.

Dalej ścieżka jeszcze się zwężała. Łagodne zbocza były tu pokryte szczelinami, tworząc głęboki wąwóz. Wąski mostek wydawał się jedynym miejscem, przez które można by przejść. Przed nim wznosił się drewniany słup z drogowskazem, na którym wypalono napis: Wąwóz Świętego Bernarda.

Gilles zatrzymał się na środku mostu i wychylił przez kamienną poręcz, by spojrzeć w dół. Olbrzymie głazy o zaokrąglonych kształtach i niezmierzona ilość gałęzi odpoczywały w korycie strumienia, który prawdopodobnie był o wiele większy zimą. Bossuet wykrzyknął swoje imię i ze zdziwieniem usłyszał, jak odbiło się echem wiele razy, coraz ciszej, aż kompletnie umilkło.

Uśmiechnięty i wesoły, jak dziecko na wycieczce, przeszedł na drugą stronę wąwozu. Kręta piaszczysta ścieżka rozgałęziała się po jakichś stu metrach. Zgodnie z tym, co było napisane na tablicy, jedna odnoga prowadziła do miejscowości La Peña, a druga do źródeł. Bossuet wybrał tę drugą, choć to oznaczało zboczenie z drogi. Widok krystalicznej górskiej wody spływającej po skale był zbyt kuszący, by mu nie ulec.

Ale kiedy tam dotarł, zapomniał o pragnieniu. Stał nieruchomo porażony pięknem krajobrazu rozciągającego się przed jego oczyma. Widać było stamtąd dużą część przełęczy. Wokół niej góry Prades kryły swoje wierzchołki w niebie, przepięknym wiosną w porze zachodu słońca. A pośrodku majestatycznie wznosił się gmach klasztoru, otoczony gajami biało kwitnących migdałów. Wewnątrz, zamknięte od wschodu murem, ciągnęły się winnice, wśród których uwijały się brunatno odziane postacie.

Gilles wyciągnął ramiona i głęboko odetchnął. W powietrzu unosiły się woń tymianku i dziesiątki innych aromatów, których nie był w stanie rozpoznać. Czuł ciepło ostatnich promieni słońca na twarzy i słyszał słodki śpiew ptaków. Jeszcze nigdy nie czuł tak intensywnie, że żyje. Zastanowił się, jak tu trafił, co naprawdę go skłoniło, by iść... i nie znalazł odpowiedzi. Mimo wszystkich powodów, jakie wynajdywał, mimo iż powtarzał sobie wiele razy, że był to tylko głód wiedzy. W chwili, kiedy ujrzał klasztor, poczuł bardzo intensywnie coś, co czuł już wcześniej, ale czego nie odważył się nazwać, zasłaniając się rozumem i logiką. Wydawało się to niedorzeczne, ale nie mógł oprzeć się myśli, że to wszystko ma jakiś sens. Nie mógł nie wierzyć, że istnieje jakaś siła, która kontroluje jego przeznaczenie od chwili, gdy po raz pierwszy wziął do rąk medalion. A nawet wcześniej, pomyślał. Może nawet dużo wcześniej... Opuścił ręce, w tej samej chwili, w której słońce kryło się za szczytami gór.

Kiedy Bossuet przekroczył klasztorne mury, była już noc. Brama wejściowa prowadziła na plac, wokół którego wznosiły się skromne budynki, prawdopodobnie pomieszczenia dla pracowników opactwa. Z drugiej strony placu znajdowała się niewielka kaplica, przylegająca do kolejnej bramy. Gilles zadzwonił do furty sąsiedniego budynku. Po chwili wyszedł z niego mężczyzna o gburowatym wyglądzie. Zbliżył się do przybysza, przecierając oczy rękami.

– Dobry wieczór. Czego chcecie?

– Dobry wieczór. Słyszałem, że pielgrzymi mogą tu dostać kwaterę. Czy to prawda?

Mężczyzna obrzucił Gillesa nieufnym spojrzeniem. Czyżby poznał jego oszustwo? Ale jak można odróżnić prawdziwego pielgrzyma od takiego przebierańca jak on? Starając się nie okazać zdenerwowania, wytrzymał spojrzenie podejrzliwego odźwiernego i powtórzył pytanie:

– Czy to prawda?

– Tak, to prawda, że dajemy schronienie pielgrzymom.

Podkreślił ostatnie słowo, ale Bossuet udał, że nie rozumie, o co chodzi, i ograniczył się do przyjęcia jak najbardziej pokornej postawy. Scena wydawała mu się komiczna, lecz postanowił o tym nie myśleć. Gdyby zaczął się śmiać, odźwierny kopniakami wyrzuciłby go z klasztoru.

– Tędy – rzucił w końcu mężczyzna lodowatym tonem, wskazując metalowe wrota wstawione w nowy kamienny mur. – Na prawo od placu znajdziecie kwatery gościnne. Pytajcie o brata Aleksandra.

Bossuet nie musiał się odwracać, by zobaczyć, że odźwierny patrzy za nim, gdy szedł we wskazane miejsce. Czuł jego spojrzenie na karku, jakby ów człowiek próbował zmusić go do wyznania oszustwa. Wrota prowadziły na kolejny plac, dużo większy od pierwszego. Wznosił się na nim smukły kamienny krzyż, do którego wiodły stopnie. Nieco dalej, otoczona z obu stron sześciobocznymi kolumnami, była druga brama. Prowadziła do centrum klasztoru, oddzielonego od reszty murem zwieńczonym blankami.

Z prawej strony wznosiło się kilka budynków, wśród których musiał być dom dla gości. Gilles skierował się do jedynego, który był oświetlony. Romański łuk wejścia był tak niski, że musiał się pochylić, by nie uderzyć się w głowę. Gdy ponownie podniósł wzrok, o mały włos nie wpadł na jednego z mnichów.

– Wybaczcie – przeprosił. – Czy można się widzieć z bratem Aleksandrem?

– Ja jestem brat Aleksander – powiedział mnich ostro. – A wy kim jesteście?

Bossuet miał wrażenie, że już kiedyś mu się to zdarzyło. Zaczynał wierzyć, że w tym miejscu nie było niczego nadzwyczajnego. Może, przyszło mu do głowy, to wszystko przez jego francuski akcent. Brat Aleksander miał surową twarz o szczupłych rysach i przyglądał mu się z wyraźną niechęcią. Jego włosy, czarne, choć musiał już przekroczyć pięćdziesiątkę, kontrastowały z bielą habitu. Przy nim stał o wiele młodszy braciszek, który odważył się powiedzieć:

– To pielgrzym, bracie Aleksandrze. Nie widzicie jego stroju i kija? Na pewno chce przenocować i zjeść coś ciepłego. Czy się mylę? – spytał, zwracając się do Gillesa.

Brat Aleksander rzucił młodemu zakonnikowi karcące spojrzenie. To wystarczyło, by młodzieniec zamilkł.

– Istotnie, jestem pielgrzymem – rzekł Gilles. – Idę do Santiago de Compostela, ale chciałem spędzić tu kilka dni, jeśli można, by odpocząć i przygotować się duchowo.

– Dobrze, nie mówcie nic więcej. Możecie zostać – odparł brat Aleksander. – Brat Józef zaprowadzi was do celi – wskazał młodego braciszka, któremu ponownie rzucił groźne spojrzenie.

Odszedł w kierunku bramy kościoła, także wychodzącej na plac.

– Mam nadzieję, że wybaczycie bratu Aleksandrowi – rzekł brat Józef. – Jest dobrym sługą bożym, ale nie ma wielkiego nabożeństwa do Francuzów. Nie pytajcie mnie, czemu – dodał z westchnieniem. – Proszę za mną, pokażę wam waszą izbę.

Mnich miał jakieś dwadzieścia pięć lat. Jego twarz okalały kręcone czarne włosy, a niewinne spojrzenie kontrastowało z ponurym wzrokiem przełożonego. Zdjął małą lampkę wiszącą na ścianie i, zapaliwszy ją, skierował się na korytarz.

– Jest bardzo ciemny – wyjaśnił, gdy przechodzili pod kamiennym łukiem.

W miarę jak oddalali się od wejścia, ciemności stawały się coraz gęstsze, bo żółtawe światełko oświetlało zaledwie parę kroków przed bratem.

– To tutaj – oznajmił mnich, zatrzymując się i odwracając do Bossueta.

Jego głos odbił się echem w ciszy korytarza, chociaż mówił szeptem. W białym habicie i z twarzą mieniącą się cieniami i światłem ruchomego płomyka lampki wyglądał jak duch.

Poszperawszy dobrą chwilę w habicie, wydobył ogromny żelazny klucz, który z triumfem okazał gościowi. Klucz wisiał na metalowym kółku, wśród wielu innych, podobnych, a dla Gillesa nawet jednakowych.

– Wyglądają na ciężkie – powiedział Bossuet.

– Tak – odparł brat Józef, otwierając drzwi celi. – Ale można się przyzwyczaić. Poza tym to wielki zaszczyt, że brat powierza mi klucze do całego klasztoru. No – dodał po krótkim namyśle – prawie całego. Są miejsca, do których mogą wejść tylko on i kilku najwyższych rangą braci.

Bossuet natychmiast pojął, jak ważna była ta ostatnia informacja.

– Naprawdę? – spytał, starając się przybrać obojętny ton.

– Tak, pozostałym wstęp jest całkowicie zakazany.

– A bratu Aleksandrowi?

– Brat Aleksander... – Mnich zastanawiał się chwilę; prawdopodobnie wyobrażał sobie reprymendę, jaka by go spotkała. – On jest jednym z tych, którzy mają pozwolenie – dokończył.

Gilles czuł wzrastające podniecenie. Być może zachowanie brata Aleksandra nie wynikało z niemiłego charakteru, ale z czegoś o wiele ważniejszego: dla tego, który coś ukrywa, nieznajomy zawsze oznacza potencjalne niebezpieczeństwo.

– ...pokój. – Usłyszał, jak młody mnich kończy jakieś zdanie, kładąc kres jego burzliwym myślom.

Brat Józef wszedł do izby i po chwili we wnętrzu zabłysło światło. Gdy Gilles wszedł za nim, mnich zapalał kolejną świecę w małym lichtarzyku stojącym na półce przy ścianie.

– Jak widzicie, luksusów tu nie ma – powiedział. – Ale, jak mówi nasz Pan, „Błogosławieni ubodzy, albowiem ich jest Królestwo Niebieskie".

– Amen! – dodał Gilles z uśmiechem. – Łóżko to wszystko, czego mi trzeba. Bardzo dziękuję.

– Och, o mało nie zapomniałem! Jesteście głodni? Boję się, że godzina kolacji już minęła; ale mógłbym poszukać dla was czegoś w kuchni.

– Nie trzeba. Jestem bardzo zmęczony i chcę tylko spać.

– Dobrze, jak sobie życzycie. Śniadanie jest o szóstej rano. Mogę przyjść was obudzić, jeśli chcecie.

– Tak, i jeszcze raz dziękuję.

– Zatem do jutra. Śpijcie dobrze. – Mnich zamknął za sobą potężne drewniane drzwi.

Bossuet został sam w pomieszczeniu. Cela była maleńka, miała nie więcej niż trzy i pół metra długości i dwa i pół szerokości. Twarde sosnowe łóżko przykryte szarym kocem stało pod lewą ścianą. Obok znajdował się klęcznik z drewna, stoczonego już przez korniki. Z powodu grubych murów od ściany do okna był co najmniej metr. Leżała tam książka w czarnych okładkach: z pewnością Biblia.

Wdrapał się na mur i otworzył okno. Do wnętrza od razu wpadł świeży powiew wiatru. Ale widok nie był fascynujący: kilka metrów od budynku wznosił się potężny mur; oświetlał go księżyc w pełni. Mur przesłaniał widok gór wznoszących się w oddali; od lewej strony widać było jedną z wież, otoczoną murami, a dalej zarysy innych budynków klasztoru. Jak stwierdził, jego okno znajdowało się na dolnym piętrze, zaledwie parę metrów od ziemi.

Zamknął okno i ułożył się na posłaniu. Musiał się zastanowić, jaki będzie jego następny krok. Informacje zdobyte od braciszka wydawały się interesujące, choć równie dobrze mogły nic nie znaczyć. Spróbował skoncentrować się na tych myślach i ułożyć je w jakąś formę, ale zmęczenie i senność sprawiły, że niebawem zasnął. Tuż przed zaśnięciem wydało mu się, że słyszy głosy intonujące piękne kantyczki, głosy dalekie, stłumione przez grube kamienne mury. I w tym stanie półświadomości przyszła mu do głowy niedorzeczna myśl, że już umarł i że to niebiański chór aniołów śpiewa dla niego na przywitanie.

20

Po wizycie u Szymona Ben Matiasa – niezbyt długiej, co było po myśli Labeo, nie chciał bowiem, żeby po drodze zaskoczyła go noc – poseł skierował się do domu Józefa z Arymatei, którego Jezus darzył głęboką miłością, a który mieszkał za murami miasta. Choć edeseńczyk się wzbraniał, nie chcąc nadużywać uprzejmości, Szymon zobowiązał go, by zamieszkał w jego domu podczas całego pobytu w Jerozolimie. Żydzi słynęli z gościnności i nie należało obrażać ich odmową.

Józef, gdy nie przebywał w Jerozolimie, mieszkał w swojej rodzinnej Arymatei, około trzydziestu kilometrów na północny zachód od miasta, w pobliżu drogi łączącej Jerozolimę z Jaffą. Droga ta była w miarę równa, ale kamienista, co czyniło ją trudną do przebycia. Ponadto Labeo nie miał pewności, że zastanie Jezusa u Józefa. Szymon powiedział tylko, że rabbi i Józef są dobrymi przyjaciółmi i że będą obchodzili Paschę w domu tego ostatniego. Nie miał więc gwarancji, że spotka tego, którego szukał tak zawzięcie. No i mogli go wziąć za szpiega. Ale pomimo obaw, Labeo chciał wypełnić swoją misję, pragnął też wreszcie poznać tego świętego człowieka, którego wszyscy zdawali się bać lub nienawidzić.

W połowie drogi poseł dostrzegł mężczyznę siedzącego na pagórku przy ścieżce. Miał na sobie pasiastą tunikę, a na kolanach trzymał długi kij z drzewa oliwnego. Siedział ze spuszczoną głową, zatopiony w myślach. Szklanym wzrokiem wpatrywał się w kamienistą drogę. Labeo zbliżył się do niego, chcąc spytać, czy idzie w dobrym kierunku do Arymatei. Wtedy spostrzegł, że mężczyzna ma na twarzy ślady trądu, najokropniejszej z chorób, która zżera ciało i ducha powoli, lecz nieubłaganie.

Mężczyzna podniósł głowę i uśmiechnął się.

– Nie obawiaj się niczego, wędrowcze – powiedział. – Ślady na moim ciele wskazują tylko na przebytą chorobę.

– Ależ trądu nie można wyleczyć... Jakim cudem mogłeś wyzdrowieć? – spytał Labeo zaintrygowany i ciągle jeszcze wystraszony.

– Co dla człowieka niemożliwe, jest nic nieznaczącą drobnostką dla Wszechmocnego Boga. Uratowanie ciała i duszy zawdzięczam Jego wysłannikowi, Jezusowi z Nazaretu, Mesjaszowi – odrzekł mężczyzna.

– Znasz Jezusa? Właśnie go szukam.

– Pewnego razu podszedł do mnie i powiedział: „Choroba, na którą cierpisz, sprawia ci ból, ale zaprawdę powiadam ci, że ten ból, jeśli masz wiarę w Ojca, stanie się dla ciebie szczęściem w niebie". Potem pogłaskał mnie po policzku i trąd się zatrzymał. To był cud, który pokazał niedowiarkom, że Jezus jest Synem Bożym.

Labeo niełatwo ulegał wzruszeniom, ale to wydarzenie – jeśli istotnie stało się tak, jak opowiadał wyleczony trędowaty – zdumiało go ogromnie. Trąd nie ustawał w niszczeniu ciała, aż człek trawiony chorobą nie był w stanie tego dłużej wytrzymać i umierał, martwy za życia, o wyglądzie groteskowym i odstręczającym.

– Musisz być bardzo wdzięczny Jezusowi. To, co dla ciebie zrobił, było zaiste prawdziwym cudem. Nie wiesz, czy on jest teraz w domu Józefa z Arymatei?

Mężczyzna ocknął się z zamyślenia i ekstazy, powstałej w jego umyśle na wspomnienie Chrystusa.

– Czemu go szukasz? – spytał. – Czego chcesz od niego?

– Jestem posłem z dalekiego królestwa na północy. Mojego króla zachwyciła doktryna Jezusa i wysłał mnie, bym zaoferował mu swoją opiekę, jeśli zechce mi towarzyszyć do mojej ojczyzny.

– Jakże mało wiesz o Jezusie...

– Czy powiedziałem coś, co cię uraziło?

– Nie, miły wędrowcze. Ale Jezus nie pójdzie z tobą. Nie odejdzie z Judei: tu oczekuje go jego przeznaczenie. Sam mi to powiedział.

– Mimo to chciałbym z nim porozmawiać. Muszę wypełnić rozkazy mojego pana.

– Rozumiem. Chociaż, jak mówię, twoje wszystkie wysiłki spełzną na niczym. – W słowach mężczyzny było słychać nutę żalu, może dlatego, iż był pewien, że cudzoziemiec nie potrafi w pełni zrozumieć rabbiego. –

Jeśli pójdziesz tą ścieżką, za niecałą godzinę będziesz w Arymatei. Tam znowu pytaj o Józefa. Jego dom łatwo rozpoznać, bo jest największy we wsi i znajduje się mniej więcej w środku.

Po spotkaniu z trędowatym, który zwał się Sem, jak syn Noego, Labeo ruszył dalej swoją drogą. Nie wiedział dlaczego, ale przepełniało go głębokie uczucie spokoju. Wędrował z radością i oddychał pełną piersią. Po raz pierwszy patrzył na zapyloną kamienistą drogę przed sobą bez przykrości. Marzył o spotkaniu z Jezusem, o rozmowie z nim, o poznaniu jego uczniów i wysłuchaniu jego nauki.

Arymatea była wioską o niespełna dwudziestu domach, w większości zadbanych i czystych, odcinających się jasnymi ścianami od brunatnej ziemi. Na obrzeżu wsi rzędy śliw ciągnęły się aż do pobliskiego wzgórza. Wśród nich rosły także drzewa figowe i morelowe.

Labeo skierował się do największego domostwa w centrum Arymatei. W porównaniu z pozostałymi domami był to prawdziwy dwór, otoczony płotem, za którym rósł duży sad. Poseł wszedł do sadu. Nikogo tam nie było, więc zbliżył się do sklepionego łukowato wejścia do domu. Słońce wisiało tuż nad horyzontem, lada chwila miało zajść. Front budynku tonął w głębokim cieniu. Gdy Labeo podszedł do drzwi, jakieś potężne ramię zatrzymało go nagle, a z cienia wychynęła groźna twarz.

– Kim jesteś? – wykrzyknął mężczyzna pilnujący wejścia.

Labeo drgnął, słysząc jego głos. Ale nie czuł strachu. Spojrzał na potężnego strażnika i uniósłszy ręce, powiedział:

– Nie obawiaj się. Przychodzę z misją pokojową. Szukam Jezusa z Nazaretu.

– Szukasz Jezusa? A czego chcesz od niego? – zapytał mężczyzna.

Poseł już chciał wyjaśnić, kim jest i z czym przybywa, kiedy z wnętrza dał się słyszeć pogodny, ciepły głos:

– Piotrze, wpuść tego człowieka. Przyszedł z bardzo daleka, by mnie zobaczyć.

Labeo natychmiast zrozumiał, że ten głos należy do tego, którego szukał. Tylko on mógł wnieść ciepło i światło do ciemności i chłodu zapadającej nocy. Tylko on mógł wiedzieć, że gość przybył z dalekiego północnego kraju.

Piotr otworzył usta, jakby chciał coś powiedzieć, ale po chwili zacisnął wargi i usiadł przy drzwiach z nadąsaną miną. Mała lampka oliwna oświetlała pomieszczenie. Oczy Labeo powoli przyzwyczajały się do tego słabego światła. Atmosferę spokoju wypełniającą to miejsce podkreślał intensywny zapach ziół i aromatycznych olejków. Jezus siedział na ławie pod ścianą. Miał na sobie jasną tunikę i wydawał się nad czymś rozmyślać, z brodą opartą na pięści i łokciem na kolanie. Jego długie włosy lśniły w delikatnym płomieniu lampki.

– Zbliż się, nie bój się niczego – rzekł, skłaniając głowę ku posłowi.

Labeo spojrzał w oczy Jezusa. Były pełne majestatu, wyrażały powagę i mądrość, słodycz i dobroć. Poseł patrzył jak dziecko na ojca, onieśmielone jego powagą i zarazem pełne miłości. Powoli, nie spuszczając wzroku z Jezusa, przysunął się bliżej. Z bliska mógł dojrzeć wyraźnie jego piękne oblicze o szlachetnych rysach i wyrazie nieskończonej czułości. Głęboko przejęty, miał ochotę wybuchnąć płaczem, ale zdołał się pohamować. W tym momencie Jezus podniósł się i ponownie powiedział:

– Chodź za mną, przyjacielu. Powinieneś przekazać mi swoją misję, a wolałbym, żebyśmy byli sami.

Słysząc te słowa, Piotr zerwał się jak błyskawica i rzekł gwałtownie:

– Mistrzu! Nie wiesz, kim jest ten człowiek. Pozwól przynajmniej, że go zrewiduję. Słyszałeś jego akcent; może wysłali go Rzymianie. Może być zbrodniarzem...

– Nie, Piotrze. Mój los jest w rękach Ojca. Wyrzuć więc lęk ze swego serca.

Jezus poprowadził Labeo do sąsiedniej izby, w której był tylko prosty stół i dwa drewniane krzesła. Przebywali tam razem długi czas, podczas gdy podniecona wyobraźnia Piotra wymyślała coraz to nowe niedorzeczności.

Kiedy Jezus i poseł wyszli, oczekiwała ich reszta uczniów razem z Piotrem. Wrócili właśnie z Jerozolimy, gdzie Józef musiał zostać na posiedzeniu Sanhedrynu. Wierny rybak powiedział im, jak Jezus zabronił mu zrewidować przybysza. Bardzo niespokojny, starał się ich przekonać, żeby weszli tam, dokąd poszedł Jezus, i uchronili go przed niebezpieczeństwem.

Po rozmowie z rabbim twarz Labeo przeistoczyła się. Jego oczy błyszczały, jakby wpatrzone w daleki, lepszy świat. Żaden nie wspomniał, o czym mówili. Gdy Piotr spytał mistrza, co się stało, ten odparł z uśmiechem:

– Gawędziliśmy o wielu sprawach. Labeo to bardzo dobry człowiek.

Zaprosił edeseńczyka na posiłek, zaoferował mu też nocleg. W nocy drogi nie były bezpieczne, a zimno nie zachęcało do podróży. Podczas rozmów przy stole Jezus i Labeo nie odezwali się słowem do siebie, ale wszyscy widzieli, jak ten ostatni patrzył na mistrza. W jego sercu i umyśle zaszła wielka zmiana: nie był już tym samym człowiekiem, który owego wieczoru przybył do Arymatei.

21

Rok 1888, Poblet

Następnego ranka Gillesa zbudziło pukanie do drzwi. Jeszcze na pół śpiący, zdołał jakoś się podnieść i usiąść na stołku obok łóżka. Patrzył zaspanymi oczyma na swoje nogi i zorientował się, że nawet nie zdjął sandałów do spania.

– Dzień dobry! – Usłyszał głos brata Józefa zza drzwi, a wraz z tymi słowami kolejne pukanie.

Gilles podszedł do drzwi niemrawym krokiem. Gdy otworzył, zobaczył, że mnich stoi pośrodku korytarza.

– Dzień dobry – powtórzył. – Jak się czujecie dziś rano? Dobrze spaliście?

– Bardzo dobrze, dziękuję. Tyle że, zanim zasnąłem... – zaczął, ale przerwał, podniósł rękę i potrząsnął głową, jakby sądził, że ta myśl była absurdalna.

– Tak?

– No więc wydało mi się, że ktoś śpiewał...

– Ach, tak, naturalnie! Nie mówiłem wam o tym wczoraj, bo wyglądaliście na bardzo zmęczonego, ale każdej nocy celebrujemy liturgię komplety i śpiewamy *Salve* w kościele przed pójściem na spoczynek. Jeśli chcecie, możecie się dzisiaj do nas przyłączyć.

– Tak, oczywiście. Będę zachwycony.

– Wspaniale. Widzę, że już się ubraliście – powiedział mnich, oglądając go od stóp do głów.

– Tak jakby – potwierdził Bossuet z uśmiechem.

Brat przyjrzał mu się z pytającym wyrazem twarzy, ale o nic nie spytał.

– Dobrze, a zatem chodźmy na śniadanie.

Zamknęli drzwi od celi i poszli do wejścia tą samą drogą, którą tu wczoraj przyszli. Słońce jeszcze nie wzeszło, chociaż można już było dojrzeć jasne smugi na niebie. O tak wczesnej porze powietrze było chłodne, wokoło rozbrzmiewał śpiew ptaków, głośniejszy jeszcze niż zwykle w przezroczystym powietrzu ranka.

Gilles potarł oczy, by wreszcie odzyskać ostrość wzroku. Plac, na którym się znajdował, był istotnie bardzo duży; większy, niż wydawał się wczoraj wieczorem. Idąc za bratem Józefem, skierował się do wewnętrznych murów klasztoru. Przeszli obok krzyża, któremu przyglądał się wczoraj.

– To krzyż opata Joana de Guimera – poinformował go brat, gdy dostrzegł, że Gilles mu się przygląda. – Ma już chyba ze dwieście lat.

To powiedziawszy, wszedł na schodki wiodące do podstawy krzyża i niespodziewanie obiegł krzyż trzy razy dookoła, zanim zszedł i namówił Bossueta, by zrobił to samo. Tym razem to Gilles spojrzał na brata z zakłopotaniem. Mnich roześmiał się.

– To stara tradycja – wyjaśnił. – Mówią, że kto obiegnie trzy razy ten krzyż, wróci do Poblet.

– A, w takim razie... – mruknął Gilles, obiegając posłusznie krzyż – wrócimy tu jeszcze.

Wejście do głównej części klasztoru, nazywane Bramą Królewską było zwieńczone w górnej części romańskim łukiem. Odrzwia były drewniane, wzmocnione gwoździami i obiciami z metalu. Brama wychodziła na mury, wysokie na ponad dziesięć metrów, pokryte w dużej części jakimiś pnączami. Jak mówił brat, mury otaczały kościół i pomieszczenia mnichów jak forteca. Z obu stron bramy wznosiły się dwie sześciokątne wieże, identyczne, choć nieco mniejsze od tych, które można było zobaczyć w kilku innych miejscach muru. To wejście prowadziło na mały wewnętrzny podwórzec, który przecięli, zdążając do westybulu po lewej stronie. Pomieszczenie było obszerne i skromne, z dwoma rzędami łuków nadających mu solidny wygląd.

– Tędy idzie się do naszych sypialni – objaśnił brat, wskazując schody. – A tam jest kuchnia – dodał, pokazując drzwi naprzeciwko, kilka metrów od miejsca, gdzie stali.

Minęli kuchnię i poszli korytarzem wychodzącym na duży krużganek, wokół którego wznosiły się smukłe kolumny, podtrzymujące łuki w połowie wysokości. Krużganek był w mieszanym stylu romańsko-gotyckim.

– To jest... – zaczął Gilles, ale brat Józef skinął na niego, żeby teraz zachował milczenie.

I właśnie w milczeniu poszli aż do korytarza z lewej strony krużganka, w kierunku wielokątnego pawilonu otoczonego kamiennymi kolumnami i romańskimi łukami. W jego wnętrzu stała fontanna w formie chrzcielnicy, z której tryskała woda. Dookoła kręciło się mnóstwo mnichów myjących ręce. Brat Józef podszedł, by zrobić to samo, i Bossuet również.

Refektarz znajdował się w bocznej części pawilonu, na lewo od krużganka. Była to obszerna sala o trzydziestu metrach długości i dziesięciu szerokości. Stoły stały wzdłuż całego pomieszczenia pod ścianami, tak że środek pozostawał pusty. Wielki otwór, ciągnący się od jednego do drugiego końca jednej ze ścian, łączył refektarz z kuchnią, w której krzątało się kilkunastu młodych braciszków, wykonując polecenia głośno wykrzykującego tłustego brata, który wyglądał na popędliwego. Gigantyczne piece zajmowały dużą część ściany i to od nich płynął smakowity zapach wypełniający jadalnię.

– Przykro mi, że musieliście milczeć – przeprosił brat Józef – ale nie wolno rozmawiać w klauzurze. Co mi chcieliście powiedzieć?

– Przepraszam, nie wiedziałem – odparł Gilles. – To nie było nic ważnego, naprawdę. Chciałem tylko powiedzieć, że to piękne miejsce.

– O tak – zgodził się mnich z dumą. – Tę część zaczęto budować w początkach XIII wieku. Jest w stylu romańskim. Budowa zajęła blisko sto lat, dlatego kolumny i większość ozdób jest już w stylu gotyckim. W klasztorze są jeszcze dwa inne krużganki, świętego Stefana i rozmównica, ale nie są tak piękne jak ten.

Chwilę stał, przyglądając się krużgankowi, jakby widział go pierwszy raz. Kiedy w końcu się odwrócił, Bossuet spytał:

– Przy którym stole mogę usiąść?

– Te w głębi i te po prawej są zarezerwowane dla braci. Możecie siąść przy którymkolwiek innym.

Niemal wszystkie stoły były zajęte. To znaczy te dla mnichów, bo te dla pielgrzymów były zupełnie puste. Wyglądało na to, że Gilles był jedynym, który w owej chwili znajdował się w klasztorze. To sprawiło, że ponownie opadły go wątpliwości: może to nie była pora roku odpowiednia na pielgrzymki do Poblet. Ale zaraz powiedział sobie, że to absurd i że chodzi po prostu o przypadek... Albo przeznaczenie, pomyślał, chociaż nie był pewien, czy rzeczywiście w to wierzy czy nie.

Wybrał stół najbliżej stołu mnichów. Brat Józef nie mógł usiąść obok, bo miejsce było zajęte, usiadł więc w drugim końcu refektarza. W chwili, gdy Bossuet siadał, do refektarza weszło sześciu mnichów niosących tace. Z niezwykłą wprawą zaczęli rozdawać śniadanie: kubek mleka i kilka kromek chleba dla każdego.

Gilles miał już zabrać się do jedzenia, gdy od któregoś stołu podniósł się starzec o dostojnym wyglądzie. Obok niego siedział brat Aleksander, który przywitał się lekkim skinieniem głowy z Bossuetem. Ten oddał mu ukłon, by ponownie skupić uwagę na starcu, który zapewne był opatem klasztoru. Włosy miał całkiem siwe i długą, niestrzyżoną brodę pokrywającą niemal całą twarz. W twarzy tej lśniły mądre i natchnione ciemne oczy, które opat zamknął w chwili, gdy wzniósł obie ręce z dłońmi skierowanymi do góry. Wszyscy mnisi złożyli dłonie w geście modlitwy i z szacunkiem pochylili głowy. Gilles zrobił to samo, ale oczy miał otwarte i przypatrywał się opatowi. Nie znał się na świątobliwych ludziach; do tej chwili nawet nie wierzył, że tacy ludzie mogą istnieć. Ale teraz nie miał najmniejszej wątpliwości, że jest w jednej sali właśnie z takim człowiekiem. Mądrość bijąca z każdego rysu tej twarzy była tak wyraźna, a majestat całej postaci tak potężny, że wydawał się emanować jakąś dziwną, uzdrawiającą energią.

– Dzięki ci, Panie, za te dary, które z łaski Twojej będziemy spożywali – modlił się głosem zarazem łagodnym i potężnym – i dozwól nam radować się Twoją łaską aż do Twojego powrotu, do końca świata.

– Amen! – zabrzmiał chór głosów.

Po modlitwie opat usiadł i mnisi zabrali się do jedzenia. Jeden z braci słabym głosikiem czytał fragmenty Pisma Świętego. Zmusiwszy się do odwrócenia wzroku od opata i zajęcia się śniadaniem, Gilles klął się w duchu za swoją głupotę. Już, już zabierał się do jedzenia, nie czekając na modlitwę. Chociaż nie znał zwyczajów panujących w klasztorach czy kościołach, wystarczyło trochę wyobraźni, by przewidzieć, że bracia muszą coś tam odprawiać przed jedzeniem. Podał się za pielgrzyma, ale nie zachowywał się w tej roli, jak należy. Nie mógł sobie pozwolić na ponowne popełnienie podobnego błędu, bo wtedy jego tajemnica się wyda. Pewien był, że nie wszyscy mnisi w opactwie są tak mili i pełni dobrej woli jak brat Józef.

Choć niezadowolony z siebie, z przyjemnością zajął się śniadaniem. Chleb był biały i świeży, jeszcze ciepły. Zapewne pieką go w tych ogromnych piecach, które widział w kuchni. Łapczywie zjadł obie kromki, po czym wypił mleko, tłuste i gęste, niemal jednym haustem. Był wygłodzony; w końcu nie jadł nic od wczorajszego południa.

Niemniej nie mógł powstrzymać uczucia pewnego wstydu, widząc, że mnisi siedzący w pobliżu zaledwie zaczęli jeść. Na szczęście żaden nie zwracał na niego uwagi. Nie tak jak jego młody towarzysz, brat Józef, przypatrujący mu się z drugiego końca sali. Ale co gorsza, zauważył, że brat Aleksander także mu się przygląda z dezaprobatą. Czując się zawstydzony jak nigdy dotąd, Bossuet odwrócił oczy od mnicha i zaczął przyglądać się krużgankowi, udając wielkie zainteresowanie fontanną.

Kilka minut później ponownie pojawili się mnisi z kuchni i sprzątnęli stoły tak sprawnie, jakby zaangażowano ich tylko po to. Bracia stopniowo wstawali od stołów, kierując się do wyjścia. Gilles szukał wśród nich swego przewodnika. Zobaczył, że rozmawia z bratem Aleksandrem, który kilkakrotnie podczas rozmowy wskazuje ręką w jego kierunku. Młody mnich stał tyłem do Bossueta, tak że Gilles nie widział jego twarzy i nie mógł się domyślić, o czym rozmawiają, chociaż obawiał się, że to nie wróży nic dobrego. Jego obawy rozwiały się jednak, gdy tylko brat Józef odwrócił się i podszedł z uśmiechem.

– Brat Aleksander zwolnił mnie z moich obowiązków na czas, kiedy tu jesteście. Chce, bym wam towarzyszył wszędzie, dokąd zechcecie pójść – zakomunikował.

– To wspaniale. W ten sposób będziecie mogli pokazać mi więcej rzeczy w klasztorze – rzekł Bossuet, także się uśmiechając.

W głębi duszy uważał jednak, że to wcale nie była dobra wiadomość. Jedyną jej zaletą było to, że teraz miał przynajmniej pewność, iż brat Aleksander chciał go pilnować. Dlaczego jednak wyznaczył mu stałego przewodnika? Nie wierzył, by dobry brat Józef był świadom roli, którą odgrywał. Co więcej, Bossuet zaczynał podejrzewać, że to, co za wszelką cenę mnisi starali się ukryć, było znane tylko małej grupce braci; tym, którzy, według słów młodego braciszka, mieli wstęp do miejsc niedostępnych dla pozostałych. W każdym razie doprowadzenie poszukiwań do końca okazało się dużo trudniejsze z bratem towarzyszącym mu przez cały dzień.

– Chcielibyście zobaczyć bibliotekę? – spytał brat Józef.

– Tak – odparł Gilles lakonicznie, zajęty własnymi myślami.

Mnich poprowadził go lewym korytarzem w kierunku przeciwnym niż do westybulu. Weszli do kolejnego korytarza, do rozmównicy, stanowiącej połączenie między główną częścią klasztoru i wieżą świętego Stefana. W rozmównicy małe grupki mnichów rozmawiały przyciszonymi głosami. Brat Józef otworzył ciężkie drewniane drzwi i gestem zaprosił gościa do środka.

Sala była obszerna, niemal tak duża, jak refektarz, z wysokim sufitem z gotyckich łuków schodzących się przy kolumnach. Bracia, młodsi nawet od brata Józefa, z zapałem oddawali się studiom. Na stołach stały stare, poczerniałe lampy oliwne, o tej porze pogaszone, gdyż przez łukowate okna wpadało aż nadto światła. Okna były w bocznych ścianach, w ścianie w głębi znajdowały się kolejne drzwi.

– Dokąd prowadzą? – spytał Bossuet, wskazując je.

– Do *scriptorium,* ale tam wstęp mają tylko bibliotekarz i jego asystenci. To miejsce, gdzie trzymamy księgi i manuskrypty i gdzie jeszcze teraz kopiuje się ręcznie niektóre z nich. Bracia, których tu widzicie, to nowicjusze, zajmujący się mniej ważnymi zadaniami albo takimi, które nie nastręczają większych trudności. Dawniej przeznaczani do tego byli synowie szlachetnych rodów i ważni ludzie z tej prowincji, którzy przybywali do opactwa. Ci z niższym pochodzeniem wykonywali ciężkie prace, na przykład w kuchni; pracowali także w winnicy razem z wieśniakami będącymi w służbie klasztoru.

W tym momencie drzwi do *scriptorium* otwarły się i pojawiła się w nich okrągła postać, którą Gilles natychmiast rozpoznał. Był to kucharz, którego widział przy śniadaniu. Włosy miał proste, kasztanowate i nosił okrągłe okulary, które wydawały się śmiesznie małe na jego pełnej, rumianej twarzy o miękkich rysach.

– Dzień dobry – rzekł miłym głosem, niepasującym do jego nieokrzesanego wyglądu.

– Witajcie, bracie Augustynie – odparł mnich. – Chciałbym wam przedstawić francuskiego pielgrzyma, który przybył tu wczoraj i ma u nas spędzić kilka dni.

– Gilles Bossuet – przedstawił się uczony. – Miło mi poznać brata.

– To mnie jest miło – odparł Augustyn. – Tak, wydaje mi się, że widziałem was rano w jadalni, kiedy byłem w kuchni – dodał swoim zaskakującym tenorowym głosem, równocześnie skłaniając lekko głowę.

– Tak, ja też was widziałem – rzekł Bossuet; czuł się jak uczniak odpowiadający dorosłemu na pytania.

– Brat Augustyn jest naszym bibliotekarzem — wyjaśnił brat Józef — a także szefem kuchni.

Gillesowi wydało się zabawne to połączenie, ale pohamował się i nie pozwolił, by jego myśli znalazły odbicie w wyrazie twarzy. Brat Augustyn nie zwrócił uwagi na komentarz młodego mnicha i ze wzrokiem utkwionym w Bossueta, spytał:

– Czemu nasza skromna biblioteka zawdzięcza waszą wizytę? – Powiedział to tak, iż było oczywiste, że nie uważa tej biblioteki za skromną. – Jesteście tu po prostu z wizytą czy też interesuje was któryś z naszych woluminów?

– Prawda, że chciałbym przejrzeć kilka ksiąg – wyznał Gilles. – Przede wszystkim te, które traktują o klasztorze. Chciałbym dowiedzieć się o nim czegoś więcej i spodziewam się, że macie tu jakieś, które by mi się przydały.

– Och, oczywiście – potwierdził mnich takim tonem, jakby jakakolwiek wątpliwość w tej mierze stanowiła obrazę. – Zaraz powiem pomocnikowi, by poszukał ich dla was, tak byście mogli przyjść tu i zabrać je już wieczorem, po obiedzie.

– Dziękuję, naprawdę bardzo dziękuję. I wybaczcie, jeśli was obraziłem. Zapewniam, że nie miałem takiej intencji. – Gilles starał się naprawić swój nierozważny komentarz; ostatnią rzeczą, jakiej chciał, było zyskanie sobie nowego wroga.

Mnich pozostawił ich samych, oddalając się w kierunku wyjścia. Bossuet patrzył za nim, jakby zahipnotyzowany łagodnym kołysaniem się jego olbrzymiego habitu.

– Jak to się stało, że kucharz opactwa jest równocześnie bibliotekarzem? – spytał Józefa po wyjściu brata Augustyna.

– Brat Augustyn przez wiele lat był pomocnikiem poprzedniego bibliotekarza, brata Mikołaja, i kiedy tamten zmarł, przejął opiekę nad biblioteką. Jeśli idzie o kuchnię, to był po prostu przypadek. W związku z uwolnieniem Mendizabal klasztor stracił wiele swoich posiadłości i duża część braci odeszła do innych zakonów, gdyż tu nie było możliwości utrzymania wszystkich. To były trudne czasy i opactwo musiało zrezygnować niemal ze wszystkich służących i pracowników; między innymi z kucharza. Brat Augustyn, jako jeden z niewielu, którzy znali się trochę na kuchni, zaoferował swoje usługi. Początkowo miało to być tymczasowe, aż klasztor zdoła zatrudnić nowego kucharza. Ale przez długi czas nie było wystarczających środków, poza tym brat Augustyn dobrze wypełniał obie funkcje, tak że nigdy go nie zastąpiono.

– Tak, wygląda na to, że lubi być w kuchni – zażartował Gilles.

Mnich zaśmiał się dźwięcznie na ten komentarz, podrywając młodych braci z biblioteki, którzy przerwali na chwilę pracę, przypatrując się im z zaskoczeniem i pewną pretensją.

– Wy, Francuzi, macie cięte języki, jeśli mi wolno zauważyć – zdołał powiedzieć wśród wybuchów śmiechu.

– Dzięki – odparł Bossuet, traktując jego słowa jako komplement. – Chociaż boję się, że potem będziemy musieli się spowiadać. Czy tutaj ktoś mówi po francusku? Są grzechy, których niepodobna wyznać po hiszpańsku.

Ta ostatnia uwaga jeszcze bardziej rozśmieszyła brata Józefa i sprowokowała nowe spojrzenia braci na sali, tym razem już wyraźnie gniewne. Młody mnich skierował się, jeszcze ze śmiechem, ku wyjściu i ponownie znaleźli się z Gillesem w rozmównicy.

Resztę poranku spędzili na spacerze w winnicy i innych urządzeniach na zewnątrz klasztoru, mimo że Bossuet prosił brata Józefa, by pokazał mu kościół. Ten nalegał jednak, by zrobić to nie wcześniej niż nocą, podczas komplety, gdyż jak zapewniał, to najlepszy moment do zwiedzenia świątyni.

22

Labeo wstał o świcie. Ubrał się, a następnie udał się na poszukiwanie Jezusa, chcąc się z nim pożegnać. Już za kilka godzin musiał być w Wieży Antoniusza. Nie mógł się spóźnić na spotkanie z rzymskim gubernatorem, zaplanowane na dziesiątą godzinę dnia, czyli czwartą po południu. Gdy wszedł do pokoju, w którym poprzedniej nocy jedli wieczerzę, zastał rabbiego przy śniadaniu z kilkoma uczniami. Inni jeszcze spali w tym samym pomieszczeniu, owinięci w płaszcze z cienkiej wełny. Słońce ledwie wznosiło się nad horyzontem i poranny wiaterek wiał chłodem.

– Widzę, że już wstałeś, przyjacielu – powitał Jezus Labeo. – Miałem cię budzić, ale jest jeszcze wcześnie. Zjedz z nami śniadanie.

Żona Józefa i jakaś młoda dziewczyna podały na stół chleby z miodem, morele w zalewie, owczy ser i wielki dzban świeżo udojonego mleka. Juda Tadeusz napełnił szklanice Jezusowi i pozostałym. Gdy to robił, młoda dziewczyna, sierota pochodzenia greckiego imieniem Helena, o długich włosach koloru agatu i niezwykłej urodzie, wychowanka Józefa, potknęła się i rozlała garnuszek miodu na pierś rabbiego. Labeo odruchowo zerknął na Jezusa, sądząc, że ten skarci dziewczynę, chociaż nie zrobiła tego umyślnie. Ale rabbi patrzył na nią wyrozumiale i ze szczerym rozbawieniem, a nawet głośno się roześmiał. Piotr i Jakub, surowsi, nie ukrywali niezadowolenia, choć na ich twarzach nie znać było gniewu.

– Dobrze wypocząłeś, Labeo? – spytał Jezus.

– Łóżko było bardzo wygodne – odparł poseł i dodał z niepokojem: – Ale prawie nie spałem.

– Spokojnie, przyjacielu, spokojnie. Przeznaczenie nas wszystkich jest w rękach Ojca Niebieskiego. Wyrzuć lęk z serca. Rób to, co masz robić, i w ten sposób spełniaj swoją powinność. I zawsze postępuj zgodnie z odruchem serca. Jesteś dobrym człowiekiem. Podziękuj swojemu królowi ode mnie za zaproszenie. Ale moje miejsce jest tutaj. Nie martw się, Labeo, pewnego dnia będziesz wraz ze mną w glorii, gdy zajmę miejsce po prawicy Ojca.

Powoli, w miarę jak światło i ciepło wypełniały pomieszczenie, uczniowie, którzy dotychczas spali, podnosili się i przyłączali do śniadania. Rozmawiano o obchodach Paschy i ustalano, w którym miejscu się zgromadzą. Większość myślała, że dom Józefa byłby idealny, ale Jezus oznajmił im, że zrobią to w Jerozolimie, obok pałacu Heroda, na południowym zachodzie miasta. Nakazał Filipowi, Bartłomiejowi, Mateuszowi i młodemu Janowi, żeby udali się tam, by wszystko przygotować. Koło Bramy Eseńskiej ma ich oczekiwać człowiek z amforą pełną wody. To przyjaciel Józefa z Arymatei i można mu ufać. Zaprowadzi ich do swego domu. Tam, na piętrze, powinni znaleźć wszystko, co potrzebne do obchodów i oczekiwać nadejścia Jezusa i jego uczniów.

Droga powrotna do Jerozolimy wydawała się nie mieć końca, mimo że uczniowie i poseł szli razem i pogawędka pozwalała zapomnieć o wyczerpaniu. Labeo wolałby pozostać przy Jezusie i zrezygnować ze spotkania z Poncjuszem Piłatem, ale musiał wypełnić obowiązki nałożone na niego przez króla. Zawsze służył mu wiernie, a tym razem czuł się podwójnie zobowiązany. Jeśli lęki Szymona Ben Matiasa i niebezpieczeństwa, na jakie Jezus był narażony, były pewne, może Piłat odegra decydującą rolę w nadchodzących wypadkach. Trzeba by go przekonać, że rabbi nie jest niebezpieczny dla rzymskiej władzy, że jest człowiekiem sprawiedliwym i czyniącym dobro i że wszyscy powinni raczej naśladować go, a nie gnębić.

Była środa, przeddzień Paschy. W Jerozolimie tego wieczoru było o wiele więcej ludzi niż poprzedniego dnia. Żydzi ze wszystkich prowincji, a także wielu pogan odwiedzających miasto i setki rzymskich legionistów wypełniały ulice. Na targowisku w Świątyni było pełno kupujących, którzy krzyczeli i targowali się z teatralnymi gestami, w czym nie ustępowali im sprzedawcy. Całe rodziny, z wózkami wyładowanymi po brzegi, próbowały dostać się do domów swoich krewnych. Wszędzie panowała świąteczna atmosfera, niczym niezwiastująca wydarzeń mających nastąpić już niebawem.

Z trudem, popychany przez ludzi na ulicach, Labeo dotarł do rezydencji gubernatora. Przedstawił się strażnikom i został zaprowadzony do tej samej sali, w której oczekiwał wczoraj. Tym razem Piłat kazał mu na siebie czekać zaledwie kilka minut.

Gubernator był niski i tęgi, o jasnokasztanowych włosach z początkami łysiny. Jego głowa, okrągła i spłaszczona, przypominała dynię i była nieproporcjonalnie duża w stosunku do ciała. Nie nosił brody ani wąsów, był odziany w wytworną czerwoną szatę, a na piersiach miał lśniącą miedzianą kolczugę. Gdy Labeo wszedł, Piłat stał plecami do niego, przy stole zarzuconym pergaminami.

– Panie, pozwólcie, że się przedstawię: jestem Labeo, poseł królestwa Osrhoene i poddany króla Abgara Ukhamn. Składam wam uszanowanie i dziękuję, że zechcieliście mnie przyjąć.

– Zaoszczędźcie sobie komplementów, pośle – rzekł Piłat, nie odwracając się, ale tonem uprzejmym i miłym. – Nie przepadam za ceremoniami. Przykro mi, że nie mogłem przyjąć was wczoraj. Nie pozwoliły mi na to zajęcia państwowe. Spodziewam się, że obejrzeliście już miasto. To mrowisko ludzi. Niebezpieczeństwo wzrasta... – Zamilkł na chwilę, następnie odwrócił się i ciągnął: – Ale nie chcę zawracać wam głowy swoimi kłopotami. Muszę jednak powiedzieć, że przybyliście prosić mnie o coś, czego nie mogę wam dać.

– Jezus jest świętym człowiekiem, ekscelencjo. Wy zaś możecie, gdy zacznie się sąd, sprawić, by nie cierpiał. Sprawiedliwość rzymska jest zawsze bezstronna. – Labeo pomyślał, że pochlebstwo, podawane w małych dawkach, może posłużyć dla jego celów.

– Rzym, Rzym, Rzym... – Piłat westchnął. – Cesarstwo nie opiera się na sprawiedliwości, pośle, ale na dominacji, na sile. Rzym jest potężny, ponieważ potężne są także jego ramiona. A poza tym sprawiedliwość w Judei w sprawach religii należy do Sanhedrynu.

– Sanhedryn nienawidzi Jezusa... – zaczął Labeo.

– Wiem! – wykrzyknął Piłat, zanim tamten skończył. – Sanhedryn i ten przeklęty Kajfasz nie chcą, by ktokolwiek mieszał się do ich politycznych rozgrywek. A religia jest dla nich polityką, chociaż publicznie rozdzierają szaty przy każdej nadarzającej się okazji. O, gdyby cesarz dał mi więcej swobody...!

– Czyli, ekscelencjo, jesteście ze mną zgodni co do ochronienia Jezusa przed jego wrogami.

– Och, nie! Nie mogę nawet ruszyć palcem w sprawach ich decyzji. To właśnie jest polityka, powinieneś to wiedzieć.

– Moje królestwo jest małe, a król sprawiedliwy. Tam nikt nie postępuje wbrew własnym przekonaniom.

– Ostrożnie, pośle! Wkraczacie na niebezpieczny teren. Poncjusz Piłat jest w mocy zniszczyć Sanhedryn i nie zostawić kamienia na kamieniu; ja jestem tu najwyższą władzą. Ale rządzenie polega na tym, że od czasu do czasu trzeba popuszczać cugli, inaczej się zerwą. Dobrze jest zwolnić kogoś z zatrzymanych, by zachować władzę: kosztuje to mniej żołnierzy i mniej sestercji.

Labeo milczał wobec tych ostatnich słów Piłata. Gubernator był prawdziwym cynikiem, przebiegłym i podstępnym, myślącym wyłącznie o sobie. Poseł zrozumiał, że nie może oczekiwać od niego żadnej pomocy, i uznał, że nie będzie więcej nalegał.

– Spodziewam się, że miło spędzisz te parę dni w Judei – rzekł Piłat, kończąc rozmowę. – Teraz musisz mnie zostawić. Mam bardzo dużo spraw do załatwienia.

Skinął na strażników pilnujących wejść, by poszli razem z Labeo. Tuż przed wyjściem poseł powtórzył smutno:

– Jezus jest świętym człowiekiem. Proszę was tylko, byście go przyjęli...

Poseł był pogrążony w rozpaczy. Słowa Szymona Ben Matiasa dźwięczały mu w głowie jak echo. I ta rozmowa z Jezusem... Był gotów spotkać swoje przeznaczenie. Ale jakież było to przeznaczenie? Czy miało związek z niebezpieczeństwami wynurzającymi się z ciemności? Czy zdawał sobie sprawę z potęgi swoich wrogów? Jak by nie było, Labeo czuł dreszcze i zawroty głowy wobec niemożności poruszenia żadnego pionka na szachownicy. Ale to była gra nie pionkami, lecz ludźmi z krwi i kości, z ich lękami i słabościami.

Labeo nie miał czasu zjeść obiadu, w dodatku po spotkaniu z Piłatem całkiem stracił apetyt. Poszedł do domu Szymona, by porozmawiać z nim i spróbować znaleźć wyjście, jakąś możliwość uniknięcia zbliżających się wypadków.

Gdy przybył, Szymon wydawał się bardzo zajęty. W atmosferze domu czuło się napięcie; była to cisza przed burzą. Poprzedniego wieczoru, gdy Labeo był w Arymatei, faryzeusze z Kajfaszem na czele starali się przekonać członków Sanhedrynu o winie Jezusa. Najwyższy Kapłan – zwany *Ab-Beth-Din* – zdołał przekonać Radę, że Jezus jest niebezpiecznym bluźniercą i powinien zostać uwięziony. Ale nie podczas świąt, by uniknąć rozruchów, jakie mogliby wywołać jego uczniowie czy zwolennicy. Stary Józef z Arymatei i sam Szymon, wraz z paroma obrońcami sprawiedliwości, sprzeciwili się Radzie, ale ich głosy zagłuszyła większość, zaślepiona gniewem przeciwko temu, kto nie będąc kanonicznym rabbim, ujawniał wszystkie nieporządki w Sanhedrynie, zdeformowanym polityką i podstępami.

Kajfasz przekonał Radę, by uwięziła Jezusa za bluźnierstwo. To przestępstwo dawniej karano śmiercią, ale od czasu najazdu Rzymian na Judeę kara była mniej sroga. Niemniej Najwyższy Kapłan zdawał się coś ukrywać, gdyż nie było możliwe, by zadowoliło go proste biczowanie.

– Faryzeusze są jak plaga szarańczy – rzekł Szymon chmurnie. – Ich próżność sprawia, że widzą tylko to, co chcą widzieć. Uważają się za nieomylnych w tłumaczeniu Prawa, które zmieniają i fałszują dla własnego dobra. Czy o to walczyli wielcy królowie, jak Dawid i Salomon?

– Jezus zmierza do okrutnego końca – wtrącił Labeo. – Ale wydaje się, że nie chce od niego uciec. Czy nie da się nic zrobić?

– Można tylko ufać, że Piłat postąpi zgodnie z rzymskim prawem. Kajfasz będzie się starał o egzekucję dla Jezusa, ale nie ma wystarczającej władzy, by zmusić do tego gubernatora. Bardzo możliwe, że ma po swojej stronie Heroda Antypasa, choć Jezus jest Galilejczykiem i dlatego poza jurysdykcją Judei. Nie wiem. Piłat nie budzi we mnie zaufania.

Labeo zreferował Szymonowi swoje spotkanie z gubernatorem i to, jak tamten dał do zrozumienia, że nie będzie stał w tej sprawie twardo na swoim stanowisku. Gotów był dać spokój, by uniknąć jakichkolwiek rozruchów, i może w ostatecznym momencie oddać sprawę w ręce Sanhedrynu. Można było tylko czekać i mieć nadzieję.

– Zakończyłem swoją misję w Judei – rzekł Labeo do Szymona. – Przeznaczeniem Jezusa jest być tutaj. Ja muszę wracać do ojczyzny. Król Abgar powinien był wybrać kogoś innego. Ja nie byłem w stanie przekonać Jezusa, by udał się ze mną do Edessy, i bardzo żałuję, że tak jest. Ale on nie zmieni decyzji.

Szymon zdołał namówić Labeo, by pozostał u niego na czas Paschy, którą miano obchodzić nazajutrz. Podróż powrotna była długa i jeden dzień więcej czy mniej nie miał wielkiego znaczenia. Jego zastrzeżenia nie polegały na tym, że nie mógł zrobić nic, by pomóc Jezusowi, ale nie chciał uczestniczyć w jego klęsce. Za bardzo go kochał.

23

Po skromnym, ale smacznym obiedzie Gilles udał się wraz z bratem Józefem do biblioteki, by zabrać książki, jakie obiecał mu wybrać brat Augustyn. Przed posiłkiem, w drodze do stołu ponownie przyjrzał się kuchni widocznej z refektarza. Widok nie różnił się wiele od porannego: młodzi braciszkowie biegali z tacami i rondelkami z miejsca na miejsce, a brat Augustyn obserwował ich pracę, jak oficer śledzący ruchy swego wojska. Niemniej zauważył pewną zmianę w zachowaniu pękatego mnicha. Gdy ich spojrzenia się spotkały, brat Augustyn przesłał mu pulchną dłonią pozdrowienie, któremu towarzyszył zagadkowy uśmiech; Bossuet nie zdołał go rozszyfrować, odniósł jednak wrażenie, że nie wróży nic dobrego.

Jego podejrzenia potwierdziły się, gdy przyszedł do biblioteki i jakiś brat, przeraźliwie chudy i wyglądający na słabeusza, powiedział zmęczonym głosem: „Tu są książki, o które prosiliście", wskazując olbrzymią stertę co najmniej dwudziestu tomisk. Niektóre były takich rozmiarów i wyglądały na tak ciężkie, że Gilles zastanawiał się, jakim cudem ten mizerny mniszek był w stanie je unieść. W tym momencie dotarło do niego, dlaczego brat Augustyn tak dziwnie się uśmiechnął w czasie obiadu. Zapewne osobiście wyszukał te wszystkie tomy, by udowodnić, jak niesprawiedliwy był komentarz Gillesa podczas ich ostatniej rozmowy.

Mając tak dużo książek, trzeba było je poddać wstępnej selekcji. Ale Bossuet postanowił zabrać wszystkie do siebie, by nie musieć wyjaśniać bratu Józefowi, czego szuka; nie chciał budzić najmniejszych podejrzeń.

Była to poza tym kwestia dumy: zabierze je, choćby miał ponieść na własnych plecach, byle nie dać satysfakcji bratu Augustynowi.

– Macie jakiś wózek, czy coś w tym rodzaju, którym mógłbym to wszystko zabrać? – spytał szkieletowatego mnicha.

Pomocnik bibliotekarza skinął tylko lekko głową i zniknął za drzwiami scriptorium, a poruszał się jak pokutująca dusza skazana na wieczyste błąkanie się po bibliotece. Gilles zaczynał już sądzić, że zniknął na dobre, kiedy pomocnik pojawił się z powrotem w sali, ciągnąc mały drewniany wózek z metalowymi kołami, podobny do tych, jakich używa się w sklepikach z rybami. Niezdolny znieść ponownej *via crucis** przez salę, Gilles wybiegł mu naprzeciw, tłumacząc jak najuprzejmiej, że sam z pomocą brata Józefa zajmie się przewiezieniem książek. Dziwaczny brat dał mu do zrozumienia skinieniem głowy, że się zgadza.

– Zwróćcie go, kiedy skończycie – rzekł monotonnym głosem i rozwiał się jak dym za drzwiami scriptorium.

Brat Józef pomógł Bossuetowi ułożyć księgi na wózku; niebawem ten ostatni gorzko żałował, że się zdecydował zabierać taki ciężar. Po kilku minutach, gdy skończyli, Gilles głośno dyszał i był obolały z wysiłku. Obiecał sobie, że po powrocie do Paryża zacznie trochę ćwiczyć, zamiast spędzać całe dnie przy biurku.

– Pozwólcie, że ja je przewiozę – nalegał młody mnich, odbierając mu dyszel wózka i umieszczając przybory do pisania i stosik kartek papieru na szczycie sterty książek.

– Dziękuję – zdołał wykształcić Gilles między jednym sapnięciem a drugim. – Nie bierzcie więcej niż trzydzieści sztuk.

– Spróbuję – potwierdził brat i dodał żartobliwie: – Jeśli chcecie, możecie też wleźć na wózek.

Gilles, pochylony, z rękoma opartymi o kolana i wpatrzony w ziemię, podniósł głowę i spojrzał na mnicha.

– Szybko się uczysz, tak, naprawdę szybko się uczysz – rzekł z uśmiechem. – Po tym wszystkim może będę mógł nazwać cię pożytecznym człowiekiem – dorzucił, czując się już lepiej.

Wyszli z biblioteki, minęli klauzurę i skierowali się w stronę pomieszczeń dla pielgrzymów, gdzie była cela Bossueta.

Pod pretekstem, że jest zmęczony i chce trochę odpocząć, Gilles zdołał wyprosić na jakiś czas brata Józefa z celi. Z trudem przecisnął się pomiędzy wózkiem z książkami a łóżkiem, by zapalić świecę. Siadł na posła-

---

* *Via crucis* (łac.) – droga krzyżowa (przyp. tłum.).

niu, ciągle jeszcze zdyszany ze zmęczenia, i wziąwszy do ręki pierwszy tom ze stosu, położył go sobie na kolanach. Otworzył skórzaną okładkę i zaczął czytać.

Na pożółkłych ze starości stronicach opisywano ufundowanie opactwa przez Ramona Berenguera IV i to, jak w miarę upływu wieków jego potęga i wpływy wzrastały dzięki dotacjom różnych królów i szlachty aragońskiej. Wyglądało na to, że w epoce największej świetności klasztoru jego opaci piastowali równocześnie ważne funkcje polityczne, np. prezydenta Generalitatu*.

Wiele książek było ozdobionych wspaniałymi miniaturami; były to prawdziwe dzieła sztuki, dowody pracowitości i cierpliwości, gdyż niewątpliwie wymagały miesięcy pracy wykonujących je autorów. Po ponad trzech godzinach odnalazł wreszcie plan zabudowań klasztornych, bo niemal wszyscy ilustratorzy przedstawiali sceny religijne, zamiast pokazać, jak wyglądał klasztor. Plan był wystarczająco czytelny, chociaż z powodu starości księgi niektóre linie były pozacierane. Księga pochodziła z XIV wieku, ale Gilles nie doszukał się żadnych większych zmian w obecnym rozłożeniu sal klasztornych; przynajmniej w tych miejscach, które znał. Tak czy owak, czekało go jeszcze przejrzenie ponad połowy woluminów – może w którymś z nich znajdzie inny, lepszy plan.

Skopiował rysunek na kartce papieru, ustawiwszy świecę po drugiej stronie kartki. Po zrobieniu kopii przyjrzał jej się pod światło, by sprawdzić rezultat. Kopia była niezbyt udana, kontury za grube i niedokładne; w dodatku w kilku miejscach widniały plamy z atramentu. Ale wystarczała, jak na jego potrzeby. Zadowolony zakreślił kółkiem miejsca, które pokazywał mu brat Józef.

Pomysł przyszedł mu do głowy w chwili, gdy młody mnich zaproponował, że pokaże mu bibliotekę. Z planem w ręku można by wędrować po klasztorze bez obawy zgubienia się. O wiele łatwiej byłoby robić to za dnia, bo nie budziłoby takich podejrzeń, gdyby odkryto go w jakimś miejscu. Tymczasem młody mnich chodził za nim wszędzie jak cień, więc tę możliwość należało wykluczyć. Jedynym sposobem doprowadzenia poszukiwań do końca było zrobić to w nocy, gdy wszyscy bracia szli spać.

– Dobry wieczór. Nie śpicie? – Głos brata Józefa zaskoczył go z korytarza. – Pora na kolację.

---

* Generalitat (katal.) – parlament kataloński (przyp. tłum.).

– Tak, już idę – odparł, chowając do kieszeni kopię planu.

Zostawił na łóżku czytaną właśnie książkę i wyszedł, przeciągając się, by rozprostować zesztywniałe ciało. Łóżko nie było najlepszym miejscem do czytania całymi godzinami. Zdmuchnął świecę i ruszył za światłem lampki mnicha kroczącego przed nim.

Temperatura znacznie spadła od chwili, gdy wrócił czytać do swojej izdebki. Wyglądało na to, że pogoda się zmieni; Bossuet wyczuwał to w nocnym powietrzu, gdy wyszli na duży plac. Szybko podążyli do jadalni, choć tym razem nie szli westybulem, ale krótkim korytarzem, który od razu wychodził na plac. Już w refektarzu poszukał wzrokiem korpulentnej sylwetki brata Augustyna. Dostrzegłszy go – kucharz właśnie wyjmował z pieca tacę z wielką rybą – Gilles posłał mu najpiękniejszy uśmiech, pozdrowił jak starego przyjaciela, którego nie widział wiele lat, i równocześnie wymówił wyraźnie słowo „dziękuję". Brat Augustyn nie raczył odpowiedzieć. Przybrał niechętną pozę i zwrócił się z reprymendą do jakiegoś młodego braciszka, który miał nieszczęście akurat znaleźć się pod ręką.

Z satysfakcją, owocem niezwykłej przyjemności zemsty, Bossuet siadł przy swoim stole po raz trzeci tego dnia, by rozkoszować się pyszną kolacją.

Jedli do wpół do dziewiątej. Około dziewiątej poszli do kościoła, wchodząc od północnej strony klauzury. W kościele było prawie zupełnie ciemno, oświetlały go jedynie słabe płomienie pochodni, co sprawiało wrażenie sceny raczej ze średniowiecza niż z końca XIX wieku. Tylko ołtarz był oświetlony trochę jaśniej, niczym port wyłaniający się z ciemności oceanu. Nie słychać było żadnego dźwięku poza krokami braci i cichymi trzaskami ławek, które stękały pod ciężarem siadających na nich zakonników.

– Musicie zostać tutaj – pouczył Gillesa brat Józef, wskazując ławkę i oddalając się w kierunku swojego miejsca.

Miejsca zakonników znajdowały się po obu stronach ołtarza, jedne naprzeciw drugich, oddzielone od reszty kościoła ogromną kratą z grubych żelaznych sztab. Miejsce, w którym siedział Gilles, znajdowało się po drugiej stronie kraty, pomiędzy transeptem a główną nawą. Bossuet rozejrzał się, by sprawdzić, czy nie pokazał się jakiś nowy pielgrzym. Dojrzał pięć czy sześć osób siedzących na ławkach z tyłu za nim. Ludzie ci ubrani byli w odświętne szaty, chociaż niektóre wydawały się pochodzić sprzed ponad stu lat. Bossuet pomyślał, że są to raczej klasztorni ogrodnicy niż pielgrzymi. Ich twarze, poważne i pomarszczone, ledwie można było dostrzec; nie patrzyli na niego, zaabsorbowani każdym ruchem braci zakonnych.

Kościół dzielił się na trzy nawy, oddzielone kolumnami podtrzymującymi łuki stropu. Transept i nawa centralna tworzyły razem kształt krzyża. W głębi apsydy, za ołtarzem, wznosiło się przepiękne retabulum* z białego alabastru, na którym wyrzeźbione były postacie świętych wokół Matki Boskiej. Niżej, na prostym kamiennym stole, spoczywalo tabernakulum, a kilka metrów dalej był pulpit.

Bracia, zagłębieni w medytacji, mruczeli jakieś niewyraźne słowa modlitwy. Jeden z nich, którego Gilles nie znał, podszedł do pulpitu i po przerzuceniu kilku stron zaczął czytać:

– Ewangelia według świętego Marka: „Już pod wieczór, ponieważ było Przygotowanie, czyli dzień przed szabatem, przyszedł Józef z Arymatei, szanowany członek Rady, który również wyczekiwał Królestwa Bożego. Śmiało udał się do Piłata i poprosił o ciało Jezusa. Piłat zdziwił się, że już skonał. Kazał przywołać setnika i zapytał go, jak dawno umarł. Upewniony przez setnika, wydał ciało Józefowi. Ten zakupił płótna, zdjął Jezusa z krzyża, owinął w płótna..."**

Bossuet, słysząc te słowa, nie potrafił opanować dreszczu. Ponownie doznał uczucia, że prowadzi go jakaś siła, prowadzi do czegoś, a on nie wie, czy jest do tego przygotowany. Zastanawiał się, czy to, że czytano akurat o Świętym Całunie, było zwykłym przypadkiem. Być może tak. Może był to po prostu zbieg okoliczności; jeszcze jeden. Ale mogła to być także zasadzka. Może brat Aleksander podejrzewał go i chciał wypróbować, zobaczyć, jak zareaguje. W takim razie niewątpliwie jego sekret się wydał. Był to co prawda pomysł wytrąconego z równowagi umysłu, ale nie zdołał go całkiem wyeliminować. Zmieszany i trochę zmartwiony, spojrzał w stronę brata Aleksandra, spodziewając się wyczytać z jego oczu potwierdzenie swoich podejrzeń. Ale nie było w nich nic poza uważnym skupieniem na słowach mnicha czytającego Ewangelię. Nawet nie spojrzał w kierunku Gillesa. I to najbardziej przeraziło Bossueta.

---

* Retabulum (łac.) – nastawa ołtarza (przyp. tłum.).
** Wszystkie cytaty z Nowego Testamentu wg Biblii Tysiąclecia (przyp. tłum.).

– Oto Słowo Pańskie – zakończył brat i Gilles zorientował się, że nie słyszał reszty czytanego tekstu.

– Chwała Tobie, Panie! – odpowiedzieli wszyscy chórem, tak że Bossuet aż podskoczył na ławce.

Zaczęły się śpiewy. Melodyjne, uroczyste głosy braci wznosiły się aż pod stropy, napełniając kościół. Było to *Salve*, o którym mówił młody mnich. Gilles był poruszony; podczas tych śpiewów wszystkie jego lęki znikały, a zmartwienia wydawały się nic nie znaczyć wobec piękna pieśni i szlachetnego oddania Bogu tych ludzi. Gdy ich głosy zamilkły, słychać było jeszcze przez chwilę, jak pieśń odbija się echem o kamienne mury; wreszcie całkiem ucichła. Wtedy cisza wydała mu się jeszcze głębsza.

Bracia podjęli modły, aż ten sam mnich, który czytał Ewangelię, zapalił trzy wielkie gromnice i zgasił pozostałe światła, z wyjątkiem czerwonej świeczki w tabernakulum. W tym momencie do pulpitu podszedł opat. W półcieniu ołtarza jego twarz była ledwie widoczna, ale cała postać zdawała się promieniować z większą niż zwykle intensywnością, tą niezwykłą mocą, którą Bossuet dostrzegł w nim już w refektarzu.

– Błogosławię was w Imię Ojca i Syna, i Ducha Świętego – rzekł głębokim głosem, czyniąc ręką znak krzyża. – Idźcie w pokoju.

Bracia kolejno opuszczali miejsca i wychodzili z kościoła. Józef, który wychodził jako jeden z ostatnich, zbliżył się do Gillesa i powiedział, że pora iść spać.

– Podobało się wam *Salve*? – spytał, wychodząc z kościoła.

– O, tak, było wspaniałe – przyznał Gilles.

– To stara kantyczka – wyjaśnił mnich, wyczuwszy powagę w jego słowach. – Prosimy nią Boga, by nam pozwolił przeżyć kolejny dzień, abyśmy mogli nadal służyć Mu i dziękować.

– To prawdziwy cud – przyświadczył ponownie Bossuet.

Temperatura spadła jeszcze bardziej. Gilles odruchowo wsadził ręce do kieszeni i wyczuł pod palcami kartkę z planem. Niemal zapomniał, po co tu przybył! Przebiegł klauzurę, nie rozmawiając już z młodym mnichem aż do chwili, gdy weszli do westybulu u stóp schodów wiodących do cel braci.

– Chcecie, bym was odprowadził do celi? – spytał brat.

– Nie trzeba, dziękuję. Znam już drogę.

– Jak chcecie. Zatem do zobaczenia rano. Przyjdę zabrać was na śniadanie. Dobranoc.

– Dobranoc – odparł Gilles.

Brat odwrócił się i ruszył po schodach na górę. Bossuet stał chwilę, obserwując, jak bracia idą do cel, by być pewnym, że wszyscy poszli spać. Gdy uznał, że minęło wystarczająco dużo czasu, poszukał w kieszeni planu klasztoru, ale go nie znalazł. Sprawdził w lewej kieszeni, choć był pewien, że przed chwilą miał go w prawej. Zaczął się zastanawiać, w jaki sposób mógł go zgubić. Próbował odtworzyć to, co robił, zanim wszedł do klauzury... Przy pożegnaniu! To musiało być przy pożegnaniu! – myślał. Pamiętał, jak włożył rękę do kieszeni i jak tą samą ręką czynił pożegnalny gest bratu Józefowi. Był pewien, że plan musiał mu wypaść z kieszeni właśnie w tej chwili.

Kucał, by go odszukać, gdy tuż za nim odezwał się jakiś znajomy głos:

– Dobry wieczór, panie Bossuet.

– Dobry wieczór, bracie Aleksandrze – odparł, ciągle jeszcze stojąc tyłem do mnicha.

– Czy pan czegoś szuka? – spytał mnich. – Może tego papierka? – dodał lodowatym tonem w chwili, gdy Gilles miał już odpowiedzieć, że nie.

Serce skoczyło mu do gardła i czuł, jak bije coraz szybciej na widok planu. Mnich trzymał kartkę w groźny sposób, potrząsając nią, jakby to była broń, a nie zwykły kawałek papieru.

– Czyżby uczynił pan ostatnio ślub milczenia, który zakazuje panu mówić? A może po prostu nie wie pan, co powiedzieć? – nalegał brat Aleksander. – Doprawdy, nie wiem, która z tych dwóch możliwości bardziej by mnie zaskoczyła. Mam wrażenie, że pan zna odpowiedzi na wszystkie pytania. Czy się mylę? Czasami – ciągnął, nie czekając, aż Gilles się odezwie – częściej, niż się panu wydaje, pytania są ważniejsze od odpowiedzi. Ale pan nie jest w stanie zdać sobie z tego sprawy. A teraz, panie Bossuet, proszę mi powiedzieć – dodał, podchodząc bliżej i zniżając głos do szeptu – po co pan przybył do naszego klasztoru?

Gilles był przerażony. Nie dlatego, że brat Aleksander odkrył jego zamiary, ale dlatego że był pewien, iż jego słowa zawierały prawdę, to zaś mogło oznaczać tylko: że coś się zmieniło. Bossuet opuścił Paryż zaledwie dziesięć dni temu, lecz nie mógłby już zapewnić, że jest tym samym człowiekiem. Pomyślał, że pytanie mnicha było głębsze, niż się wydawało i że jakimś sposobem brat Aleksander wie o tym.

– Jak już mówiłem, jestem piel... – zaczął, niezdolny spojrzeć bratu w oczy.

– Pielgrzymem idącym do Santiago de Compostela, który zatrzymał się, by jego umęczony duch i ciało odpoczęły tutaj. A może to tylko pański duch potrzebuje wypoczynku? – spytał ironicznie brat Aleksander. – Tak, wiem. Ja to już wiem... – dodał w zamyśleniu. – Proszę, oto pański plan, panie Bossuet. – Wyciągnął do niego rękę z kartką. – Proszę go więcej nie gubić. Nigdy nie wiadomo, kto go znajdzie i do jakich mrocznych celów mógłby go użyć, nieprawdaż?

– Tak – zdołał tylko wykrztusić Gilles.

Mnich skinął lekko głową i odwróciwszy się, skierował się ku drzwiom w głębi westybulu. Zanim je przekroczył, odwrócił się jeszcze raz do Bossueta i poradził:

– Proszę spytać samego siebie, po co rzeczywiście pan tu jest, a kiedy już będzie pan wiedział, proszę mi to zakomunikować.

Gilles został sam. W prawej ręce trzymał plan. Ściskał go mocno, zupełnie jakby się bał, że mu ucieknie. Kiedy zdał sobie z tego sprawę, rozluźnił chwyt i zmęczonym wzrokiem patrzył na niego chwilę w głębokim zamyśleniu. Potem zwrócił spojrzenie ku drzwiom, za którymi zniknął brat Aleksander, chowając równocześnie plan do kieszeni.

24

I wiek n.e., Jerozolima

Obchody Paschy były bardzo spokojne. Labeo nie znał tych obrzędów, ucieszył się więc, że Szymon Ben Matias zaprosił go na nie. Święto rozpoczynało się o zachodzie słońca czternastego dnia miesiąca *nisan*, w chwili wiosennego zrównania dnia z nocą. Obchodzono je na pamiątkę wyjścia ludu żydowskiego z niewoli egipskiej. Izraelici przeszli przez Morze Czerwone i po długiej podróży przez pustynię pod wodzą Mojżesza dotarli do Ziemi Obiecanej.

Gdy faraon Ramzes II odmówił uwolnienia Żydów z niewoli, Jehowa wysłał Anioła Zagłady, który zgładził wszystkich pierworodnych w Egipcie. Wszystkich z wyjątkiem tych, na drzwiach domów których widniał znak uczyniony krwią baranka, tak by Anioł mógł rozpoznać domy sług bożych.

Po uroczystości, prostej, ale o bogatej symbolice, udali się na spoczynek. Labeo długo nie mógł zasnąć, w końcu jednak zmęczenie i senność zwyciężyły. Poprzedniej nocy, w domu Józefa z Arymatei, prawie w ogóle nie spał, pełen wątpliwości i obaw. Nie opuściły go do tej pory, ale ludzka wytrzymałość ma swoje granice. Dlatego nie słyszał walenia w drzwi jednego z lojalnych wobec Szymona członków Sanhedrynu, który przyszedł, by powiadomić o pojmaniu Jezusa w jego ulubionym ogrodzie Getsemani i o zebraniu Rady dla osądzenia go.

Kiedy poseł z Edessy spał, śniąc jakieś koszmary, po Jezusa, opuszczonego przez uczniów i zatopionego w pełnej goryczy modlitwie na Górze Oliwnej, przyszli ludzie prowadzeni przez zdrajcę, apostoła Judasza Iskariotę. Zaprowadzono go do pałacu Najwyższego Kapłana, tam gdzie

Sanhedryn odegrał odrażającą farsę przy pomocy dwóch fałszywych świadków, którzy oskarżyli rabbiego o rozmaite zbrodnie przeciw prawu hebrajskiemu. Tam Kajfasz zadał Jezusowi pytanie, czy naprawdę uważa się za Syna Bożego, a ten odparł mu spokojnie, z powagą: „Tyś powiedział".

Najwyższy Kapłan, czyniąc gest oznaczający dla wszystkich wielki smutek, rozdarł szaty i wykrzyknął kilkakrotnie z fanatycznym uniesieniem: „Bluźnierstwo!" Na to większość członków zgromadzenia odpowiedziała okrzykami nienawiści i bezgranicznej wściekłości: „Winien jest śmierci!" Choć obecnych było zaledwie czterdziestu członków z siedemdziesięciu stanowiących Radę, decyzja zapadła większością głosów.

Następnie Jezusa zaprowadzono do pomieszczenia, w którym tylko maleńki lufcik rozpraszał monotonię matowych, niegdyś białych ścian. Tam młodsi członkowie Sanhedrynu przy pomocy straży pałacowej okrutnie zbili skazanego, tłukąc go pięściami, kopiąc i waląc kijami, wyszydzając go przy tym, opluwając i grożąc, co Galilejczyk przyjmował spokojnie.

Zmęczeni dręczyciele dali wreszcie spokój, bojąc się, że skazaniec może umrzeć w ich rękach, a tego sobie nie życzyli, gdyż przeszkodziłoby to publicznej kaźni, służącej za przykład innym „mesjaszom". Postanowiono czekać do świtu i zaprowadzić Jezusa przed oblicze reprezentującego władzę Rzymu Poncjusza Piłata, jedynego, który mógł zatwierdzić karę śmierci i nakazać jej wykonanie.

Członkowie Sanhedrynu nie chcieli wchodzić do rezydencji gubernatora, gdyż według ich wiary uczyniłoby to ich nieczystymi i przeszkodziło w spożywaniu Paschy. Piłat musiał wyjść do nich przed pałac, by wysłuchać petycji. Jak zwykle niechętny i pełen pogardy, spytał kapłanów o zbrodnie Jezusa, ale ci odparli wykrętnie: „Gdyby nie był zbrodniarzem, nie przyprowadzilibyśmy go tutaj". Gubernator, przebiegły i pragnący jak najszybciej pozbyć się kłopotu, przypomniał sanhedrytom, że to oni mają władzę religijną i mogą go ukarać według swoich praw, chociaż doskonale wiedział, że pragnęli dla Jezusa kary śmierci, a do tego potrzebna im była jego aprobata.

Kapłani naciskali w dalszym ciągu. Za wszelką cenę chcieli ukrzyżować Jezusa. Był to sposób wykonywania egzekucji przeniesiony z Rzymu, ale tym razem nie mieli zamiaru rozdzierać z tego powodu szat.

Piłat zdecydował się przesłuchać oskarżonego osobiście. Wrócił do swoich apartamentów i rozkazał przyprowadzić tam Jezusa. Jezus wyglądał strasznie: miał wybroczyny i plamy zaschłej krwi na twarzy; ubranie

– tunika, którą matka uszyła mu z pięknego materiału – było brudne i spadało z niego. Ale nawet w tym stanie nie stracił swojej zwykłej pogody ducha i majestatycznego wyglądu.

Piłat spytał go o jego bluźnierstwa. Jezus – jak mu powiedziano – twierdził, że jest królem, i to przede wszystkim interesowało gubernatora, który sądził, że może ma do czynienia z jakimś wodzem rewolucji. Niemniej jego informatorzy zawsze zapewniali, że Galilejczyk jest człowiekiem spokojnym, głoszącym pokój i miłość. A ani pokój, ani miłość nie były niebezpieczne dla cesarza. Odpowiedź Jezusa na pytanie Piłata brzmiała: „Tak, jestem królem; ale królestwo moje nie jest z tego świata". Gubernator uznał go za zwykłego, nieszkodliwego wariata i próbował przekonać członków Sanhedrynu o jego niewinności, tłumacząc go nieodpowiedzialnością. Ale oni, z Kajfaszem na czele, nalegali i w końcu przełamali opory Piłata, który wolał niesprawiedliwość od wrogości Sanhedrynu.

Plac przylegający do Wieży Antoniusza, wypełniony Żydami, których opłacił Najwyższy Kapłan, stał się sceną tak odrażającej komedii, jak nigdy przedtem w historii. Zwyczajowo w czasie Paschy rzymski gubernator zwalniał jednego człowieka skazanego na śmierć. Tym razem oprócz Jezusa było trzech skazańców: Barabasz – zelota, wywrotowiec, który podczas bójki zamordował rzymskiego legionistę; Dimas – biedny złodziej, kradnący tylko dla zdobycia jedzenia, i Saul – inny złodziej, specjalista od nocnych rabunków. Barabasz w gruncie rzeczy nie był niczym więcej jak tylko wulgarnym nikczemnikiem, ale stał się popularny z racji swego krwawego czynu.

Piłat kazał wyprowadzić skazańców z cel i postawić ich przed sobą, po czym spytał zgromadzony tłum ludzi, którzy za kilka monet gotowi byli sprzedać ojca i matkę: „Kogo chcecie, bym wypuścił na wolność, mordercę imieniem Barabasz czy złodziei Dimasa lub Saula, czy tego nieszczęsnego szaleńca, który uważa się za żydowskiego króla?" Kilka głosów proszących o uwolnienie Jezusa zagłuszyły krzyki żądające wolności dla Barabasza. Pieniądz ma przemożny wpływ na dusze nędzarzy.

Decyzja ludu była dla gubernatora jasna. Odczekał, aż okrzyki uciszyły się; przypatrywał się tłumom z rosnącym obrzydzeniem, nieodnoszącym się tylko do niego samego, choć przecież był częścią tego haniebnego spektaklu. W końcu zgodził się. Kazał zaprowadzić Jezusa na podwórzec żołnierzy, by go ubiczowano zgodnie z rzymskim obyczajem. Ufając, że okrutna kara zmiękczy serca jego rodaków, nie wyznaczył limitu uderzeń, chociaż zwrócił uwagę centurionowi wyznaczonemu do wykonania kary, że Jezus nie powinien umrzeć ani nie móc utrzymać się na nogach.

Na podwórcu rozebrano rabbiego do naga i przykuto go za przeguby rąk łańcuchami do niewysokiego słupa. Tam, z plecami wystawionymi na palące słońce, został ubiczowany przez dwóch oprawców, uderzających na przemian aż do zmęczenia. Zniósł ponad połowę uderzeń, nie upadając. Plecy i ramiona miał pokryte krwawiącymi ranami. Gdy już nie był w stanie utrzymać się na nogach, oprawcy bili go nadal.

W obawie o jego życie centurion zatrzymał żołnierza. Jezus był okrutnie okaleczony. Oprawcy uwolnili go z kajdan i postawili na nogi. Galilejczyk był jednakże tak osłabiony i stracił tyle krwi, że upadł na ziemię i rozbił o kamienie twarz, już i tak zniekształconą uderzeniami pięści i pałek w pałacu Sanhedrynu.

Kilku legionistów wykorzystało nieobecność centuriona, który pobiegł z wiadomościami do Piłata, i ubrali Jezusa w purpurowy płaszcz, po czym usadzili na ławce podwórca. Szydzili z niego, wołając: „Witaj, królu żydowski", pluli na niego i bili po twarzy. Jeden oddalił się na chwilę i przyniósł wieniec z cierni kolczastego krzaku, bardzo w tej okolicy pospolitego. Następnie włożył go rabbiemu na głowę, jak koronę, i wbił jeszcze mocniej, uderzając kijem, tak że ciernie powbijały się w ciało. Wszyscy śmiali się i krzyczeli, z wyjątkiem Jezusa, którego wzrok gubił się gdzieś za horyzontem. O czym myślał? O ludzkim okrucieństwie...? W oczach stanęły mu łzy. Nie płakał jednak z bólu ani upokorzenia, ale z litości dla tych, których miał zbawić.

Centurion wrócił z nowymi rozkazami Piłata. Ten chciał ponownie pokazać Jezusa ludowi, zanim podejmie ostateczną decyzję. Żołnierze włożyli mu ubranie, ale koronę z cierni pozostawili na głowie. Jego tunika, niegdyś barwy kości słoniowej, nasiąkła krwią w wielu miejscach. Biczowanie sprawiło, że był u kresu sił. Prawie nie był w stanie iść, a tym bardziej wyprostować się. Ale tłum przekupiony przez Kajfasza nie zlitował się nad nim, ale nadal wył, żądając ukrzyżowania, a wielu śmiało się, mówiąc: „I to jest ten, co uważał się za króla?"

Piłat nie mógł dłużej zwlekać z werdyktem. Ale chcąc zmazać ślady niewątpliwego przestępstwa, kazał sobie przynieść misę z wodą na trybunę i umył w niej ręce, mówiąc: „Nie jestem winien tej śmierci. Niech spadnie na was, którzyście ją wybrali. Jezus zostanie ukrzyżowany już dzisiaj, jak prosicie o to rzymskie władze, o godzinie szóstej na górze Kalwaria".

Kaźń Jezusa zaplanowano na dwunastą w południe. Do tej chwili pozostały jeszcze ponad dwie godziny. Szymon Ben Matias wrócił do domu z kilkoma oddanymi mu ludźmi. Gdy przyszli, Labeo właśnie wstał i jadł śniadanie, bardzo zaniepokojony, gdyż służący powiadomili go o nagłym wyjściu z domu ich pana w środku nocy. Tylko bardzo poważne okoliczności mogły usprawiedliwiać taki pośpiech.

Szymon opowiedział posłowi o wydarzeniach na zgromadzeniu Sanhedrynu, aż do biczowania Jezusa. Józef z Arymatei, czyniąc ostatnią próbę uratowania go, został w Wieży Antoniusza, prosząc Piłata o audiencję. Jedyną nadzieją było, że gubernator odwoła wyrok, ale już nikt w to nie wierzył. W dodatku wszyscy uczniowie opuścili swego Mistrza. Był samotny i bezradny w obliczu mającej triumfować niesprawiedliwości.

Józef przybył do domu Szymona, zanim ten, razem z Labeo i pozostałymi udał się do rezydencji gubernatora. Piłat nie zechciał go przyjąć, mimo wielu próśb. Teraz pozostawało tylko bezsilnie czekać na fatalne rozwiązanie. Jak wiele razy mówił Jezus, jego przeznaczenie było w rękach Ojca Niebieskiego i powinien być posłuszny Jego życzeniom. Przyszedł na świat, by zbawić ludzkość od grzechu – i dlatego musiał się poświęcić.

W okolicy Wieży Antoniusza legiony rzymskich żołnierzy pilnowały tłumu zgromadzonego, by uczestniczyć w krzyżowaniu „króla żydowskiego". Wkrótce przed gawiedzią pojawiła się grupa złożona ze skazańców prowadzonych przez legionistów i centuriona odpowiedzialnego za przebieg egzekucji. Przed Jezusem szli dwaj mężczyźni, związani razem za ręce – złodzieje Dimas i Saúl, przyłapani tuż przed świętem Paschy na rabunku i w trybie doraźnym skazani na śmierć.

Każdy skazaniec dźwigał na plecach długi drewniany pal, *patibulum*, poprzeczkę krzyża. Jezus, z uwagi na swój wzrost, niósł największy pal. Jego tunika była pokryta plamami krwi. Szedł powoli, utykając, na miękkich kolanach. Był zbyt słaby, by dźwigać taki ciężar. Szedł jednak, czerpiąc siły nie z ciała, ale z ducha. Po jego twarzy spływały strumyki krwi z ran od cierni szyderczej „korony" i mieszały się z okaleczeniami, które całkowicie zniekształciły mu twarz. Wydarto mu nawet część brody.

Droga na Golgotę była długa i dla skazańców bardzo ciężka. Wąskie uliczki wiodące wokół Świątyni do Bramy Sądów zapełnione były żydami i poganami, mężczyznami, kobietami i dziećmi. Legioniści idący na czele rozpędzali motłoch, by utorować drogę.

W pewnej chwili Jezus padł na ziemię, niezdolny już do utrzymania *patibulum*. O mały włos nie pociągnął za sobą innych skazańców, przywiązanych do niego, ale legioniści zapobiegli temu. Centurion, ulitowawszy się nad rabbim, zażądał głośno, by ktoś z obecnych poniósł dalej krzyż. Z tłumu wysunął się prosty, skromny człowiek, ot zwykły rolnik – i zaoferował się ponieść krzyż. Jezus, podniesiony przez żołnierzy z ziemi, mógł iść dalej, choć ze świeżej rany na twarzy płynęła gęsta, ciemna krew.

Labeo przeraził się, widząc stan człowieka, którego tak niedawno poznał. On, Szymon i Józef szli za skazańcami. Przed Bramą Sądów tysiące ludzi najrozmaitszego autoramentu i o wrogim wyglądzie oczekiwało ich, złorzecząc Jezusowi. Centurion wyprowadził z miasta dwie dekurie z mieczami w rękach, by zapobiec rozruchom lub atakom na skazanych. Stamtąd na szczyt Golgoty było już zaledwie kilkaset metrów.

Wydawało się, że rabbi odzyskał trochę siły. Centurion kazał zatem ponownie nałożyć mu na barki *patibulum,* przekonany, że Jezus zdoła je donieść na szczyt wzgórza. Pierwszy odcinek drogi wiódł lekko w dół, co trochę zmniejszyło cierpienia skazańców. Potem teren wyrównywał się i zaczynała się droga pod górę. Na szczycie wznosiły się *stipes,* słupy trzymające ukrzyżowanych, niczym ponure kolumny śmierci, cierpliwie czekające na tych, których dzisiaj miano krzyżować.

Słońce, jasno świecące rano, nagle się ściemniło. Coraz silniejszy wiatr wzbijał z ziemi kurz, a nawet suche zielsko, takie samo jak to, z którego zrobiono koronę Jezusowi. Te oznaki zaniepokoiły Rzymian, z natury bardzo przesądnych. Wyglądało na to, że żywioły burzą się przeciwko ludziom winnym największej ze zbrodni: niesprawiedliwości.

Podniesienie na krzyż było okropne. Dwaj towarzyszący Jezusowi złodzieje na myśl o bliskiej już godzinie śmierci i czekających ich mękach, szlochali i nie chcieli iść dalej. Ich opór pokonano uderzeniami batogów i pięści. Niemal na szczycie kilka kobiet czekało na skazańców z napojem łagodzącym ból i usypiającym, złożonym z octu i mirry. Od tego miejsca legioniści utworzyli kordon, nie dopuszczając dalej tłumu.

Obaj złodzieje wypili napój, Jezus jednak odmówił przyjęcia go. Centurion przypatrywał mu się chwilę. Zaczynał czuć podziw dla odwagi tego człowieka, skazanego na śmierć za winy, które wydawały się mu absurdalne. Myślał miłosiernie o zmuszeniu go do wypicia płynu, ale rabbi spojrzał na niego i centurion zauważył, że w jego oczach nie ma śladu szaleństwa. Uznał, że nie będzie się wtrącał, i w ten sposób uszanował decyzję skazanego.

Wiatr dął coraz silniej. Jerozolimę i całą okolicę aż po horyzont pokryły chmury. Nie zwlekając, legioniści rozwiązali więzy skazanym i rozebrali ich do naga. Rozłożonych na ziemi kat przybijał gwoździami za kostki rąk do *patibulum*. Rozległy się wrzaski bólu złodziei. W tłumie zaległa cisza. Jezus nie krzyczał. Następnie kilku żołnierzy podniosło przybitych do drzewca skazańców i umocowało na *stipes*. W końcu przybito im ułożoną jedna na drugiej stopy do słupów jednym długim gwoździem.

Po zakończeniu tej procedury jeden z legionistów, niosący napis zrobiony na rozkaz Piłata, wziął drabinkę, oparł o krzyż rabbiego i przybił tabliczkę na szczycie. Można było na niej przeczytać: Iesus Nazarenus Rex Iudaeorum (Jezus Nazareński Król Żydowski). Kapłani byli zgorszeni i obrażeni. Wzrastający szmer protestu wznosił się aż do szczytu krzyży.

Zamknięte w kręgu żołnierzy trzy kobiety wraz z młodym Janem towarzyszyły ukrzyżowanemu. Jan był najmłodszym z uczniów rabbiego i jedynym obecnym – albo przynajmniej jedynym, którego można było zobaczyć. Józef z Arymatei objaśnił Labeo, że kobiety to matka Jezusa, jej siostra i Maria Magdalena, nierządnica, której Jezus wybaczył grzechy.

25

Gilles nie mógł zasnąć. Deszcz, który w końcu zaczął padać, gwałtownie tłukł w okno jego celi, co chwila budząc go z niespokojnej drzemki. W połowie nocy zerwał go z łóżka trzask gromu. Ciemności były tak gęste, że przez chwilę nie był pewien, czy oczy ma otwarte, czy zamknięte. Zorientował się dopiero, gdy pokój zalało światło błyskawicy. Czuł krople potu spływające po plecach mimo chłodu panującego w celi. Nieokreślone wspomnienia snu umknęły mu z pamięci, zanim zdołał je pochwycić.

Próbował ponownie zasnąć, ale bez skutku. Na dworze burza szalała coraz bardziej. Szyby drżały za każdym kolejnym uderzeniem grzmotu i groziły rozpadnięciem się w tysiąc kawałków. Leżał jeszcze kilka chwil, z zamkniętymi oczami, odrzuciwszy przykrywające go prześcieradło. Myślał, że chociaż nie uśnie, to zdoła trochę odpocząć, a to lepsze niż nic. Ale niebawem podniósł się i zapalił światło. Nie był przyzwyczajony do bezsenności. Właściwie nie pamiętał, żeby kiedykolwiek mu się to zdarzyło, nawet w okresie egzaminów, gdy był jeszcze młodym i nerwowym studentem.

Siedząc na łóżku, wziął kolejną książkę pożyczoną od bibliotekarza. Przyszło mu do głowy, że może zaśnie zmęczony czytaniem. Księga wydawała się bardzo stara i krucha. Bossuet otworzył ją ostrożnie w obawie, żeby kartki się nie podarły. Prolog, którego autorem był niejaki Ignacio de Villena, został napisany w początkach XI wieku, czyli ponad sto pięćdziesiąt lat przed ufundowaniem klasztoru w Poblet. Mowa była w nim o jakimś zamku Świętej Anny. Początkowo Gilles pomyślał, że brat Augustyn dał mu tę książkę przez pomyłkę albo złośliwie, po prostu żeby musiał dźwigać jeden tom więcej. Dopiero czytając wstęp, zorientował się, że forteca, o której była mowa, znajdowała się w dolinie Conca de Barbera w pobliżu l'Espluga de Francoli i, sądząc z opisu, było to dokładnie to samo miejsce, na którym teraz wznosił się klasztor Poblet.

Na dalszych stronicach opisywano historię zamku Świętej Anny, który został zbudowany w początkach X wieku, sto lat przed datą powstania książki. Autor wyjaśniał, że osoba fundatora nigdy nie została jasno wskazana, choć niektóre źródła potwierdzały, że forteca początkowo była małą pustelnią, wzniesioną w tym miejscu w podzięce za zwycięstwo nad niewiernymi. Zamek służył jako schronienie dla mieszkańców otaczających go osiedli, stąd organizowano małe wypady przeciwko muzułmanom. Niemniej pewnego razu niewierni oblegali fortecę przez ponad tydzień, aż do poddania się oblężonych. Za stawianie oporu wódz muzułmanów kazał zburzyć zamek, a wszystkich, którzy przeżyli oblężenie, torturować i zabić, w tym także kobiety i dzieci. Zaledwie kilka kobiet zdołało uratować życie, ale za cenę okrutnego losu niewolnic w haremie. Autor wspominał, że w okolicy jeszcze śpiewa się pieśni opisujące straszny los obrońców fortecy Świętej Anny.

Bossuet zauważył, że zaczyna świtać. Burza ucichła i deszcz już nie padał, ale poranek był szary i smutny. Niebawem powinien zjawić się brat Józef.

Mieszkańcy doliny de Barbera odbudowali zamek na gruzach dawnej fortecy. Ale pomni tego, co się wydarzyło, i chcąc uniknąć na przyszłość podobnej tragedii, postanowili zbudować w tajemnicy podziemną komnatę pod klasztorem, z której było przejście na zewnątrz poza obszar ewentualnego oblężenia. W ten sposób w razie zagrożenia można było wysłać emisariusza z prośbą o pomoc.

Gilles czuł już, że zaczyna walczyć ze snem, ale gdy przeczytał ten fragment, błyskawicznie otrzeźwiał. Wyjął z kieszeni plan klasztoru Poblet i ułożył go na książce, by utwierdzić się w tym, co już wiedział: na planie nie było żadnej podziemnej komnaty. Wszystkie zmysły wyostrzyły mu się nagle. Gwałtownym ruchem zerwał się z łóżka, nie mogąc usiedzieć na miejscu. Przeczytał jeszcze raz ostatnie słowa, by się upewnić, że to nie pomyłka. Chodził przy tym po celi od ściany do stosu książek i z powrotem. W jego mózgu kłębiły się rozmaite myśli i pytania, wymykające się, niedające się złowić. Powtarzał sobie, że musi to wszystko jakoś uporządkować; powiedział to głośno w przekonaniu, że może dźwięk własnego głosu go uspokoi. Udało mu się to tylko częściowo, ale zdołał przynajmniej dojść do wniosku, że trzeba sprawdzić, czy rzeczywiście istnieją w klasztorze ta podziemna komnata i tunel prowadzący do niej. Gilles był przekonany, że tak. Wiedział to. A jeśli w klasztorze w Poblet przechowuje się Święty Całun, to jakież miejsce do ukrycia go mogłoby być lepsze? Rozumowanie było tak oczywiste, że musiało być słuszne. Ponadto prowadziło do wniosku, że brat Augustyn nie zna tajemnicy klasztoru, gdyż inaczej nie pozwoliłby mu czytać tej książki. Pomyłkę bibliotekarza Bossuet wykluczał. Jeśli Święty Całun Chrystusa był w klasztorze tak długi czas, jak Gilles sądził, nie ulegało wątpliwości, że pilnujący go zakonnicy byli ludźmi wyjątkowo ostrożnymi i przewidującymi, niepopełniającymi podobnych błędów. Przejęty, zmusił się, by usiąść i czytać dalej.

Gdy nadeszła rekonkwista, Zamek Świętej Anny stracił na znaczeniu, a liczba jego mieszkańców zmniejszała się coraz bardziej. Tym sposobem w początkach XI wieku, kiedy powstała księga, którą Bossuet właśnie trzymał w rękach, forteca była już niemal opustoszała. Gilles znał już dalszy ciąg tej historii: sto pięćdziesiąt lat później cystersi założyli w tym miejscu opactwo, wznosząc je na ruinach zamku Świętej Anny.

Pozorny spokój, który jak się wydawało, odzyskał, zastąpiło ogromne podniecenie, gdy znalazł prymitywny szkic planu zamku Świętej Anny. Układ wewnętrznych budynków bardzo przypominał ten w Poblet, a mury otaczające oba tereny miały dokładnie ten sam kształt. Gilles pomyślał, że mury klasztorne zbudowano na starych, wykorzystując fundamenty i części, które nie zostały całkowicie zrujnowane.

– O mój Boże! – wykrzyknął z entuzjazmem.

Wydawało się to zbyt piękne, żeby było prawdziwe, ale tak było. Od jednej z wież w południowej części klasztoru odchodziły dwie linie w kierunku pobliskich wzgórz, prostopadle do linii muru. Między liniami niewyraźnymi literami na planie napisano słowo Tunel.

Bossuet omal się nie rozpłakał. Nigdy nie sądził, że jedno krótkie słowo da mu tyle radości. Na dolnym marginesie grawiury widać było segment z zaznaczonym na nim numerem 10 – to była najprostsza skala, by ocenić prawdziwe odległości. Litery były tak pozamazywane, że aby je odczytać, Gilles musiał niemal dotykać kartki nosem. Wyliczył, że wejście do tunelu musi się znajdować mniej więcej pięćdziesiąt metrów od murów. Obok wejścia do podziemnego korytarza narysowano klęczącą kobietę z rękami złożonymi jak do modlitwy. Bossuet uznał, że chodzi tu o jakąś alegoryczną postać: może nawet o samą świętą Annę, patronkę starej fortecy.

Gdy brat Józef zjawił się w jego celi, Gilles był już ubrany. W refektarzu ledwie spróbował śniadania. Nie przestawał myśleć o swoim odkryciu i płonął pragnieniem znalezienia tego przejścia. Brat musiał zauważyć coś niezwykłego w jego zachowaniu, bo kilkakrotnie pytał go, czy dobrze się czuje. Podczas śniadania cały czas go obserwował, chociaż nie przemówił do niego ani słowem.

– Co chcecie dziś robić? – spytał, gdy wychodzili z refektarza. – Nie wiem, co jeszcze mógłbym wam pokazać; właściwie znacie już cały klasztor.

Gilles uznał to za doskonałą okazję. Nie może uwolnić się od brata, ale przynajmniej wyciągnie z niego jak najwięcej.

– Nie widziałem chyba jeszcze – odparł w zamyśleniu, jakby właśnie przyszło mu coś do głowy – okolic klasztoru ani jego murów z zewnątrz.

– Naprawdę chcecie to obejrzeć? Przy takiej pogodzie? – Mnich zdziwił się. – W okolicy jest trochę malowniczych miejsc, jak góra La Peña, z której rozciąga się wspaniały widok, ale najbliższe otoczenie klasztoru jest nieciekawe. Mury to też nic szczególnego. Chyba dawniej były otoczone fosą, ale ta już od dawna nie istnieje.

– Jestem pewien – nalegał Bossuet, starając się nie okazać zniecierpliwienia – że takie zwiedzanie będzie bardzo pouczające.

– No dobrze. Jeśli chcecie... – poddał się brat Józef.

– Wspaniale! – wykrzyknął Gilles, przyspieszając kroku.

Wokół zewnętrznego muru wiodła wąska i mało uczęszczana ścieżka, w wielu miejscach zarośnięta dziką roślinnością. Gilles cieszył się, że mógł zmienić sandały na obuwie bardziej odpowiednie na słotną pogodę. Poranny deszcz jeszcze pogorszył stan ścieżki, zmieniając ją w błotnistą breję pełną kałuż. Brat Józef usiłował namówić Gillesa, by wrócili do przytulnego i suchego klasztornego wnętrza, ale ustąpił wobec upartych nalegań tego ostatniego.

Okrążali mury, zaczynając od części północnej. Bossuet szedł przodem żwawym krokiem, a mnich kilka metrów za nim, podkasując fałdy habitu niemal po kolana, by go nie ubłocić.

– Wyglądasz, jak jedna z panienek monsieur Lautreca – rzekł Gilles, rozbawiony.

Brat chyba go nie usłyszał, bo nie skomentował tej uwagi. Wzrok miał wbity w ziemię, a na twarzy wyraz napięcia, gdy skakał z jednego miejsca w drugie, by ominąć kałuże. Bossuet powstrzymał pokusę zażartowania ponownie z braciszka, ale wizja brata Józefa tańczącego kankana w Moulin Rouge dłuższy czas tkwiła mu w głowie.

Jak powiedział mnich, w murach nie było nic szczególnego, praktycznie nie różniły się od tych, które Gilles widział od wewnątrz: wysokie na ponad dziesięć metrów, z wielkich kamiennych płyt, zwieńczone blankami, wśród których co jakiś czas wznosiły się wieżyczki. Tylko część południowa była inna niż reszta. Tam z muru wznosiła się wysoka kwadratowa wieża, u której stóp znajdowały się potężne drewniane wrota. Bossuet przypomniał sobie, że widział tę budowlę na rycinie w książce. To było miejsce, od którego należało mierzyć odległość do tajemnego korytarza.

– To było tylne wejście do klasztoru – poinformował go brat, próbując równocześnie oskrobać błoto z butów o mur. – Wieża wznosi się dokładnie nad transeptem kościoła – dodał, patrząc z niepokojem na ołowiane chmury zwiastujące nową burzę.

Gilles zaczął liczyć w myślach kroki. Każdy odpowiadał mniej więcej jednemu metrowi. Szedł, udając, że przygląda się pejzażowi. Po bokach rosły niewielkie krzewy i gdzieniegdzie samotne drzewo. Tylko naprzeciw, u podnóża góry widać było skraj gęstego lasu ciągnącego się niemal do szczytu. Mnich, nie zwracając na niego uwagi, nadal stał pod murem, próbując oczyścić się z błota, które mimo jego wysiłków zabrudziło dół białego habitu.

– ...czterdzieści dziewięć, pięćdziesiąt – szeptał Gilles.

To było to miejsce, ale nie widział żadnego wejścia ani niczego, co by je przypominało. Zastanawiał się, gdzie popełnił błąd, ale nie na wiele się to zdało, bo lista możliwości była zbyt długa. Przejście mogło zostać zasypane albo też nie było do niego dostępu, mimo iż nadal istniało. A może plan był fałszywy lub błędny?

W najlepszym wypadku, uznał, przejście wciąż istnieje, i plan był prawidłowy, a to on się pomylił. Z pewnością popełnił jakiś błąd, gdyż nie było żadnej drogi prostopadłej do muru. Zawrócił do muru, ponownie licząc kroki, chociaż zdawał sobie sprawę, że to nie ma najmniejszego sensu.

– Dobrze się czujecie? – spytał brat Józef z niepokojem. – Źle wyglądacie.

– Doskonale – skłamał Gilles, starając się przybrać coś na kształt uśmiechu. – Tylko zimno tu. Wracajmy do klasztoru.

Mnich skwapliwie się zgodził i ruszył z powrotem błotnistą ścieżką. Gilles szedł za nim ze spuszczoną głową, wolnym krokiem. Przed chwilą był przeświadczony, że znajdzie wejście. Oczywiście zakładał, że musi być słabo widoczne, ale nie spodziewał się, że nie znajdzie zupełnie niczego. Był więc głęboko rozczarowany, a co gorsza, nie miał pojęcia, co teraz robić. Naturalnie obejrzy ponownie rycinę, by potwierdzić swoje obliczenia. Przejrzy także pozostałe księgi, bo może w którejś będzie mowa o zamku Świętej Anny, spróbuje też poszukać nowych dróg, które mogłyby się przydać. Był przekonany, że to na nic się nie zda, ale tak czy owak, trzeba to zrobić.

Po obiedzie w klasztornym refektarzu Gilles wrócił do celi. Brat Józef zdecydował, że nie będzie mu towarzyszył. Widział, że Bossuet nie czuje się dobrze, chociaż twierdził, że jest inaczej. Przez całą drogę usiłował go rozruszać, opowiadając anegdoty o klasztorze i wypytując o Paryż. Bossuet doceniał wysiłki młodego mnicha, ale nie zdołał się rozchmurzyć.

– Spotkanie! – wykrzyknął nagle brat Józef z triumfalnym gestem.

– Co? – Gilles nie pojmował, o czym mnich mówi.

– Wiem już, co was zainteresuje – stwierdził brat Józef z przekonaniem. – W każdy piątek przed kolacją spotykamy się w głównej sali; w tym pomieszczeniu naprzeciwko biblioteki, tuż przy klauzurze. Wprawdzie planuje się temat każdej dysputy, ale bardzo często omawiamy problemy wynikłe w trakcie rozmowy, podniesione przez któregoś z nas. To bardzo interesujące i jestem pewien, że i was zajmie.

Bossuet nie był pewien, czy tak będzie; uczestniczenie w niekończących się dysputach na dogmatyczne tematy było ostatnią rzeczą, na jaką miał ochotę, a zwłaszcza dzisiaj. Chciał wykręcić się jakoś od zaproszenia, ale nie było takiej możliwości. Brakło mu odwagi, szczególnie, że w oczach młodego mnicha dostrzegł szczerą radość.

– Tak, oczywiście. Pójdę – rzekł Gilles, starając się wykrzesać z siebie odrobinę entuzjazmu.

– To mi się podoba! Nie pożałujecie. Spotkamy się zatem około wpół do siódmej. Zgoda?

– Doskonale. Do zobaczenia.

Pierwszą rzeczą, jaką Bossuet zrobił, wróciwszy do celi, było sprawdzenie pomiarów. W tym celu ponownie zaznaczył na kartce długość rzeczonego segmentu i kilkakrotnie powtarzał tę operację, pilnując, by koniec segmentu dokładnie zgadzał się z początkiem następnego. Potem, stosując metodę Talesa, podzielił każdy segment na dziesięć identycznych części i umieścił tę zaimprowizowaną podziałkę na rycinie w książce, aby jeszcze raz obliczyć odległość od wieży do wejścia do podziemnego korytarza. Uzyskany wynik różnił się o niespełna metr od wyliczonego poprzedniej nocy, zatem tamten pierwszy był z pewnością do przyjęcia.

Nie znalazł w pozostałych książkach żadnych dalszych wiadomości o fortecy Świętej Anny. W większości z nich była mowa o wydarzeniach, o których Gilles już czytał; były też opisy klasztoru w Poblet, które znał już doskonale i które nie wnosiły nic nowego.

Rozczarowany, tuż przed wpół do siódmej skierował się do klauzury na spotkanie z bratem Józefem. Wielki plac był pusty, zatopiony w ołowianej szarości cieni, które wydawały się wszystko okrywać, tak że trudno było poznać, gdzie kończy się kamienny mur i zaczyna niebo. Paskudna pogoda była dokładnym odzwierciedleniem stanu jego duszy. Szare na szarym. Z pewnością, myślał, jego także nie można odróżnić od reszty.

Gdy przyszedł do klauzury, mnich już na niego czekał. Stał przy wysokim łuku pokrytym ozdobną sztukaterią. Z obu stron znajdowały się duże okna wychodzące na główną salę. Była kwadratowa, a centralne kolumny, ustawione parami, podpierały łukowaty strop. Bracia, jak zwykle skromni, siadali na swoich miejscach. Większość ławek była pusta. Zajęte były tylko trzy rzędy naprzeciw wejścia.

– Witajcie, bracia – rozległ się głos jednego z mnichów.

Gilles spojrzał między tonsury siedzących przed nim braci, by zobaczyć, kto mówi. Był to ten sam mnich, który czytał Ewangelię poprzedniej nocy. Siedział po lewej ręce opata na drewnianym krześle z wysokim oparciem. Dłonie, szczupłe, o długich palcach oparł na poręczach fotela. Po prawicy opata jak zwykle siedział brat Aleksander. Wszyscy trzej siedzieli na czymś w rodzaju podium, parę centymetrów nad podłogą, jakby dowodząc swojego miejsca w hierarchii. Bossuet przypatrywał się im po kolei i zauważył, że brat, który mówił, pod jego spojrzeniem spuścił oczy. Spotkanie ze strażnikami, pomyślał Gilles. To ci trzej. Na pewno. I tylko oni.

Czuł, jak rośnie w nim niepokój. Dopiero teraz zaczynał zdawać sobie sprawę, co oznaczało nieodnalezienie tajnego przejścia: wszystko, co się wydarzyło, wszystko, co zaprowadziło go na tę ziemię, tak daleką od domu – było stracone. Jakby zmiótł to z powierzchni ziemi złośliwy wiatr i pozostawił jedynie głęboką, okropną pustkę, która zdawała się go pytać, jak zamierza dalej żyć. Pustka ustąpiła miejsca wściekłości na tych, którzy byli winni; było to jedyne uczucie dostatecznie silne, by zwalczyć ból. Był wściekły na ludzi, którzy uważali, że mają prawo ukrywać prawdę w imię Boga.

– Dzisiaj będziemy mówili o cnocie sprawiedliwości – podjął brat. – Zgodnie z badaniami świętego Augustyna...

– Sprawiedliwość? – syknął Gilles przez zęby, podnosząc się z krzesła, niezdolny dłużej opanować gniewu.

Jego ruch był tak nagły, że brat Józef poderwał się z miejsca, zaskoczony. Stał chwilę, jakby zastanawiając się, czy powinien ponownie usiąść. W końcu usiadł, ale nie przestawał obserwować Gillesa, jakby sądził, że ten nagle zwariował.

– Bądźcie łaskawi usiąść – rzekł brat surowo. – Nie skończyłem jeszcze wstępnych wyjaśnień.

– Sprawiedliwość – powtórzył Bossuet niemal szeptem, jakby smakując to słowo. – Cóż wy możecie wiedzieć o sprawiedliwości? – rzucił. Twarz mu płonęła.

Odpowiedzią był gniewny szmer mnichów. Brat Józef nadal milczał. Nie odezwali się także opat ani brat Aleksander, choć ten ostatni nerwowo poprawił się na krześle.

– Jak śmiecie profanować to święte miejsce trucizną swoich słów? – zawył brat ze zmienioną twarzą. – Choć nie powinno to nas dziwić – ciągnął, zwracając się do zgromadzonych poufałym tonem. – Oto zboczenia, jakie niesie ze sobą to przeklęte miejsce! – wykrzyknął jeszcze głośniej, unosząc pięść. – Paryż! Jakżeby nie? Miasto siedmiu grzechów głównych, tak je nazywają. I zaprawdę, mówię wam, że tak jest. Jakże zatem może Francuz – dodał, wskazując z pogardą na Bossueta – przybywać tu, by dawać nam lekcję sprawiedliwości?

Włosy brata, przedtem zwisające po obu stronach twarzy, teraz były rozwichrzone. Duży kosmyk przykleił mu się do spoconego czoła nad gęstymi brwiami. Bracia gorliwie przytakiwali słowom mnicha, w miarę jak dawał coraz to nowe komentarze. Potem spojrzeli na Gillesa, czekając, co powie. Brat Józef zbliżył się do niego i pociągnął za kurtkę, prosząc równocześnie niemal niedosłyszalnie, żeby usiadł.

— Ha! — wybuchnął Gilles z diabolicznym uśmiechem, nie zwracając uwagi na radę brata Józefa. — Miasto siedmiu grzechów głównych? Niech to szlag! Czy byliście kiedykolwiek w Paryżu?

— Nie muszę! — ryknął mnich. — Mogę stąd widzieć to bagno!

— Oto hiszpańska sprawiedliwość — rzekł Bossuet niespodzianie zupełnie spokojnym tonem. — Albo może sprawiedliwość Boska — dodał — która dla Hiszpanów oznacza to samo.

Powiedziawszy to, zwrócił się do brata Józefa i szepnął:

— Przepraszam.

Następnie ruszył zdecydowanym krokiem ku wyjściu, wśród wzburzonych mnichów.

— Panie Bossuet! — rozległ się jakiś głos za jego plecami. — Gilles! — zawołał ów głos ze słodyczą, gdy ten szedł dalej.

Bossuet zatrzymał się w połowie przejścia i pomału odwrócił. To opat. Zszedł z podestu i także stał w przejściu, zaledwie parę metrów od niego. Gilles wpatrywał się w szlachetną twarz starca. Mimo targającego nim gniewu nie był w stanie oderwać od niej oczu. Opat odezwał się jeszcze raz, próbując go uspokoić. Gillesowi jego głos wydał się dziwnie znajomy. Jakby gdzieś go już słyszał, dawno temu, w laboratorium chemicznym na swoim ukochanym uniwersytecie.

— Gilles — mówił opat — powinien pan opuścić ten klasztor, tak by powrócił tu pokój. — W jego słowach nie było gniewu, tylko głęboki żal, który zaskoczył Bossueta. — Może pan przespać tutaj noc i...

— Niech się wynosi w tej chwili! — przerwał brat, z którym Gilles przedtem dyskutował.

Opat uciszył go gestem ręki i ponowił propozycję:

— Może pan zostać tu na noc i odejść jutro rano.

— Dziękuję — rzekł Bossuet poważnie. — Tak zrobię.

Mnisi obserwowali całą tę scenę w milczeniu, włącznie z bratem Józefem. Smutek na jego twarzy rozdzierał Gillesowi serce. Ale nie było odwrotu: spalił za sobą wszystkie mosty.

Skoro tylko wyszedł z komnaty, usłyszał komentarze mnichów. Przyspieszył kroku i przeszedł przez klauzurę. Nie obejrzał się ani razu, idąc do swej celi.

26

Najgorsze już się dokonało. Pozostawało tylko mieć nadzieję, że koniec nastąpi jak najprędzej. Jezus wycierpiał więcej, niż można było sobie wyobrazić, i śmierć byłaby dla niego wyzwoleniem od bólu.

Labeo nie mógł dłużej patrzeć na to okropne widowisko; opuścił Golgotę w towarzystwie Szymona Ben Matiasa i starego Józefa z Arymatei. Ten oddalił się wkrótce, by pójść na targ, gdzie kupił cienki całun z syryjskiego lnu od kupca z Damaszku. Miał zamiar, gdy tylko Jezus odda ducha, wyprosić jego ciało i pochować je w nowym grobowcu na swoich ziemiach, grobowcu przeznaczonym dla niego samego. Józef był uczniem rabbiego, chociaż nie przyznawał się do tego publicznie z lęku przed Sanhedrynem. Teraz jednak postanowił ponieść ryzyko dla swego Mistrza, choćby to było jedyne, co zrobi i choćby go za to najsurowiej ukarano. Winien był to człowiekowi, który złożył swoje życie w ofierze za całą ludzkość.

Tymczasem Szymon i Labeo czekali na Józefa. Minęły już trzy godziny od chwili, w której ukrzyżowano Jezusa. Zbliżała się nona – trzecia po południu – gdy w całej Jerozolimie dał się słyszeć rozdzierający krzyk, a zaraz po nim grzmot z pokrytego czarnymi chmurami nieba. Jezus wyzionął ducha.

Niebawem Józef przybył do domu Szymona wraz z Nikodemem, faryzeuszem – odszczepieńcem, który podobnie jak on wyznawał wiarę w Jezusa. Nikodem kupił ponad trzydzieści kilo mirry i aloesu do namaszczenia ciała rabbiego i wnętrza grobowca, które zgodnie z prawem żydowskim

143

należało pokryć tymi pachnącymi olejkami. Obaj byli bardzo przygnębieni, choć wszystko stało się według przepowiedni proroków.

Zapadała już noc, gdy Józef z Arymatei zdołał wreszcie skłonić Poncjusza Piłata do wysłuchania jego próśb. Sanhedryta odzyskał ciało Jezusa, martwe od paru godzin.

Razem z Nikodemem i młodym Janem wszedł na Kalwarię. Czarny płaszcz nocy pokrywał niebo. Jedynie światło pochodni oświetlało im drogę. Na szczycie wzgórza niemal niedostrzegalne sylwetki trzech krzyży wydawały się odległe i nierzeczywiste. Gdy podeszli na tyle blisko, by jasno dojrzeć postać Jezusa, wybuchnęli płaczem. Jan podbiegł do Mistrza, nieprzytomny z bólu, potykając się na kamieniach, i padł u stóp krzyża, szlochając. Józef i Nikodem patrzyli na to ze wzruszeniem.

Podtrzymując się wzajemnie w tych najtrudniejszych chwilach, trzej przyjaciele i uczniowie Jezusa zabrali się do okrutnej pracy – zdejmowania jego ciała z krzyża. Nikodem przystawił do słupa tę samą drabinę, której rano użył rzymski legionista, umieszczając nad głową Jezusa napis INRI. Za pomocą narzędzia zwanego *martiolus* wyciągnął gwóźdź z lewego nadgarstka. Ciało rabbiego opadło bezwładnie, Józef i Jan podtrzymywali je z dołu. Nikodem uwolnił prawą rękę, zszedł z drabiny i już stojąc na ziemi, wydobył gwóźdź wbity w stopy Jezusa. Bardzo ostrożnie złożyli ciało na lnianej tkaninie, którą kupił Józef z Arymatei, i zanieśli je na ziemie tego ostatniego, po przeciwnej stronie Golgoty.

Ciało Galilejczyka było bardzo ciężkie. Nie na próżno wzrost i siła wyróżniały go spośród większości Żydów, a nawet rzymskich najeźdźców, zwykle o potężniejszych figurach niż ci pierwsi. Droga była zatem długa i trudna. Gdy dotarli do grobowca wykutego w skale, ułożyli ciało na kamiennym łożu ustawionym pośrodku. Józef zdjął materiał, który okrywał rabbiego, a Nikodem namaścił ciało mirrą i aloesem. Józef związał włosy Jezusowi i położył mu na powiekach dwie monety. Resztę olejków rozlał na podłodze i ścianach grobowca. W końcu ponownie owinęli Jezusa w materiał, opuścili jaskinię i zamknęli wejście do niej ciężkim głazem.

Labeo postanowił opóźnić o kilka dni swój wyjazd. Pragnął zostać ochrzczony przez jednego z uczniów Jezusa, ale wszyscy z wyjątkiem Jana, jeszcze prawie chłopca, tkwili gdzieś w ukryciu. Józef z Arymatei nie miał o nich wieści aż do sobotniej nocy, kiedy pojawił się Piotr i wyjaśnił, gdzie się ukrywał. Józef nie powiedział o tym nikomu aż do następnego poniedziałku, następnego dnia po Zmartwychwstaniu.

Z kolei Szymon Ben Matias ostatecznie zrezygnował ze swego stanowiska w Sanhedrynie. Po tym, co się wydarzyło, nie zamierzał dłużej być członkiem Rady, niegodnej i zbrodniczej, która zapomniała o prawdziwym sensie starożytnych praw. Dysponując pokaźnym majątkiem, kupił posiadłość z dala od Jerozolimy i, jak już wcześniej zamierzał, postanowił tam doczekać końca swoich dni, oddany uprawianiu sadu i studiowaniu Pisma. Naród żydowski, tak przez niego kochany, okazał się niegodny jego pracy i wysiłku. Może będzie lepiej, jeżeli Rzymianie, chociaż bałwochwalcy, podbiją go na zawsze.

Śmierć Jezusa i okoliczności, w których wszystko to się stało, odkryły o wiele więcej, niż można sobie było wyobrazić. W trudnych sytuacjach ludzie często ujawniają swoje prawdziwe oblicza. Człowiek szlachetny okazuje hart ducha, a nikczemnik podwójne okrucieństwo. Jerozolima zmieniła się w jakąś nową Sodomę, co wróżyło okropne nieszczęścia, jakich nigdy dotąd nie bywało. Ogrodnik, przycinając i wyrywając suche winorośle, ulepsza przyszłe zbiory; jeśli jednak zaniedba ziemię, przyniesie mu ona nieliczne owoce, a chwasty rozrosną się szeroko.

Życie toczy się dalej, nawet po stracie najlepszego. Ale Labeo z niechęcią patrzył na mieszkańców Jerozolimy. Dopiero co, jak opowiadał mu Szymon, radosnymi okrzykami przyjmowali nadejście Jezusa; teraz wydawało się, że zapomnieli o nim zupełnie, choć jego zwłoki jeszcze nie ostygły. Wspomnienie o nim ograniczyło się do cudów, jakie zaszły podczas ukrzyżowania: nagła zmiana pogody, potężne grzmoty bez oznak burzy, niewielkie trzęsienie ziemi. Wszyscy z przejęciem mówili o tym, że gdy rabbi oddawał ostatnie tchnienie, święta zasłona w Świątyni rozdarła się na dwoje... No i było jeszcze samobójstwo Judasza Iskarioty, zdrajcy, który nie potrafił znieść swojej winy. Wyglądało na to, że Żydzi zawsze potrzebowali jakiegoś kapłana, by wyjaśniał im znaki od Boga, tak przecież niewątpliwe.

W poniedziałek ulice Jerozolimy obiegła zdumiewająca wieść. Mówiono, że rabbi zmartwychwstał w niedzielę rano, trzeciego dnia, zgodnie z proroctwami, które to przepowiedziały. Ale chyba nikt w to nie wierzył. Jedni twierdzili, że uczniowie wykradli zwłoki i puścili pogłoskę o zmartwychwstaniu. Według innych Piłat wysłał dwóch legionistów, by pilnowali grobu, lecz Jezus wcale nie został tam pochowany, ale ukryty w innym miejscu.

Poseł nie wiedział, co o tym sądzić. Widział, jak krzyżowano Jezusa. Był pewien, że Jezus umarł; w przeciwnym razie Rzymianie nie pozwoliliby Józefowi z Arymatei zabrać ciała. Ale Zmartwychwstanie... W jego ludzkim umyśle nie mieściła się taka możliwość. A równocześnie coś mu mówiło, że ten Galilejczyk, skromny i mądry, naprawdę był Synem Bożym, a nie tylko zwykłym prorokiem czy oszustem. Żaden oszust nie zachowywałby się tak spokojnie wobec władz, które miały go osądzić...

Wszystko to było bardzo zagmatwane. Pomysł, że Jezus rzeczywiście zmartwychwstał, był bardzo niepokojący i fascynujący zarazem. Nikt nie może nie czuć podziwu na widok cudu lub nawet tylko jego możliwości. Dlatego aby sprawdzić prawdziwość plotek, Labeo wybrał się ponownie do Arymatei, do domu Józefa, który wrócił już z Jerozolimy. Pragnął usłyszeć od niego jakieś nowe wiadomości.

Ku swemu zdumieniu, zastał tam Piotra, który bardzo niespokojny, opowiedział, jak wszedł do grobowca w niedzielny poranek i zobaczył, że w całunie nie ma ciała. O tym niezwykłym wydarzeniu powiadomiła go Maria Magdalena. Ta kobieta, kochana przez wszystkich uczniów, poszła do grobowca modlić się i zastała grób otwarty. Strażnicy mający go pilnować zniknęli. Było to bardzo dziwne. W tym momencie anioł z nieba ukazał się jej i obwieścił Zmartwychwstanie Syna Bożego.

Piotr niezwłocznie pobiegł na Golgotę, a potem do grobowca. Był z nim tylko młody Jan, który przyszedł tam już wcześniej, ale nie odważył się wejść do środka. Bardziej zdecydowany rybak wszedł. Najdziwniejsze było, że tkanina, pełna plam krwi, była ułożona tak, jakby leżało w niej ciało. Ale zwłok nie było. Wewnątrz leżały tylko dwie monety z brązu. Piotr nie potrafił pojąć tego przedziwnego wydarzenia, dopiero Józef wyjaśnił mu, że sam położył te monety rabbiemu na powiekach, chowając go w grobie.

Nie było powodu, by wątpić w słowa Marii. To było dla wszystkich oczywiste. Chociaż... może z rozpaczy wymyśliła historię, którą opowiedziała uczniom. Wszyscy jednak widzieli, jak Jezus czynił cuda; z jego ust słyszeli proroctwa, teraz spełnione. Mimo to nie wierzyli. Nawet sam Piotr, choć przysiągł, że nigdy rabbiego nie opuści, trzykrotnie zaparł się go tej nocy, kiedy Jezusa aresztowano.

Wobec tak głębokich wątpliwości uczniowie czekali na rozwój wydarzeń. Bojąc się, że Sanhedryn będzie także przeciw nim po tym, jak uśmiercił Mistrza, ukryli się w jaskini na górze pomiędzy Arymateą a Emaus. Labeo poprosił Piotra, by pozwolił mu towarzyszyć sobie do tej kryjówki. Myślał, że skoro dla Żydów zużyty całun był czymś nieczystym i odrażającym, będzie mógł zabrać go ze sobą jako relikwię. Zawiózłby go do Edessy, gdzie wierni będą go czcili z największą pobożnością. Poza tym przed odejściem chciał przyjąć chrzest i wiarę w Chrystusa.

Piotr nie sprzeciwił się życzeniu posła. Mimo podejrzliwego charakteru był to człowiek wielkiego serca. Zrozumiał, że Labeo naprawdę pokochał Jezusa.

Poseł został ochrzczony następnego dnia przez Judę Tadeusza, od którego przyjął nowe imię: nie nazywał się już Labeo, ale Tadeusz. Uczniowie wysłuchali również jego próśb o całun rabbiego. Wiedzieli, że ma zbożne intencje i byli pewni, że w Edessie całun będzie troskliwie przechowywany dla przyszłych pokoleń wiernych. Opiekę nad inną relikwią Jezusa, świętym Graalem, powierzono staremu Józefowi z Arymatei, w podzięce za jego odwagę i szlachetność w najtrudniejszych chwilach.

Przed odejściem do ojczyzny Labeo, już jako Tadeusz, wrócił do Jerozolimy. Chciał się pożegnać z Szymonem Ben Matiasem i jego rodziną, podziękować za gościnność wobec cudzoziemca. W ich domu po raz ostatni zobaczył syna Szymona, małego Józefa, który był świadkiem śmierci Jezusa i który, wiele lat później, miał zobaczyć zburzenie Świątyni Jerozolimskiej i wyniszczenie większości narodu Izraela. Po latach, już jako obywatel Rzymu, miało dać świadectwo wszystkim tym zdarzeniom, a przeszedł do historii pod łacińskim imieniem Józef Flawiusz.

27

Tej nocy Gilles też prawie nie spał. Woda spływająca metalowymi rynnami dudniła, a ten denerwujący dźwięk mieszał się z groźnymi obrazami sennych koszmarów.

Kiedy obudził się następnego ranka, był cały zlany zimnym potem. Ciało miał obolałe, jakby spędził noc na bójkach, a nie w łóżku. Podniósł się z trudem i ubrał, po czym zebrał tych niewiele rzeczy, jakie miał ze sobą, idąc do klasztoru. Ostrożnie ułożył na wózku książki pożyczone z biblioteki. Myślał o oddaniu ich, ale padało, a nie miał czym nakryć wózka, postanowił więc zostawić je w celi. Któregoś dnia, prędzej czy później, przyjdą tu i znajdą księgi. Pielgrzymi kij stał w kącie, w tym samym miejscu, w którym go postawił tej nocy, gdy tu przybył. Już go nie potrzebował: farsa się skończyła.

Pozostało mu już tylko pożegnać się z bratem Józefem, chociaż nie był pewny, czy ten zechce. Spodziewał się, że młody mnich obudzi go rano, tak jak w poprzednich dniach, ale był już jasny dzień, a Józefa nie było. Tak czy owak, należało chociaż spróbować. Nie miał pojęcia, gdzie brat może być, ale uznał, że zacznie poszukiwania od kościoła. Jeśli tam go nie znajdzie, spyta któregoś z braci – choć wolałby tego nie robić, miał bowiem wrażenie, że nie odpowiedzieliby mu.

Wszedł do świątyni od strony wielkiego placu. Zaledwie kilkadziesiąt metrów dzieliło kościół od przytułku dla pielgrzymów, ale to wystarczyło, by włosy Gillesa całkiem przemokły. Co gorsza, wlazł niechcący w kałużę i teraz miał buty pełne wody. Podszedł do muru i oparł się o niego jedną ręką, podczas gdy drugą zdjął but i wylewał z niego wodę. Pod dłonią dotykającą muru wyczuł inskrypcję. Przyjrzał się jej z bliska i powiedział głośno:

– Rodrio.

– Rodrigo – poprawił go głos brata Józefa.

Mnich patrzył na Gillesa ze środkowej nawy z przyjaznym, chociaż smutnym uśmiechem.

– To był kamieniarz – dodał brat. – Jeden z setek tych, którzy obrabiali te głazy. Wiele z nich nosi podpis tego, kto je robił. Ale wszystkie były wymierzane według wzorca jednego mężczyzny. Nazywał się Martin de Tejada i był bardzo wpływową postacią w tej okolicy w XI wieku. Ponoć miał prawie dwa metry wzrostu i właśnie wysokość jego ciała była uznawana przez prawie dwieście lat za kanon miary w całej okolicy Conca de Barbera. Wyobrażacie sobie?

Gilles nagle wszystko zrozumiał. Oto była odpowiedź na to, czego szukał, i była tu zawsze, w zasięgu ręki, wyryta na niewzruszonych głazach kościoła! Wszystkie swoje obliczenia robił w metrach. Dlatego nie znalazł wejścia do podziemnego korytarza. Dopiero teraz pojął swój błąd. Jasne, że nie mogło być mowy o metrach! Ta miara weszła w użycie zaledwie sto lat temu. Wysokość ciała człowieka, powtórzył w myślach. Był tak zaabsorbowany, że mógł tylko patrzeć bezradnie na mnicha. Ale ciągle coś tu nie pasowało w tej skomplikowanej łamigłówce.

– Wiedziałeś – zwrócił się do brata Józefa. – Wiedziałeś od początku, prawda?

Tak, brat Józef musiał wiedzieć o istnieniu tajnego przejścia. Musiał się domyślić, czego Gilles szukał tamtego ranka na południowej stronie muru. Tylko to tłumaczyło, dlaczego powiedział mu o Martinie de Tejada.

– Dlaczego? Czemu mi to powiedziałeś? – spytał.

W tym momencie twarz mnicha wydała mu się jakby postarzała, a spojrzenie mądrzejsze i bardziej zamyślone.

– Dobre pytanie – rzekł Józef z uśmiechem. – Żegnaj, drogi przyjacielu. Jeszcze się zobaczymy.

– Co znajdę w podziemnej komnacie? – krzyknął Gilles za oddalającym się bratem.

Mnich odwrócił się do niego powoli i odparł:

– To zależy od pana. Tylko od pana.

Bossuet nie mówił już nic więcej. Po prostu stał, słuchając deszczu dzwoniącego o szyby.

Gdy dotarł do południowego muru, przestało padać, ale niebo nadal było szare, a w powietrzu czuło się niemiły chłód. Buty miał tak ubłocone, że wydawało mu się, że są z ołowiu. Mimo to czuł, że rozsadza go radość.

Jeśli przyjąć jako jednostkę miary wzrost człowieka, o którym mówił mnich, odległość, w jakiej powinno się znajdować wejście do podziemi, musiała być niemal dwukrotnie większa, niż Bossuet obliczył wczoraj. Ruszył spod muru, ponownie licząc kroki. Tym razem miało ich być sto, nie pięćdziesiąt. W miarę jak szedł, zbliżał się do skraju lasu u stóp wzgórza. Po przejściu siedemdziesięciu kroków dotarł do pierwszych drzew, a przy stu był już między drzewami. Listowie było tak gęste, a drzewa rosły tak blisko siebie, że w lesie było całkiem ciemno. Nie widział nawet potężnych murów opactwa. Gdyby nie był pewien, że dopiero co wszedł do lasu, mógłby przysiąc, że jest w środku puszczy ciągnącej się setki kilometrów we wszystkich kierunkach.

Rozejrzał się uważnie dookoła. Ciągle jeszcze był jakiś błąd w kierunku, jakieś odchylenie od linii prostopadłej, prawdopodobnie niewielkie. A znalezienie wejścia pośród tej głuszy było dostatecznie trudne.

Kiedy je dostrzegł, w pierwszej chwili nie zdał sobie z tego sprawy. Dlatego że szukał tuż przy ziemi, a także dlatego że był zbyt blisko. Już miał je ominąć po raz drugi, gdy zadziwił go pewien kształt. Powtarzając sobie, że to niemożliwe, zaczął iść tyłem, nie spuszczając oczu z wejścia. Niemal upadł, potknąwszy się o jakiś korzeń, ale zdołał utrzymać równowagę, komicznie wymachując rękami. Kilka metrów dalej zatrzymał się. Z otwartymi ustami, nie wierząc własnym oczom, przyglądał się kolejnej niespodziance, jakiej dostarczył mu ten dzień: między wysokimi drzewami wznosiło się jedno mniejsze, a jego gruby, suchy pień na całej długości przecinał ciemny otwór: to ślad pioruna, który zniszczył drzewo. Z pnia wyrastały tylko dwie gałęzie, które następnie łączyły się ze sobą niczym ramiona w geście modlitwy. Wierzchołek wieńczyła owalna kopuła, nieco przechylona na bok, tak że wyglądała jak lekko schylona głowa. U podstawy widać było potężne korzenie opisujące zamknięty łuk, jak kolana osoby, która się modli. Kobieta z planu, pomyślał Gilles. Oto dostrzegł w drzewie kobietę, którą autor księgi narysował przy wejściu do podziemnego korytarza.

Podbiegł do drzewa, ukląkł i zaczął czołgać się na czworakach pośród rosnących gęsto paproci. Ziemia, miękka i wilgotna, uginała się pod jego ciężarem i wydawała jakieś ssące dźwięki, ilekroć unosił kolana i ramiona.

Obszedł dopiero połowę drzewa, gdy zauważył, że część terenu jest jakaś inna. W gęstwinie paproci była maleńka polanka, kwadrat o boku zaledwie pół metra. Nie zauważyłby jej, gdyby nie szedł na czworakach. Zbliżył się ostrożnie i równie ostrożnie położył rękę na tym miejscu. Ziemia była tu jakby twardsza. Nacisnął mocniej, tak że spomiędzy palców trysnęła mu woda. Miał dziwne wrażenie, że ziemia oddycha, a on wyczuwa jej oddech. Pochylił się i zbliżył ucho do ziemi. Usłyszał delikatne dźwięczenie, jak szum wiatru wpadającego oknem z drugiej strony wielkiej sali... Dźwięk wejścia do podziemia.

Był już pewien. To było to miejsce. Wokoło nie widział żadnych świeżych śladów, ale w gęstwinie roślin było coś sztucznego. Był pewien, że istnieje także wejście od strony klasztoru i że mnisi utrzymują je w doskonałym stanie. Niewątpliwie miało służyć temu, czemu takie korytarze służyły niemal od tysiąca lat: używano go jako drogi ewakuacyjnej w razie zagrożenia.

Zagłębił palce w ziemi i zaczął w niej grzebać coraz gwałtowniej. Jego oddech tworzył mgiełkę w wilgotnym powietrzu. Wreszcie jego palce natrafiły na twardszą powierzchnię. Gwałtownie poszerzył otwór i odgarnął ziemię. Serce omal nie wyskoczyło mu z piersi, gdy zobaczył, że to kamienna płyta. Uderzył w nią kilka razy pięściami, by usłyszeć wydawany przez nią głuchy dźwięk.

Chwycił płytę za brzegi i pociągnął do góry, ale nie poruszyła się. Widać ten, kto ją instalował, zakładał, że będzie się otwierała od środka, a nie odwrotnie. Odetchnąwszy głęboko, spróbował ponownie. Mięśnie karku nabrzmiały mu z wysiłku, krew napłynęła do twarzy, a wzrok się zaćmił.

Już miał spróbować jeszcze raz, gdy wejście otworzyło się głuchym dźwiękiem. Łagodny powiew z wnętrza orzeźwił mu twarz. Gdy wpatrzył się w czerń studni, w myślach widział obrazy tego, co dotychczas się mu przydarzyło: medalion znaleziony w Sekwanie; Jacques, który mu go przyniósł; niezwykłe uczucie podczas oglądania medalionu i wiadomość zamknięta w jego wnętrzu; przybycie do klasztoru w Poblet; brat Józef; rozczarowania i nadzieje; klęski i odkrycia. Wszystko to stanęło mu przed oczami i powiedział sobie, że warto było. Chociażby dla tej chwili, dla obietnicy misterium zamkniętego w ciemnościach tego przejścia.

Wychyliwszy się do przodu, dojrzał schodki wykute w skalnej ścianie i coś na kształt metalowych poręczy po bokach. Wślizgnął się do studni, starając się utrzymać na rękach i równocześnie szukając nogami oparcia. Nie zwolnił napięcia ramion aż do chwili, gdy się upewnił, że stopień w ścianie jest solidnym oparciem. Powoli zaczął schodzić w dół, próbując nie opierać się całym ciężarem na przerdzewiałych poręczach. Nim zagłębił się w otworze, wychylił się ostatni raz, by nabrać powietrza, jak przed zanurzeniem się w wodę. Pogrążył się w całkowitym mroku, ale niebawem oczy przyzwyczaiły się do ciemności. Teraz widział poręcze i mógł pewniej iść po schodkach.

Spojrzał w górę na kwadracik światła nad głową. Pomyślał, że taki widok zobaczyłby trup, gdyby nagle obudził się w grobie. Starając się odsunąć od siebie te ponure myśli, ponownie spojrzał w dół i schodził dalej.

Całkiem stracił poczucie przestrzeni. Nie miał pojęcia, czy jest daleko, czy blisko ziemi. Chcąc jak najprędzej dotrzeć do celu, spróbował iść trochę szybciej, pomimo ryzyka. Nagle noga wpadła mu z chlupotem do lodowatej wody. Zmełł w ustach przekleństwo i czym prędzej wyjął nogę. Z plecami opartymi o mur ocenił sytuację. Reszta studni wyglądała na zatopioną; pytanie tylko, jaką głębokość miała woda. Doszedł do wniosku, że jedynym sposobem ustalenia tego było wejście tam. Ale na samą myśl o tym przechodziły go dreszcze. Nie dlatego, że była lodowata, ale dlatego że nie wiedział, co w niej może być. Uznał, że musi to zrobić jak najszybciej, bo jeśli wda się w rozmyślania, nie odważy się tam wejść. Wszedł powolutku do wody, parskając i nie przestając mamrotać coraz to nowych i bardziej kwiecistych przekleństw, gdy woda doszła mu do brzucha. Wreszcie, zanurzony niemal po pierś, osiągnął ostatni stopień. Dno studni było tak blisko, że stanął na nim z przesadną siłą, spodziewając się jeszcze jednego stopnia. Ostrożnie powiódł stopą dookoła. Podłoże było nierówne, pełne górek i dołków. Chwilę trwało, nim zdał sobie sprawę, że nie jest z kamienia; wydawało się pokryte jakimiś kratkami. Wyczuwał lekkie ssanie, jakie powodowała woda przeciskająca się przez nie.

Był przemarznięty do kości. Zęby mu szczękały, ręce skrzyżował na piersiach z dłońmi pod pachami, próbując trochę się rozgrzać. Obrócił głowę, by obejrzeć dno studni. Ciemność była tak głęboka, że z trudem dostrzegł ciągnący się za jego plecami korytarz. Zanim się tam skierował, ostatni raz spojrzał w górę. Z głębi studni otwór wydawał się maleńki, a jego kształt dziwnie zaokrąglony. To tylko efekt spowodowany kontrastem pomiędzy światłem dnia i ciemnością, panującą w studni, powtarzał sobie.

Wejście do korytarza było łukowate i niskie, więc Bossuet musiał iść lekko pochylony. Nogi miał zdrętwiałe i czuł, że całe ciało przenika mu zimno. Każdy krok był ogromnym wysiłkiem, gdyż musiał pokonywać opór wody. Wilgotne powietrze z powodu złej wentylacji było zatęchłe, co wyczuwało się w korytarzu jeszcze mocniej. Gilles szedł naprzód z wyciągniętymi ramionami, dotykając na ślepo ścian i czując ich chropowatą powierzchnię. Po skałach spływały strużki wody przenikającej tu z powierzchni. Z sufitu kapały lodowate krople, wydające głośny dźwięk przy zetknięciu z powierzchnią wody. W wielu miejscach skalne bloki pokryte były mchem i jakimiś porostami o niemiłej konsystencji. Bossuet miał też wrażenie, że rozgniata coś, co pod jego rękami wydawało obrzydliwe chrzęsty i wydzielało lepkie, odrażające płyny. Wolał nie myśleć, o jakiego rodzaju podziemne stwory może chodzić.

Dźwięk kropel jeszcze się wzmógł. Na powierzchni znowu zaczął padać deszcz. Dopiero wtedy Gilles zdał sobie sprawę, że podłoże galerii nie jest płaskie, ale że zbudowano je z nieznacznym nachyleniem, wystarczającym, by woda spływała w dół. Na szczęście poziom wody był coraz niższy, w miarę jak posuwał się do przodu. W pewnej chwili woda z sufitu przestała kapać. Stało się to nagle, więc pewnie dotarł pod piwnice klasztoru.

Zorientował się, że przejście skręca stale w prawo. Dlatego dopiero gdy przeszedł duży odcinek, dostrzegł słabe światło docierające z głębi. W pierwszej chwili poczuł ulgę, że nieprzenikniona ciemność wreszcie się kończy, ale zaraz przypomniał sobie o zagrożeniu, jakie to mogło ze sobą nieść. Przestraszony, przylgnął plecami do ściany. Był to jedyny sposób, by zbadać, czy światło posuwa się w jego kierunku, czy nie. Obserwował je kilka długich minut, ale światło nie poruszało się. Podziękował Bogu, bo już sama myśl o konieczności powrotu była nie do zniesienia.

Zachowując najwyższą ostrożność, posuwał się ciągle naprzód. Korytarz kończył się po chwili kamiennymi schodami wiodącymi do sali, z której płynęło światło. Stopnie były wytarte i miały obłe brzegi, jakby były używane od niepamiętnych czasów. Ich środkowa część była nawet wydeptana. Dawało to pojęcie o wysiłku, jakiego wymagało zbudowanie takiego podziemnego przejścia.

Bossuet wszedł na schody, trzymając się ściany i zostawiając za sobą mokre ślady butów. Z tego miejsca zobaczył coś, co wyglądało na przedsionek. Posadzka była pokryta polerowanymi głazami, kontrastującymi z prostotą surowych granitowych ścian. Trzy pary pochodni oświetlały postać ukrzyżowanego Chrystusa i mały ołtarz przykryty obrusem ze znakiem krzyża. Po przeciwnej stronie sali była niska i wąska metalowa furtka, w wielu miejscach pordzewiała, tak że wyglądała jak dotknięta śmiertelną chorobą. W górnej części znajdował się niewielki zakratowany otwór, który dawniej musiał służyć do sprawdzania, kto wchodzi z korytarza.

Gilles, drżący z zimna, zbliżył się do jednej z pochodni, dziękując w duszy za odrobinę ciepła, jakie dawała. Było mu tak zimno, że w tej chwili nie obchodziło go, że ktoś może tu wejść i odkryć go. Marzył tylko, by stanąć w cieple płonącej głowni, i musiał użyć całej siły woli, aby tego nie zrobić. Ciągle jeszcze odrętwiały, zbliżył się do kraty w furcie i spojrzał na sąsiednią komnatę. Była o wiele większa niż ta, w której był, chociaż nie mógł zobaczyć jej w całości. Dostrzegł też schody na przeciwległej ścianie. Pokój był pogrążony w ciemnościach i pusty, z wyjątkiem niewielkiego drewnianego mebla obok schodów.

Gilles, starając się zobaczyć jak najwięcej przez kratę, dojrzał smugę światła na brzegu drzwi. Otwarte, pomyślał zaskoczony. Tego się nie spodziewał. Szczęście mu sprzyjało, chociaż po tym, co wydarzyło się ostatnio, był coraz bardziej przekonany, że szczęście miało z tym niewiele wspólnego, że to wszystko ma inną przyczynę. Lekko uchylił furtę, a ta otworzyła się z cichym skrzypieniem.

Furtka była wmurowana w grubą ścianę na poziomie niższym niż podłoga sąsiedniego pomieszczenia. Bossuet miał więc oczy zaledwie parę centymetrów nad podłogą tamtej sali. Czuł się jak w pułapce i nerwowo rozglądał się na wszystkie strony, by się upewnić, czy na pewno jest sam. Nie tracąc z oczu schodów, wszedł po wąskich stromych stopniach i skierował się w kierunku ciemnej strony sali. Nie przydałoby się to na nic, gdyby nagle ktoś tu wszedł, ale miejsce wydawało się tak puste, że tylko tam można było się ukryć. Nawet ściany były nagie, ozdobione jedynie paroma pochodniami, dającymi bursztynową poświatę. Pomyślał, że wszystkie te środki ostrożności nie mają sensu. W końcu brat Józef wiedział, że Gilles chce się dostać do podziemi. A skoro wyjawił mu tajemnicę korytarza, po cóż miałby go teraz wydać? Mimo wszystko Bossuet uznał, że lepiej zachowywać ostrożność i zrobić wszystko, by go nie odkryli.

Jak już stwierdził, patrząc przez kraty, sala była obszerna. Niski sufit był zrobiony z małych kamiennych płytek, ułożonych tak ciasno, że wydawało się, iż nie są połączone żadnym spoiwem. Wejście do kolejnej komnaty było na ścianie po lewej. Drewniane, bogato rzeźbione dwuskrzydłowe wrota, były otwarte na oścież i przytrzymane sznurami intensywnie czerwonej barwy. Bossuet lekko się pochylił, by zobaczyć wnętrze sali ze swojego miejsca. Nie udało mu się jednak, przeszkadzały w tym grube fioletowe zasłony. Podszedł do drzwi, starając się pozostawać w cieniu. Zatrzymywał się co chwila i nasłuchiwał, czy nie dochodzi żaden hałas z górnego piętra. Drżącą ręką – nie był pewien, z zimna czy z przejęcia – lekko rozchylił zasłony i obejrzał komnatę przez powstałą szczelinę.

Była to bardzo duża komnata, niemal całkowicie pogrążona w półmroku, a w dużej części skryta w groźnym cieniu, który niepodobna było zbadać dokładnie. Po obu stronach wejścia, za zasłonami, wznosiły się potężne kolumny o skręconych trzonach, zupełnie niepasujące do prostej architektury klasztoru. Ale najbardziej niezwykły był ołtarz na przeciwległej ścianie. Trudno było nawet nazwać to ołtarzem. Na centralnym miejscu stał wielki fotel przypominający siedzenia w wielkiej sali klasztornej. Za nim na ścianie wisiała piękna tkanina z dziwnymi symbolami, a nad nią w skale wyryty był trójkąt z wszechwiedzącym Okiem Boga otoczonym rysunkami gwiazd, które Gilles, jako dobry matematyk i astronom natychmiast rozpoznał: była to konstelacja Bliźniąt. Tę część sali oświetlało ciepłe, widmowe światło, niepochodzące chyba z pochodni na ścianach. Bossuet patrzył z zachwytem i dopiero wówczas zrozumiał. Nie był w stanie wyrazić słowami sensu tego wszystkiego, ale naprawdę zrozumiał. I z głębi serca przepraszał ludzi, których nazwał niesprawiedliwymi. Prosił o wybaczenie także samego Boga, którego istnieniu tak długo zaprzeczał.

Wszedł do sali pewnym krokiem, nie czując już żadnego strachu. Sztandary wiszące na ścianach obok tarcz herbowych zakołysały się lekko, poruszone wiatrem tak nagłym, jak niewyjaśnionym. Powietrze w komnacie wypełniły przenikliwe zapachy i łagodne głosy dawnych dziejów. Głosy przyjacielskie, witające go. Pochodnie, które mijał, idąc, gasły kolejno i za nim pozostawała już tylko ciemność. Gdy dotarł do końca komnaty, przedziwny blask, który widział już przedtem, stał się na chwilę bardziej intensywny, po czym zniknął. Sala pogrążyła się w nieprzeniknionych ciemnościach, a Gilles stał z szeroko otwartymi oczami. Ze ściany, na której wisiała tkanina, wytrysnęły nagle dwa równoległe strumienie światła. Podszedł do nich, omijając fotel, choć nie mógł go widzieć. Wyciągnął rękę i ciemność wydawała się załamywać pod jej naciskiem. Tkanina odsuwała się, ukazując cień, który kryła. Wejście było wąskie, zwieńczone niskim łukiem. Bossuet musiał się pochylić, by przejść na drugą stronę. Światło było słabe, ale wystarczające po ciemnościach, z których wyszedł. Nie mógł jednak dostrzec tego, co było w sali. Widział tylko bieloną ścianę w głębi, naprzeciw wejścia. Gdy oczy przyzwyczaiły mu się do światła, pojawiło się przed nim to, czego szukał od niedawna, a zdawało mu się, że od zawsze: Święty Całun, Całun Chrystusa.

Czuł, że jest bliski omdlenia. Chwiał się na nogach, a w głowie kłębiło się tysiące myśli. Poruszony siłą tak jasną i wyraźną jak jego własne życie, a zarazem niewyjaśnioną i tajemniczą, padł na kolana z oczyma pełnymi łez. Na próżno starał się przypomnieć sobie modlitwy, których uczył się w dzieciństwie. A jednak się modlił. Modlił się bez słów, całym sercem, zanosił do Boga prośby prawdziwe i szczere.

Nagle jakiś głos zakłócił spokój jego ducha. Był to opat, który siedział na kamiennym krześle tuż za nim:

– Czekałem na pana – rzekł z powagą.

Gilles nie wiedział, co odpowiedzieć. Przez chwilę obaj milczeli, wpatrując się w Całun.

– Piękny, prawda? – odezwał się opat.

– O tak, piękny – odpowiedział Gilles, nie odwracając się.

– Byłem pewien, że się panu uda, przyjacielu. I że pańskie intencje są szlachetne. Miał pan to wypisane na twarzy, gdy pan tu przyszedł.

– Jestem tylko profesorem matematyki. Paryżaninem przywykłym do zgiełku świata. Ateistą... – Gilles spuścił głowę i zamknął oczy. Spod jego powiek płynęły łzy i padały na kamienną podłogę.

– Doprawdy? – spytał opat, jakby znając już odpowiedź. – Ateiści nie zwykli klękać przed świętymi obrazami. – Wstając, podszedł do Bossueta i położył mu rękę na ramieniu. – Ani się modlić. A zwłaszcza z takim oddaniem. Powiedz mi, synu, czy nie czujesz płynącej z niego energii?

Głos opata rozlegał się w komnacie, głęboki i dobrotliwy, jak wyraz twarzy człowieka ze Świętego Całunu. Gilles pomyślał, że tak, czuje tę potęgę. Serce tłukło mu się wściekle w piersiach, a równocześnie czuł w duszy nieskończony spokój. Przez myśl przebiegały mu wspomnienia całego życia. Wydał się sam sobie obcym. Zmienił się nieomal w jednej chwili. A może nie? Pierwszy raz w życiu nie był w stanie racjonalnie osądzić tego, co się z nim działo. Człowieka, jakim Gilles Bossuet był przedtem, z pewnością zaniepokoiłoby to i zirytowało. Ale teraz, w czeluściach tego klasztoru czuł, że spotkał ponownie coś, co stracił dawno temu: że odnalazł siebie samego. Wiedział, że już nigdy nie oddali się od wizerunku Chrystusa.

Część trzecia

28

Rok 1997, Madryt

Przepraszam pana. Czy mógłby pan zapiąć pas?
Enrique Castro otworzył oczy. Przez kilka chwil nie wiedział, gdzie się znajduje, aż dostrzegł twarz stewardessy, która patrzyła na niego uprzejmie i lekko trącała go w ramię.

– Pas, tak, oczywiście... – Enrique usiłował się rozbudzić i zrobić to, o co prosiła stewardessa.

– Powinien pan też zamknąć stolik – dodała. – Za kilka minut lądujemy.

Enrique wyjrzał przez okienko samolotu. W oddali widać już było zabudowania Madrytu. Znajomy widok. Po rodzinnym Meksyku Madryt był jego drugim domem. Z nostalgią przypomniał sobie pierwszy pobyt w stolicy Hiszpanii. Jak często bywa z ważnymi wydarzeniami w życiu, była to seria luźno powiązanych przypadków.

Kilka miesięcy przed tą pierwszą wizytą zdał egzamin magisterski na Universidad Nacional Autonoma w Meksyku, najstarszej i najbardziej prestiżowej uczelni w kraju. Miał zamiar zrobić doktorat na tym samym uniwersytecie. Ciekawe, że nigdy nie zdołał sobie przypomnieć, jaki temat wybrał. Pewnego dnia wszedł do sekretariatu wydziału i czekając na wpis do rejestru swego doktoratu, dla zabicia czasu przyglądał się tablicy z ogłoszeniami. Wśród niezliczonych ofert kursów i praktyk, ogłoszeń o miejscach prezentacji prac i kilku innych ekstrawaganckich propozycji zobaczył informację o konferencji mającej się odbyć tego wieczoru. Referentem był Eduardo Martin z Universidad Complutense z Madrytu, a tematem „Apogeum i upadek rycerskiego zakonu templariuszy".

Jego rozmyślania przerwał głos kapitana, który informował pasażerów, że za kilka minut wylądują na lotnisku Barajas. Samolot skręcił, by ustawić się nad pasem startowym, i papiery, które Enrique miał na stoliku, przesunęły się na brzeg. Zdołał je zgarnąć, zanim spadły na ziemię. Sięgnął po teczkę leżącą pod siedzeniem przed nim i włożył do niej dokumenty, nie przejmując się ich uszeregowaniem. Tylko jeden przez chwilę oglądał, zanim wsunął go ostrożnie do przegródki teczki.

Dziesięć lat temu Enrique wiedział o templariuszach tylko tyle, że byli zakonem rycerskim, który zajmował ważne miejsce w średniowiecznej Europie. Pamiętał, jak się obraził, gdy w końcu nadeszła jego kolej w sekretariacie i usłyszał, że musi przyjść jeszcze raz wieczorem, bo urzędnik nie znalazł jego sprawy. Zamierzał zjeść obiad w domu, ale postanowił zostać na wydziale i przegryźć coś w kafeterii. Mieszkał za daleko, by zdążyć pojechać do domu i wrócić przed zamknięciem sekretariatu. Zjadłszy lekki posiłek, poszedł na konferencję. Może wykład o templariuszach będzie ciekawy, a jeśli nawet nie, skróci mu czas oczekiwania. Gdy wszedł na salę, wykład już się zaczął. W sali było najwyżej dziesięć–dwanaście osób. Na wielkim ekranie wyświetlano rycinę przedstawiającą, jak mówił referent, bitwę pod Niceą podczas wyprawy krzyżowej. Enrique po raz pierwszy usłyszał o Hugonie de Payns, Godfrydzie de Saint Omer i siedmiu innych krzyżowcach, którzy założyli zakon Ubogich Rycerzy Chrystusa, lepiej znany pod nazwą templariusze. Konferencja trwała ponad dwie godziny i była dla Enrique czymś w rodzaju olśnienia, które zaważyło na całym jego życiu. Od tamtego dnia poświęcił się studiom nad zakonem templariuszy. Porzucił wszystkie swoje projekty, planowane od wielu lat, i zaczął się ubiegać o możliwość zrobienia doktoratu na Universidad Complutense w Madrycie. Jego rozprawa doktorska, którą opublikował dwa lata później, a której promotorem był tenże Eduardo Martin, nosiła tytuł „Apogeum i upadek rycerskiego zakonu templariuszy".

W następnych latach otrzymał stanowisko profesora katedry filozofii i literatury na Universidad Autonoma w Meksyku, tam gdzie przedtem studiował. Pracę łączył z ożywioną działalnością badawczą, która nosiła go z jednego miejsca na świecie w drugie w poszukiwaniu wiadomości o zakonie templariuszy. Teraz znów wracał do Madrytu, a przyczyna była ta sama: najsłynniejsza *militia Christi**. Kartka, którą tak zazdrośnie chronił

---

* *Militia Christi* (łac.) – żołnierze Chrystusa (przyp. tłum.)

w teczce, zawierała spis dzieł; owoc niezliczonych konferencji, badań i rozmów przez Internet z naukowcami całego świata. Przede wszystkim ze specjalistami hiszpańskimi, jako że właśnie w Hiszpanii templariusze mieli największe wpływy i doszli do największej potęgi, oczywiście poza Francją. Dużo z zapisanych na tej kartce tytułów znajdowało się w Bibliotece Narodowej w Madrycie. Były też całkiem nowe nabytki, których jeszcze nie zdołał przejrzeć, i to stanowiło główną przyczynę jego wizyty.

Mimo iż cieszył się opinią znakomitego uczonego, nie przyszło mu łatwo przekonanie rektora i rady uniwersyteckiej, by przyznano mu stypendium i pokryto koszty pobytu w stolicy Madrytu. W końcu się udało; dziekan wydziału humanistyki powiadomił go o zgodzie raptem dwa dni temu. Dokładnie tyle, ile potrzebował na kupno biletu, załatwienie hotelu i zawiadomienie Biblioteki Narodowej o dokumentach potrzebnych do odnowienia jego nieważnego już karnetu badacza. Bez karnetu nie miałby wstępu do sali Cervantesa, gdzie znajdowały się manuskrypty, inkunabuły i inne skarby biblioteki.

Enrique wyszedł z lotniska na postój taksówek i natychmiast zdjął marynarkę. Latem o wczesnopopołudniowej porze upał był nie do zniesienia. Zlany potem, chociaż czekał zaledwie pięć minut, wsiadł czym prędzej do samochodu, dziękując Bogu za wynalazek klimatyzacji. Po drodze zauważył, że od czasu jego ostatniej wizyty zbudowano nowe drogi dojazdowe do miasta, a centrum też się zmieniło. Hotel był na placu Santo Domingo. Po zarejestrowaniu się w recepcji poszedł na górę do pokoju, wziął prysznic i zmienił bieliznę. By uniknąć upału, nie wychodził z hotelu aż do wieczora. O tej porze temperatura była znośna, nawet przyjemna, tak że postanowił przespacerować się na pobliski plac Oriente. Okolica była zupełnie odmienna od tej, którą pamiętał. Ulica Bailén wiodła wzdłuż rozległego placu tylko dla pieszych. Za małym ogrodem pełnym rzeźb mieścił się Teatro Real. Biała fasada teatru na próżno starała się konkurować z klasyczną elegancją Pałacu Królewskiego. Enrique odwiedził też ogrody Sabatiniego i poszedł przez Cuesta de San Vicente aż do Campo de Moro. Późnym wieczorem dotarł do Plaza Mayor. Kolację zjadł w restauracji meksykańskiej, podobnej do tej, którą tu odkrył, kiedy pracował nad doktoratem. Kurczak *al Chipotle* był świetnym lekiem na tęsknotę za krajem.

Wróciwszy do hotelu, ponownie wziął prysznic i natychmiast się położył. Był zmęczony długą podróżą, a jutro czekało go wiele pracy w Bibliotece Narodowej. Zasnął niemal natychmiast, mimo hałasu klimatyzacji w pokoju i światła przenikającego przez zasłony.

Zbudził się rano bardzo wcześnie. Bibliotekę Narodową otwierano o dziewiątej, a on chciał jak najlepiej wykorzystać czas. Szybko zjadł śniadanie i złapał taksówkę, która zawiozła go prosto na Plaza de Colón. Skierował się do bramy wejściowej biblioteki, zabezpieczonej urządzeniem sprawdzającym i barierą niewpuszczającą samochodów, chociaż strażnik o nic nie zapytał. Fasada gmachu nie zmieniła się. Pomieszane tu style architektoniczne były być może dziwaczne, ale Enrique z czasem nauczył się je szanować. Wejście do biblioteki – okropna trójkątna konstrukcja z wielkich szyb – było na wysokości ziemi, w miejscu niemal niezauważalnym wobec wspaniałości ogromnych kamiennych schodów prowadzących do trojga ogromnych odrzwi w centralnej części fasady. Wszedł do środka i pod uważnym spojrzeniem kolejnego strażnika przeszedł przez wykrywacz metali. Wkroczył na salę po lewej i skierował się w głąb. Tam, w kąciku, siedziała sekretarka.

– Dzień dobry – zwrócił się do leciwej urzędniczki o uprzejmym wyglądzie.

– Dzień dobry. Czego pan sobie życzy?

– Jestem Enrique Castro. Pracuję na Universidad Autonoma w Meksyku. Moja przepustka badacza kilka miesięcy temu straciła ważność i spodziewam się, że mój uniwersytet przysłał wam już prośbę o jej odnowienie.

– Tak, proszę chwilę zaczekać – poprosiła dama. – Przepraszam, pan się nazywa...?

– Castro Burgoa. Enrique Castro Burgoa.

Uprzejma urzędniczka przejrzała kilka fiszek na biurku. Po kilkakrotnym sprawdzeniu na jej twarzy pojawił się wyraz niezadowolenia. Przeprosiła, podniosła się zza biurka i zniknęła za zasłonką oddzielającą sąsiedni pokój od sali. Po chwili pojawiła się znowu, uśmiechnięta, z kartką papieru w dłoni.

– Znalazłam! – ogłosiła triumfalnie. – Może pan to wypełnić? – spytała, wręczając mu niebieski formularz.

Enrique przejrzał go pobieżnie, zanim zaczął odpowiadać na pytania, polegające głównie na podaniu danych personalnych i informacji dotyczących tematu, rodzaju oraz czasu trwania studiów, jakie miał zamiar tu przeprowadzić. Gdy wypełnił formularz, zaniósł go damie, która wypisała mu nową przepustkę na starej elektrycznej maszynie do pisania.

– Proszę – rzekła urzędniczka.

Podziękował jej i przeszedł do innego pokoju, o wiele mniejszego niż westybul. Po jego lewej stronie było inne wejście do biblioteki, również strzeżone przez niewidzialne detektory. W przeciwległym końcu stał stół strażnika, który po sprawdzeniu przepustki wręczył mu pomarańczową nalepkę z napisem CZYTELNIK. Enrique przykleił ją nad kieszonką koszuli z krótkimi rękawami i poszedł do windy długim, wąskim korytarzem pełnym katalogów i teczek ze starymi materiałami prasowymi. Nad nim na całej długości ciągnęła się kładka, również z metalu, na którą wstęp mieli tylko pracownicy biblioteki.

Doszedł do miejsca, w którym korytarz lekko się rozszerzał. Były tam dwie nowoczesne windy wyłożone metalową blachą o wzorze w romby i barwy oksydowanego żelaza, wisiało tam też okrągłe lustro. Wszystko to sprawiało, że winda wyglądała jak staroświecki wagon kolejowy. Ta koegzystencja dawnego z nowym była charakterystyczna dla całego budynku. Enrique wjechał na drugie piętro i poszedł krótkim korytarzem w prawo. Na jego końcu znajdowały się wysokie, wąskie drzwi prowadzące do sal badaczy. Po przejściu kolejnej kontroli przeszedł dwie sale bardzo do siebie podobne i wreszcie dotarł na sam koniec, do sali imienia Miguela Cervantesa. Była właściwie identyczna z poprzednimi dwiema i zawsze przypominała mu bibliotekę profesora Higginsa z *Pygmaliona* Shawa. Postacie na ogromnych portretach wiszących na ścianach niewzruszenie wpatrywały się w stoły zajmujące niemal całą przestrzeń sali. Pod portretami stały wysokie, drewniane, oszklone szafy, na których półkach leżało mnóstwo starych książek. Na najwyższe półki można się było dostać tylko po metalowej kładce otaczającej salę na wysokości około trzech metrów, na którą prowadziły okrągłe kute schodki.

Przy jednym z bocznych stołów, obok ludzi czytających mikrofilmy, siedział urzędnik, któremu Enrique wręczył swoją przepustkę. Urzędnik zatrzymał ją i podał mu zafoliowaną brązową kartkę z numerem miejsca. Zanim Enrique przeszedł do sali z katalogami, wziął z pudełka kilka małych formularzy i jeden większy. Musiał wypełnić po jednym na każdą książkę, o którą poprosi. Większa kartka to był zestaw woluminów, które zamówił.

Katalogi znajdowały się w sali obok. Były tam także komputery, za pomocą których można było się konsultować z katalogiem głównym

Biblioteki Narodowej, znanym pod nazwą Ariadna. Tam odnalazł wszystkie potrzebne książki z wyjątkiem jednej, którą znalazł dopiero w katalogu systemowym. Książka musiała trafić do biblioteki niedawno, bo w przeciwieństwie do pozostałych, jej fiszka nie była żółtawa i pisana ręcznie.

Po wypełnieniu formularzy zaniósł je bibliotekarce siedzącej przy stole między komputerami a katalogami, by je sprawdziła i podpisała. Potem wrócił na salę i dał je urzędnikowi, któremu zostawił przepustkę. Ten przyjrzał się formularzom i z miłym uśmiechem obiecał dostarczyć książki w ciągu dwudziestu minut, najdalej za pół godziny. Enrique wykorzystał ten czas na zjedzenie czegoś w kafeterii w podziemiach.

Gdy wrócił, książki leżały już na lekko pochyłym stole do pracy. Chociaż przeczytał w życiu mnóstwo starych ksiąg, nigdy nie mógł się pozbyć uczucia podniecenia, widząc je, i zawsze myślał wtedy, że te księgi to jedyne, co pozostało po ludziach, którzy je pisali.

Wiadomości zaczerpnięte ze starych ksiąg miały wartość nie do przecenienia. Enrique czuł się równocześnie zadowolony i przytłoczony ogromną ilością danych, które skrzętnie notował. Pisał ołówkiem, gdyż przepisy biblioteczne zabraniały używania innych przyborów do pisania w sali Cervantesa z uwagi na konserwację rękopisów. Lektura tak go wciągnęła, że kiedy w końcu przerwał, było już dobrze po trzeciej. Bolały go oczy i był głodny, ale usatysfakcjonowany. Właśnie przeczytał coś, co przeczyło wieloletnim teoriom i stawiało nowe zagadnienia, które zostaną rozwiązane może dopiero przez następne pokolenia. Była to najcenniejsza nagroda dla badacza historii. W żadnym miejscu nie czuł się tak szczęśliwy, jak w cichej sali bibliotecznej. Wdychając woń starego papieru, miał wrażenie, że obcuje z wielkimi osobistościami, które były świadkami i protagonistami historii.

Po szybkim lunchu w bibliotecznej kafeterii, spragniony dalszej lektury wrócił do sali Cervantesa. Przejrzenie następnych dwóch ksiąg zajęło mu kilka godzin. Trzecia była rękopisem, najgrubszym z tych, jakie czytał dotychczas. Była to rzadka, piękna kopia *Kroniki Jaime Pierwszego Zdobywcy,* powstała pod koniec XIV wieku w katalońskim klasztorze. Niestety księga była bardzo źle zakonserwowana, w wielu miejscach widać było nawet ślady spalenizny. Ilekroć miał w rękach podobną księgę, zastanawiał się, jakie były jej losy, jakie straszne wydarzenia przeżyła i jakie sekrety kryją jej rany.

Jaime I, syn Piotra II i Marii de Montpellier, był trzecim królem Aragonii. Enrique interesował się nim właśnie dlatego. Królestwo Aragonii było jednym z głównych centrów potęgi templariuszy i tam uciekło wielu rycerzy francuskich, gdy najwyżsi mistrzowie zakonu zginęli spaleni w Paryżu w początkach XIV wieku. Od ufundowania zakonu chrześcijańskie królestwa Hiszpanii, uwikłane w narodową krucjatę, rekonkwistę, przyjęły do siebie wielu templariuszy, którzy zamieszkali na stałe w nowo powstającym kraju wobec wielkoduszności, jaką okazali *militia Christi* wielcy panowie, królowie Aragonii i hrabiowie Barcelony i Urgel, cedując na nich mnóstwo zamków i przywilejów.

Innym aspektem z życia monarchy, który go interesował, były jego próby stworzenia w Palestynie chrześcijańskiego królestwa, co chociaż się nie udało, jeszcze bardziej zacieśniło jego związki z templariuszami, strażnikami łacińskich królestw w Ziemi Świętej.

Enrique po prostu pożerał opis dziejów potężnego króla i jego powiązań z Ubogimi Rycerzami Chrystusa. Czytał do chwili, gdy zorientował się, że w księdze chyba brakuje kawałka tekstu. Nie było w tym nic dziwnego. Takie książki często miewały powyrywane strony, a także, przede wszystkim w manuskryptach, zdarzało się, że kropla wosku lub niewyschnięty atrament zlepiały dwie strony ze sobą. Enrique podniósł kartkę i spojrzał pod światło na jej brzegi. Tak jak sądził, stronice były sklejone; widać było miejsce połączenia. W pierwszej chwili chciał powiadomić pracownika, gdyż wiedział, że strony trzeba rozdzielać niezwykle ostrożnie; w przeciwnym razie istniało niebezpieczeństwo ich rozdarcia. Ale gdy spojrzał w głąb sali, stwierdził, że mężczyzna jeszcze nie wrócił. Widział, jak kilka minut temu wychodził do sąsiedniej sali. Czekał jeszcze kilka minut, wreszcie postanowił rozdzielić stronice sam. Nie odważyłby się, gdyby nie robił tego już kilkakrotnie w innych okolicznościach, choćby w bibliotece na swoim uniwersytecie.

Wyjął z kieszeni portfel i wyszukał jedną ze swoich kart wizytowych. Była płaska, twarda i wystarczająco cienka, by mogła mu posłużyć. Trzymając kartę dwoma palcami, delikatnie wsunął ją w miejsce, gdzie dostrzegł małą szparę między sklejonymi stronami, i powolutku zaczął je rozdzielać. Gdy wizytówka okazała się za mała, użył dużo większego od niej identyfikatora z numerem stołu. W końcu udało mu się rozdzielić strony. Okazało się, że między nimi jest jeszcze jakaś kartka, która przylgnęła do jednej ze stron. Była mniejsza – dlatego początkowo nie było jej widać – i jaśniejsza od brązowawych kart rękopisu.

Zaskoczony odkrył, że to list – i to pisany po francusku. Papier był cieńszy, a jego faktura o wiele bardziej nowoczesna od księgi. Piękne, eleganckie litery były pisane niebieskim atramentem. Enrique, który widział w życiu setki rękopisów i ksiąg ze wszystkich epok, uznał, że list ma około stu lat. Wyglądało na to, że ktoś zostawił go w książce, a potem zapomniał wyjąć. Zaczął czytać, a to, co przeczytał, jeszcze bardziej go zaintrygowało:

Drogi Gilles!

Już od około roku nie mam od Ciebie wieści. Wiem, że w swoim pierwszym liście napisałeś, iż jest on zarazem ostatnim. Ale jestem pewien, że ucieszysz się, czytając to, o czym Ci teraz piszę.

W dalszym ciągu zastanawiam się – i to bez ustanku podczas wszystkich tych miesięcy – czy rzeczywiście znalazłeś Całun. Chociaż nie napisałeś mi o tym niczego w liście, nie wyobrażam sobie, by jakakolwiek inna przyczyna sprawiła, że zostałeś w Poblet, porzucając dawne życie i swoją katedrę na Sorbonie, i postanowiłeś wstąpić do zakonu. Ty, który zawsze byłeś zaprzysięgłym ateistą. Nieraz wspominam z tęsknotą nasze dyskusje, gorące i nieprzejednane, które dawniej toczyliśmy. To nie znaczy, że wolałbym, byś pozostał ateistą, ale że dyskutować z Tobą znaczyłoby zobaczyć Cię znowu.

Nieraz myślałem o odwiedzeniu cię w Poblet. Podejrzewam jednak, że musiałeś mieć ważkie powody, by mi tego zabronić. Mimo to chciałbym Cię zobaczyć.

Paryż jest, jak zawsze, mrowiskiem ludzi i zamętu. Powinieneś zobaczyć wspaniałą wieżę Eiffela. Jest nieco futurystyczna jak na mój gust, ale podejrzewam, że się ucieszysz na wieść, iż pedant Baudot przegrał zakład: wieża stoi i jest dumą Francji.

Przypominam sobie teraz noc, gdy ten biedny, przerażony handlarz ryb przyniósł medalion do kościoła. Pamiętam, że myślałem, iż musi być pijany. Wiesz, jacy są ci ludzie znad rzeki. Pamiętam też dzień, kiedy przyniosłem Ci to na uniwersytet... Ale nie chcę Cię zasmucać moimi wspomnieniami.

Chcę tylko jeszcze raz życzyć Ci szczęścia. Mam nadzieję, że Opatrzność będzie czuwać nad Tobą i prowadzić Cię, teraz, kiedy już zrozumiałeś mnie i dzielisz ze mną dobrodziejstwa życia i wiary.

Zawsze Twój
Jacques

29

Tadeo zabrał Święty Całun do Edessy. Król Abgar, zasmucony śmiercią Jezusa, kazał zbudować nad rzeką Daisan małe sanktuarium dla relikwii. Tam wiecznie płonący ogień dawał nieme świadectwo uwielbienia pamięci rabbiego.

Ale z upływem wieków płomień zgasł. Przez ponad trzysta lat Święty Całun leżał w zapomnieniu w najwyższej wieży murów miejskich, ukryty tam dla ochrony przed powodzią. Dopiero podczas wojny i oblężenia miasta odkryto go ponownie wśród murów, z cudownym i dziwnym wizerunkiem – i przypisano mu odparcie ataku i zwycięstwo Edessy nad nieprzyjaciółmi. W całym chrześcijańskim świecie mówiono wtedy o płótnie „Wizerunek z Edessy" – Całun, który otulał ciało Jezusa w grobie, Całun utracony przez wieki.

Edessa przechowywała Całun niemal tysiąc lat. Opowiadano o nim najbardziej fantastyczne historie. Ale w roku 943, gdy już zapomniano o gorączce obrazoburczej, cesarz Bizancjum Romano Lecapeno zażądał dostarczenia mu Całunu. Edeseńczycy sprzeciwili się temu: cesarz nie miał prawa odbierać im relikwii, która należała do Edessy od niepamiętnych czasów.

Romano Lecapeno na wieść o tym wysłał wojsko i rozpoczął oblężenie dzielnego miasta, które odważyło się podać w wątpliwość jego potęgę. Blokada trwała prawie rok. W tym czasie edeseńczycy kilkakrotnie próbowali zmylić cesarza, podsuwając mu kopie Całunu. Ale on, choć nigdy nie widział odbicia Chrystusa, nie dał się oszukać słabymi podróbkami.

Oblężenie ciągnęło się do roku 944, kiedy wyczerpana Edessa poddała się i nie miała innego wyjścia, tylko przekazać relikwię Bizancjum.

Romano Lecapeno wrócił do stolicy cesarstwa, Konstantynopola, z Całunem. Był szesnasty sierpnia. Wjazd był triumfalny. Wszyscy mieszkańcy wylegli na ulice na powitanie władcy. Ciekawość i zapał religijny kierowały nimi w równym stopniu. Wiwatowano na cześć cesarza jako zdobywcy wracającego z dalekiego kraju i przywożącego największą zdobycz wojenną, jaką sobie można wyobrazić. Wielu mieszkańców wybiegło na przedmieścia, wdrapało się na mury. Tysiące serc biło gwałtownie podczas całej drogi, jaką odbywał Święty Całun.

Wojsko cesarskie wkroczyło do Konstantynopola przez Złotą Bramę. Po wjeździe do miasta Romano natychmiast przekazał relikwię władzom kościelnym, które zaniosły ją, eskortowaną także przez wszystkich senatorów, do kościoła Świętej Zofii. Tam przed głównym wejściem odbyła się ceremonia rozłożenia Całunu i ukazania go ludowi, pragnącemu zobaczyć wizerunek Chrystusa. Było wielu rozczarowanych. Wizerunek był tak delikatny, że prawie niewidoczny. Widać było tylko plamy krwi. Niektórzy, bardzo nieliczni, zdołali dostrzec zamglony ślad twarzy.

Zanim zapadła noc, Święty Całun złożono z powrotem i we wspaniałej procesji zaniesiono go do Bucoleonu, pałacu cesarza. Słońce już niemal zaszło, miedziane i płomieniste nad horyzontem, gdy największa relikwia chrześcijaństwa przekraczała bramy Bucoleonu, by tam spocząć w cesarskiej kaplicy Matki Boskiej z Faro. Przez następne dwieście pięćdziesiąt lat nikt nie widział jej poza tym miejscem.

Święty Całun przebywał w Konstantynopolu do roku 1204. Rok wcześniej miasto zostało splądrowane przez krzyżowców sprzymierzonych z Wenecją; krzyżowcy mieli dość przeszkadzania im w wędrówkach do Ziemi Świętej i piractwa na morzu. Atak udał się dzięki słabości Cesarstwa Bizantyjskiego, zajętego wewnętrznymi walkami dynastycznymi.

Ale zajęcie miasta w roku 1203 było tylko zapowiedzią inwazji, która nastąpiła rok później. Krzyżowcy, w większości Francuzi, zajęli Konstantynopol i stworzyli na jego miejscu Królestwo Łacińskie. Po ich stronie, oprócz pomocy statków weneckich, walczyło wielu rycerzy zakonu templariuszy. Wojskiem templariuszy dowodził Wilhelm de Charny, a wysłał je na wojnę wielki mistrz Filip de Plaissiez, by wzmocnić armię swoich francuskich braci.

Wilhelm de Charny, rycerz Najwyższego Zakonu z Sabaudii, był spokrewniony z książętami Burgundii. Waleczny i mądry mąż odznaczył się w wyprawach do Ziemi Świętej jako wielki wojownik. Był jedynym spośród templariuszy, który znał prawdziwy powód, dla którego *militia Christi* przyłączyła się do krzyżowców; znał też tajne zamiary zabrania ze stolicy Wschodniego Cesarstwa Świętego Całunu.

Filip de Plaissiez znał mieszkającego w San Juan de Acre starego, zdetronizowanego króla Jerozolimy Amaury'ego. W młodości ów monarcha został zaproszony do Konstantynopola przez cesarza Manuela Comnena. Amaury, gorliwie wierzący, wyraził życzenie, by mu pokazano Święty Całun. Na gorącą prośbę młodego króla Manuel ustąpił. Zaprowadzono go w najbardziej święte miejsce Bucoleonu, gdzie przechowywano relikwię. Był to wyjątkowy przywilej, gdyż tylko rodzina cesarska i najwyżsi kapłani mieli prawo wstępu do sanktuarium.

Amaury był ogromnie przejęty widokiem tego cudownego przedmiotu. Ale mimo wyjątkowego gestu Manuela w duszy króla Jerozolimy zrodziły się pewne wątpliwości, które nie dawały mu spokoju. Czyż ten święty przedmiot, który może dać tak ważne świadectwo o Chrystusie wszystkim wiernym, powinien pozostawać w ukryciu? Czy to słuszne, żeby tylko cesarzowi Bizancjum i kilku dygnitarzom imperium wolno było oglądać Całun? Amaury naiwnie podzielił się swymi myślami z Manuelem. Szczerość jest zawsze odwagą, podobnie jak ignorancja – młody król zyskał tylko tyle, że cesarz się na niego obraził i kazał mu wyjechać.

Już jako starzec Amaury opowiedział o tych zdarzeniach wielkiemu mistrzowi templariuszy. Uważał go za człowieka prostolinijnego i lojalnego i za prawdziwego przyjaciela. Opisał mu miejsce przechowywania relikwii – tajną podziemną komnatę, do której można było wejść z kaplicy pałacu cesarskiego, schodząc w dół ciemnym korytarzem. Wejście do sanktuarium było ukryte za przepięknym ołtarzem z marmuru z Pentelikon. Były na nim płaskorzeźby przedstawiające dwunastu apostołów, każdy z imieniem wyrytym nad głową. Gdy naciskało się te napisy w odpowiedniej kolejności – której Amaury nie znał – w ołtarzu otwierał się mechanizm zamykający wejście. Wtedy, po mocnym pchnięciu aż do ikonostasu, znajdującego się tuż za ołtarzem ten ostatni przesuwał się i otwierało się wejście na schody wiodące do podziemnej komnaty. Na dole nad małym ołtarzem i pomiędzy ścianami pokrytymi złotą blachą i drogimi kamieniami Całun – w Bizancjum zwany Mandylionem – wisiał złożony we czworo, tak że widać było tylko twarz Ukrzyżowanego.

Sytuacja Cesarstwa Bizantyjskiego była coraz trudniejsza i bardziej niepewna. W ciągu ostatnich stu pięćdziesięciu lat jego terytorium zostało bardzo okrojone, a tym samym zmalała jego potęga, osłabiona dodatkowo wewnętrznymi wojnami. Nie pozostało to niezauważone przez państwa zachodnie i Turków. Prędzej czy później obca potęga musiała zająć miasto Konstantyna, które on nazwał Nowym Rzymem, przewidując jego świetną przyszłość. Jeśli tak się miało stać, a wydawało się to nieuniknione, nie można było pozwolić, by wpadło w ręce niewiernych. No i przede wszystkim trzeba było strzec Świętego Całunu Chrystusa.

Król Amaury wierzył w templariuszy, rycerzy mnichów, solidarnych i szlachetnych. Pewien był, że jeśli to oni odnajdą Całun w Bucoleonie, postąpią z nim jak należy. Ale jeśli znajdą je inni... jeden Bóg wie, co mogliby zrobić ze świętą relikwią. A Całun powinien należeć do całego chrześcijaństwa, a nie do kilku władców.

Kilka lat później okazało się, że podejrzenia Amaury'ego co do Bizancjum były uzasadnione. Po pierwszym splądrowaniu stolicy i przed jej nieuniknionym zajęciem Filip de Plaissiez wezwał swoich najwierniejszych ludzi na naradę. Wśród nich był Wilhelm de Charny, najmłodszy ze wszystkich, ale wyróżniony tym zaszczytem z tytułu swoich zasług, rozumu i uczciwości, których dał dowód w najtrudniejszych sytuacjach.

Wielki mistrz wyjawił braciom miejsce przechowywania Świętego Całunu i wyznaczył pana de Charny na dowódcę grupy rycerzy, którzy mieli w odpowiednim momencie przyłączyć się do sił najeźdźcy. Gdy już będą za murami, niektórzy mają przebrać się za zwykłych mieszczan, oddalić od armii i pójść do pałacu cesarskiego, skąd zabiorą relikwię. Gdyby ktoś ich zobaczył, nigdy się nie dowie, że w rzeczywistości są rycerzami zakonu templariuszy.

30

Rok 1997, Madryt

Tajemnicza kartka, którą Enrique znalazł w rękopisie, nie nosiła stempla Biblioteki Narodowej ani żadnego innego oznaczenia. To nie musiało znaczyć, że nie jest skatalogowana, bo nie stempluje się wszystkich kart manuskryptów, tylko niektóre. Ale choć uważał sceptycyzm za najważniejszą cechę badacza, miał przeczucie, że odnalazł coś naprawdę oryginalnego.

Przeczytał jeszcze raz list, zatrzymując się zwłaszcza na zdaniu dotyczącym Całunu. Nie wiedział wiele o tej sprawie; w każdym razie niewiele więcej niż każdy przeciętny człowiek. Był przekonany, że Święty Całun, przynajmniej według oficjalnych danych autentyczny, od XV wieku znajdował się w posiadaniu członków dynastii sabaudzkiej, która przenosiła go z miejsca na miejsce ponad sto lat, aż do ostatecznego złożenia relikwii w katedrze w Turynie. Wiedział też – o czym wiedziano już nie tak powszechnie – że zanim Całun trafił do Sabaudii, przechowywało go wiele pokoleń rodu de Charny, od wieków związanego z templariuszami. Jeden z nich, Christian de Charny, był jednym z dziewięciu rycerzy – założycieli Zakonu.

Całun, o którym była mowa w liście, był niewątpliwie tylko jedną z wielu replik świętej relikwii, rozsianych po parafiach i kościołach na całym świecie. Mimo to Enrique czuł podniecenie. Było coś przejmującego w słowach Jacquesa, autora listu, jakaś mieszanina smutku pełnego rezygnacji i radości, której nie można było zrozumieć. Nie pojmował też dziwnego postępowania człowieka, do którego list był pisany, owego Gillesa; zastanawiał się, dlaczego prosił tego, którego uważał za najserdeczniejszego

171

przyjaciela, by nie pisał do niego więcej; a przede wszystkim jak to możliwe, że ateista stał się mnichem – i co to wszystko miało wspólnego z medalionem, o którym wspominał Jacques? Powtarzał sobie, że z pewnością chodzi o zwykłe wydarzenia z życia przeciętnych ludzi, ale czym jest historia, jak nie sumą takich właśnie wydarzeń? I było jeszcze coś: nazwa klasztoru wspomnianego w liście. Ta nazwa – Poblet – nie była mu obca. Był pewien, że już gdzieś ją słyszał, chociaż nie mógł sobie przypomnieć, gdzie.

Obejrzawszy kartkę pod światło i stwierdziwszy, że nie ma żadnych znaków wodnych, skrupulatnie przepisał tekst do notatnika i snuł domysły na temat tego listu aż do końca dnia. W tym czasie udało mu się zdobyć kilka interesujących informacji. Jak podejrzewał, zanim przeczytał list, liczył on nieco ponad sto lat, co jasno wynikało z treści. Jacques, który jak sądził Enrique, musiał być księdzem, mówił o wieży Eiffla jako o niedawno zbudowanej; wspominał też o niejakim Baudocie. Sprawdził to nazwisko w encyklopedii: Anatole de Baudot był słynnym architektem – racjonalistą uczestniczącym w rekonstrukcji Sorbony, który chciał całkowicie unowocześnić gmach, łącznie z dawnym kolegium kardynała Richelieu i kaplicą. Architektem, który ostatecznie dokończył dzieła według własnego projektu, odmiennego od projektu Baudota, prawdziwym twórcą nowoczesnej Sorbony, był młody Henri-Paul Nénot, z którym Baudot toczył gwałtowne spory; podobnie jak z najbardziej znanym architektem francuskim Alexandrem Gustavem Eiffelem, który mniej więcej w tamtym okresie kończył konstruowanie swojej sławnej wieży na Wystawę Światową w Paryżu w roku 1889. Jak można było wywnioskować z listu, Gilles, profesor z Sorbony, nie darzył Baudota szczególną sympatią. Dlatego Enrique uznał, że i on musiał mieć, podobnie jak inni, złe doświadczenia z architektem.

Zdawał sobie sprawę, że wszystko to mogło być stratą czasu – przynajmniej w sprawie, która przywiodła go do Hiszpanii – uznał jednak, że warto ten czas poświęcić. Gdy strażnik wszedł do sali i ogłosił, że zaraz zamykają bibliotekę, opanowała go pokusa, by schować list do teczki i zabrać ze sobą. Przyszła mu nawet idiotyczna chętka schowania go w ubraniu, by uniknąć promieni Roentgena. W rzeczywistości nie miał zamiaru kraść, chciał tylko mieć go w rękach nieco dłużej. W miarę upływu lat, gdy jego studia stawały się coraz bardziej intensywne, zdał sobie sprawę, że wiedza jest jak narkotyk: może nie destrukcyjny, ale równie zaraźliwy i nie do opanowania. Był jednak uczciwym człowiekiem, święcie przekonanym, że dobra historyczne powinny być dostępne dla wszystkich, którzy pragną je studiować, a nie tylko dla kolekcjonerów czy niewielkiej grupki uprzywilejowanych. Zebrał swoje rzeczy i po oddaniu książek i odebraniu przepustki skierował się do biurka bibliotekarki.

– Tak, słucham? – spytała, podnosząc wzrok znad książki i wstając na widok Enrique. – W czym mogę panu pomóc?

Nie była to ta sama kobieta, która rano załatwiała jego sprawy. Ta musiała mieć około czterdziestki i była ubrana w stylu, jaki Enrique kojarzył się z postacią Izadory Duncan.

– Mam wrażenie, że to raczej ja mogę wam pomóc – rzekł Enrique z uśmiechem.

– O czym pan mówi? – Bibliotekarka się zdziwiła.

Enrique wręczył jej list znaleziony w księdze. Dodał przy tym:

– Znalazłem to w manuskrypcie *Kronik Jaime Pierwszego*. Był tam... pomiędzy kartkami – skłamał w ostatniej chwili.

– Pomiędzy kartkami... – powtórzyła bibliotekarka, podnosząc na niego przenikliwy wzrok niebieskich oczu, i lekko skłoniła głowę. – Tak... – mruknęła, spoglądając ponownie na list.

Enrique widział, że coś podejrzewa, ale wyglądała na zdecydowaną przejść nad tym do porządku dziennego. Cierpliwie czekał, aż bibliotekarka skończy czytać list, który trzymała w jednej ręce, podczas gdy drugą przesuwała po gęstych jasnych włosach, odgarniając je sobie za uszy. Twarz miała skupioną i zamyśloną.

– Będziemy musieli zbadać pochodzenie tego listu, jeśli nie jest skatalogowany – rzekła bardziej do siebie niż do Enrique, gdy skończyła czytać. – W imieniu biblioteki dziękuję panu, że pan go nie zabrał – dodała poważnie, patrząc mu w oczy.

– Och, każdy by tak zrobił – odparł niepewnie, bo oboje wiedzieli, że to nieprawda. – Chciałbym tylko, żeby mnie państwo powiadomili o rezultatach, jeśli to możliwe. Mam zamiar spędzić w Madrycie trochę czasu i przychodzić tu codziennie, tak że nietrudno będzie mnie znaleźć.

– Ależ, oczywiście, z przyjemnością – zapewniła bibliotekarka.

Strażnik wszedł ponownie i już drugi raz zwrócił mu uwagę, że powinien opuścić bibliotekę.

– Dziękuję – powiedział do kobiety, wychodząc. – I dobranoc.

– Dziękuję panu, panie...
– Castro. Enrique Castro.

Enrique leżał na łóżku i myślał o liście. Myślał o nim stale od wyjścia z biblioteki. Jedyne, co wiedział o Jacques'u, to że prawdopodobnie był księdzem. Bardziej intrygująca była postać Gillesa, ateisty, który pod wpływem jakiegoś wydarzenia, z pewnością niezwykłego, stał się mnichem i porzucił zgiełk świeckiego świata, a nawet zerwał kontakt z najbliższym przyjacielem. Enrique zastanawiał się, co mogło się wtedy wydarzyć i jaką rolę odgrywał w tym tajemniczy medalion. Mimo ciemności panujących w pokoju oczy miał szeroko otwarte. Cały ten entuzjazm był bardzo przyjemny i ożywczy, ale kosztował go nieprzespaną noc. Po raz nie wiadomo który zapalił światło przy budziku i sprawdził godzinę, jakby chciał podgonić czas. Była dopiero druga w nocy. Z westchnieniem spróbował się zmusić do zamknięcia oczu i przerwania toku myśli. Nie udało mu się to do końca, ale w którejś chwili musiał zasnąć, bo zbudził się gwałtownie kilka godzin później.

– Arranz! Jak mogłem zapomnieć? German Arranz! – wykrzyknął, zrywając się z łóżka. Zaczął spacerować po pokoju, by się rozbudzić.

Słońce świeciło już przez otwór w zasłonach. Enrique zatrzymał się nagle pośrodku pokoju, wpatrzony w okno, ale właściwie go nie widząc. Usiłował przywołać umykającą myśl i wydawało mu się, że jeśli będzie stał nieruchomo, zdoła unieruchomić również myśli. O dziwo – podziałało. W końcu jasno ujrzał przed oczyma to, co kłębiło mu się w myślach w chwili przebudzenia i co go zerwało z łóżka tak nagle. Jego mózg pracował widocznie również w czasie snu, wynajdując w pamięci to, czego szukał wieczorem.

To było w Monterrey dziewięć lat temu, w roku 1988, podczas kongresu poświęconego templariuszom.

Przypomniał sobie teraz, że wystąpienie ojca Arranza było ostatnie na konferencji. Enrique nigdy nie dowiedział się, czy organizatorzy zrobili to umyślnie, choć biorąc pod uwagę zamieszanie, jakie powstało po wystąpieniu księdza, nie byłoby w tym nic dziwnego. Był to pierwszy poważny kongres, w którym Enrique uczestniczył po obronie pracy doktorskiej. Wśród wykładowców znajdowali się niemal wszyscy najlepsi znawcy tematu, w tym ojciec Arranz, profesor historii średniowiecznej, członek zakonu Serca Jezusowego. W owym czasie ksiądz uczył na wydziale geografii i historii uniwersytetu Complutense w Madrycie, ale teraz musiał przejść na emeryturę, bo już wtedy był bardzo wiekowy. Możliwe też, że zakon przeniósł go w inne miejsce za granicą i nawet nie ma go w Hiszpanii.

W oczach kogoś niezajmującego się badaniami historycznymi polemika, jaką wywołał ojciec Arranz swoim wystąpieniem na kongresie w Monterrey mogła się wydawać przesadna, a nawet całkiem nieusprawiedliwiona. Jednak dla studiujących dzieje templariuszy jego deklaracje były destrukcyjne i nie do zaakceptowania. Wielu historyków, prawomyślnych i o wielkiej powadze, twardo sprzeciwiło się ojcu Arranzowi, który odważył się podnieść do rangi prawdy historycznej coś, co do tej chwili uważano najwyżej za domysły zwariowanych naukowców.

Pogłoski o powiązaniach templariuszy z tajemnymi praktykami krążyły od dawna. W niektórych pracach opisywano stosunki łączące Ubogich Rycerzy Chrystusa z alchemikami, gnostykami i wieloma innymi, niemal nieznanymi ugrupowaniami, które, tak jak oni, utrzymywały swoje tajemne praktyki w najgłębszym sekrecie. Za kontynuatorów myśli i obrządków templariuszy po zdelegalizowaniu zakonu we Francji uważano wolnomularzy, czyli masonów. Pierwsze tajne loże masońskie powstały w Anglii w wieku XIV, co sprawiło, że ten kraj stał się nowym bastionem templariuszy w Europie.

Tymczasem w swoim wystąpieniu ojciec Arranz odrzucił tę teorię. Nie zaprzeczał, że ideały masońskie były inspirowane niektórymi interpretacjami zasad templariuszy, ale utrzymywał, że templariusze przetrwali katastrofę, jaka spadła na zakon wraz z wymordowaniem jego przywódców w Paryżu. Nie jako nowa wersja zakonu rycerzy, jak to utrzymywało wielu jego kolegów historyków, ale zachowując takie same praktyki i obrzędy „i taką samą potęgę".

Enrique dobrze zapamiętał to ostatnie zdanie ojca Arranza. Teraz, podobnie jak dziewięć lat temu, wydało mu się zagadkowe. Przywódcy zakonu templariuszy zginęli; ich prochy rozwiał paryski wiatr, a pozostali rycerze zakonu uciekali przerażeni w obawie, że spotka ich taki sam los. Ich kościoły i zamki wpadły w ręce państwa francuskiego i Ubodzy Rycerze Chrystusa stali się rzeczywiście ubodzy. A ojciec Arranz na konferencji twierdził, że zachowali swoją potęgę. Enrique nigdy nie zdołał się dowiedzieć, o jakiej potędze mówił duchowny, zakładając, że ich potęga materialna przepadła. To stwierdzenie było tylko początkiem wielu innych, równie dyskusyjnych. Zakładano, iż wielu templariuszy uciekło do Aragonii i Katalonii, zwłaszcza że w XIV wieku większość braci zakonu pochodziła z tych i innych regionów Hiszpanii. Ojciec Arranz poszedł w swoich teoriach jeszcze dalej. Według niego Katalonia stała się centrum potęgi templariuszy po ich rozbiciu we Francji; a konkretnie Tarragona – klasztor Matki Boskiej z Poblet. Wtedy po raz pierwszy Enrique usłyszał nazwę klasztoru; ponownie zetknął się z nią dopiero wczoraj wieczorem, kiedy odkrył ów list pomiędzy stronicami manuskryptu.

Arranz utrzymywał, że przedtem były jeszcze inne centra, jedno w Paryżu, oczywiście tajne, a drugie, mniejsze, w Londynie. Oba jednak zostały zniszczone i pozostało tylko Poblet. Jako dowód przedstawił zdjęcia przedmiotów i dokumentów znalezionych w podziemiach klasztoru w Anglii i innego, znajdującego się na Ile de la Cité w Paryżu, świadczące o obecności templariuszy w epokach dużo późniejszych niż wiek XIV. Mówił też o pewnym małym średniowiecznym kościółku, zburzonym w angielskiej wiosce Templecombe. Za drewnianym ołtarzem ukryty był wizerunek zaskakująco przypominający człowieka ze Świętego Całunu. Była to jedna z rewelacji, która zwróciła uwagę Enrique, jako że niezwykłe oblicze, które skrywał Całun, po raz pierwszy zobaczył w roku 1898 włoski adwokat na negatywie fotografii Całunu, którą sam zrobił. Ojciec Arranz przedstawił wiele dowodów i dokumentów na poparcie swojej teorii, a wszystkie one potwierdzały ważną rolę klasztoru w Poblet w kontynuowaniu dzieła zakonu templariuszy.

Enrique nigdy przedtem nie słyszał równie ścisłego i pełnego pasji przemówienia. Pamiętał, że w czasie dyskusji, a także potem zadawano księdzu wiele pytań. Nie udało mu się jednak usłyszeć ostatniej odpowiedzi; za wiele było krzyków i gwizdów. Po kongresie w Monterrey przeciwnicy księdza postarali się o niedopuszczenie do pism specjalistycznych informacji o teoriach i dowodach ojca Arranza, a jego samego już nigdy nie zaproszono na żaden kongres. Enrique próbował zdobyć więcej wiadomości o publikacjach duchownego. Na próżno: kongres w Monterrey był pierwszym i ostatnim miejscem, gdzie ojciec Arranz przedstawił swoje badania na temat klasztoru w Poblet. Wobec tego Enrique chciał skontaktować się z nim osobiście, ale nigdy do tego nie doszło. Z czasem przestał się tym zajmować... aż do dziś.

Szybko zjadł śniadanie w bufecie hotelowym i zadzwonił do informacji telefonicznej, prosząc o numer wydziału historii na Complutense. Jego rozmówczyni z sekretariatu potwierdziła, że ojciec Arranz przeszedł na emeryturę kilka lat temu. Urzędniczka nie znała jego obecnego miejsca pobytu, a nie chciała podać ostatniego znanego jej adresu; w końcu na prośby Enrique uległa. Chodziło o klasztor braci Serca Jezusowego przy ulicy Fray Luis de León, która znajdowała się w pobliżu Świątyni Debod i popularnego Plaza de España. Uznał, że najpierw zadzwoni, nie tylko ze względu na uprzejmość, ale też dlatego, że nie miał pewności, czy ksiądz na pewno tam mieszka.

Był zdenerwowany jak uczniak, który odważa się telefonować do nauczyciela do domu. Dopiero po trzech próbach zdołał prawidłowo wybrać numer. Telefon zadzwonił co najmniej dziesięć razy, zanim odezwał się jakiś głos, piskliwy i zmęczony. Odniósł wrażenie, że przerwał coś ważnego recepcjonistce, i poczuł się winny. Przedstawił się i zaczął wyjaśniać, że chciałby rozmawiać z ojcem Arranzem. Recepcjonistka przerwała mu krótkim „łączę".

Ledwie miał czas pogratulować sobie szczęścia, gdy usłyszał głęboki głos:

– Słucham.

Enrique odkrył, że jego szczęście jest nawet większe, niż sądził, bo duchowny mieszkał w kolegium jeszcze jako profesor, ale teraz przebywał tam tylko z wizytą; przyjechał ze swojej aktualnej rezydencji zakonu w Salamance.

– Ojciec Arranz? – powitał go Enrique, bardzo zadowolony.

– Tak, to ja – potwierdził duchowny, pogodnie i z nutką ironii. – A pan kim jest? – spytał nagle surowo.

– Nie sądzę, by mnie ksiądz pamiętał – rzekł Enrique. – Jestem Enrique Castro, ten młody meksykański profesor, który zamęczał księdza pytaniami w Monterrey w osiemdziesiątym ósmym, na kongresie poświęconym templariuszom.

– Tak, pamiętam ten kongres... – potwierdził ksiądz w zamyśleniu. – Enrique... Castro? – powtórzył po chwili. Wydawało się, że ojciec Arranz nie pamiętał Enrique. Ale nagle wykrzyknął: – Ach tak, profesor Castro z uniwersytetu Autonoma w Meksyku! Już sobie przypominam. Wyglądał pan na bardzo obiecującego młodzieńca...

– Dziękuję – odparł Enrique, czując się głęboko pochlebiony przez wypowiadającego te słowa.

– Nie ma za co. A czego pan sobie życzy ode mnie?

– Znalazłem coś, co być może księdza zainteresuje.

– Doprawdy? – spytał sceptycznie duchowny.

– To dotyczy klasztoru w Poblet. – Enrique przerwał na chwilę, by stary profesor miał czas na przyjęcie tych słów do wiadomości. – Chodzi o pewien list, który był ukryty w manuskrypcie z XIV wieku; przykleił się do jednej ze stron książki. – Nie wiedział, czemu użył słowa „ukryty", ale zorientował się, że to bardzo sprzyjało jego celom.

– Poblet? I list ukryty w manuskrypcie, mówi pan? – Ojciec Arranz usiłował mówić obojętnym tonem, ale zupełnie mu się to nie udawało.

– Właśnie tak! – wykrzyknął Enrique, starając się przekazać cały swój entuzjazm.

– Zgoda – stwierdził duchowny po chwili zastanowienia. – Muszę dzisiaj być w arcybiskupstwie, ale możemy się zobaczyć przedtem, jeśli pan chce.

– Tak, oczywiście, jak ksiądz sobie życzy. – Osiągnął cel. Udało mu się zainteresować profesora.

– Zatem o czwartej? Tu, w kolegium, jeśli można.

– Doskonale, będę punktualnie – odparł Enrique radośnie. – Bardzo dziękuję, profesorze.

– To ja dziękuję, mój synu. Z Bogiem – rzekł ojciec Arranz i odłożył słuchawkę.

31

Rok 1204, Konstantynopol, Pecs

Bitwa krzyżowców z wojskiem bizantyjskim była krótka, ale bardzo krwawa. Armie obu stron spotkały się pod północno-zachodnią stroną murów Konstantynopola. W porcie Złoty Róg wenecka armada okrążyła cesarskie statki. Przewaga liczebna krzyżowców była przytłaczająca i niebawem wojsko bizantyjskie zaczęło uciekać do miasta. Na polu bitwy pozostało setki martwych ciał, ofiar niepotrzebnej i z góry przegranej walki.

Obrona miasta również nie utrzymała się długo. W sercach oblężonych błyskawicznie rosło zwątpienie. Był to koniec potęgi tego miasta. Dawne potężne imperium rozpadło się teraz na tysiąc kawałków. W dodatku zajęcie miasta przez krzyżowców nie było takim złym wyjściem. Przynajmniej są chrześcijanami, choć o nieco innym charakterze. Tak czy owak, są lepsi od Turków, krwiożerczych i niewiernych.

Do wojsk krzyżowców przyłączyło się około stu templariuszy. Byli doskonale uzbrojeni i mieli arabskie wierzchowce, najlepsze w bitwie. Wilhelm de Charny wybrał ośmiu zaufanych rycerzy, którzy mieli mu towarzyszyć w tajnej misji. Każdego wybierał według tego samego klucza: najpierw pytał, czy chciałby z nim pójść, a potem prosił, by, jeśli się decyduje, z pomocą bożą zachował sekret. Wszyscy się zgodzili.

Templariusze walczyli w pierwszych szeregach armii najeźdźców. Dlatego oni pierwsi przekroczyli bramy Konstantynopola, pokonanego po słabym oporze. Żaden nie padł w bitwie. Byli odważnymi i doświadczonymi żołnierzami, zahartowanymi w wojnach o Ziemię Świętą. Gdy znaleźli się w mieście, ośmiu rycerzy i pan de Charny oddzielili się od reszty i zmienili mundury wojskowe na tuniki z delikatnego lnu. Mieli ze sobą plan miasta, narysowany przez Turka, który przeszedł na chrześcijaństwo, dobrze znał Konstantynopol – i zawsze robił mapy dla wielkiego mistrza templariuszy.

Droga, którą mieli się udać – gdyby nie zaszła żadna przeszkoda – była zaznaczona na planie. Wiodła wąskimi bocznymi uliczkami, gdzie nie groziło spotkanie z żołnierzami bizantyjskimi. Na wszelki wypadek przewidziano też inną trasę, było bowiem niezmiernie ważne, żeby dotarli do pałacu razem z przerażonym tłumem mieszkańców miasta.

Gęste dymy i potężny blask ognia w porcie zwiastowały rozbicie cesarskiej floty. Ulice były pełne mieszkańców, biegających z przerażeniem i unoszących ze sobą najcenniejsze rzeczy. Ogłuszający krzyk niemal przyćmił hałas wybuchów. Budynki w pobliżu murów płonęły.

Garstka żołnierzy strzegących pałacu była zbyt zajęta, by pilnować specjalnie cesarskiej kaplicy; chociaż sam cesarz, widząc rychłą klęskę, uciekł. Wilhelm de Charny i jego towarzysze bez trudu weszli do środka: wystarczyło obezwładnić dwóch strażników, którzy pilnowali małego wejścia dla pojazdów.

O ile na zewnątrz Bucoleon był pięknym budynkiem, o tyle jego wnętrze odzwierciedlało całą lubującą się w przepychu, oślepiającą wspaniałość Wschodniego Cesarstwa. Rycerze ostrożnie przeszli przez podwórzec zamkowy i bez przeszkód dostali się do kościoła. Nie było w nim nikogo. Na miejscu posługi nie pozostał żaden kapłan. Wyglądało na to, że wiara łatwo się załamywała wobec ziemskich wojsk.

Zgodnie z relacją króla Amaury'ego marmurowy ołtarz, lśniący niczym złoty wóz jutrzenki i biały jak sama czystość, znajdował się przed nimi, w głębi nawy. Rycerze zbliżyli się i ściągnęli okrywający go materiał. Pod nim pojawiły się postacie apostołów, każda z odpowiednim napisem. Król Jerozolimy mówił wielkiemu mistrzowi, że trzeba naciskać po kilka znaków naraz; nie pamiętał jednak, jakich. Nie znał właściwie szyfru, bo gdy pokazywano mu Całun, był po przeciwnej stronie ołtarza.

Czas naglił. Charny postanowił nacisnąć pierwszy znak i, nie puszczając go, próbować po kolei inne w ten sam sposób. Jeśli kombinacja składała się tylko z dwóch znaków, w którymś momencie uda się otworzyć przejście. Ale, jak podejrzewał, system nie był tak prosty. Zrobili próbę z trzema znakami z identycznym rezultatem. Czas płynął, a oni nie zdołali poruszyć ołtarza.

Rycerze byli zdenerwowani i przygnębieni. Ich plan funkcjonował bez zarzutu aż do tej chwili i nie chcieli odchodzić stąd, nie osiągnąwszy celu. Niektórzy naciskali znaki na chybił trafił. Charny zastanawiał się, co robić, skoro szyfru nie udało się złamać.

Nagle, niczym skrzydło uciekającego ptaka, przemknęła mu przez głowę myśl równie jasna i oczywista, co bezsensowna. Po kilku chwilach namysłu, bo na więcej nie było czasu, wyjaśnił swój pomysł innym. Był bardzo prosty, ale przed wprowadzeniem go w czyn wszyscy uklękli i przeżegnali się.

– Wybacz nam, Panie, świętokradztwo, jakie uczynimy – rzekł Charny.

Powiedziawszy to, dał znak dwóm najsilniejszym z rycerzy, by wykonali to, na co wszyscy wyrazili zgodę. Obaj, potężni jak góry, ujęli żelazne kandelabry wysokości człowieka, stojące pod ścianami kościoła, i zaczęli uderzać nimi w ołtarz. Kawałki marmuru odpadały jak wyrzucone z katapulty. Wśród ogłuszającego huku, zwielokrotnionego echem w kościele, ołtarz zaczął się walić. Po kilkudziesięciu uderzeniach święty stół został rozbity na dwie połowy.

Wśród kawałków ukazało się wejście do korytarza. Panowała tam całkowita ciemność. Charny wziął pochodnię i wszedł do podziemia. Jeden z rycerzy szedł za nim z drugą pochodnią. Zejście krętymi schodkami było długie. Podziemna komnata musiała się znajdować na znacznej głębokości.

Wreszcie przed ich oczyma otworzyła się przestrzeń kończąca monotonię schodów. Sala była większa, niż myśleli. Złoto i klejnoty ustokrotniały światło pochodni. Pośrodku sali na czymś w rodzaju płaskiej, szerokiej kolumny leżał Całun, pokryty niemal przezroczystą jedwabną materią. Wszystko wydawało się nierealne, stworzone w świecie snów i fantazji.

Dwaj rycerze uklękli przed Całunem, szepcząc gorące modlitwy. Odzyskawszy przytomność umysłu, straconą na chwilę pod wpływem piękna miejsca i relikwii, Charny zdjął osłonę i z najwyższą ostrożnością podniósł Całun, ująwszy go prawą ręką, gdyż w lewej trzymał pochodnię. Gdy wraz z towarzyszem wrócili na powierzchnię, wszyscy pozostali pobożnie padli na kolana, widząc niezwykłą, cudowną twarz Jezusa Chrystusa.

Zdobyli go. Ale musieli jeszcze wyjść z pałacu, a czas mijał. Słyszeli zbliżające się coraz bardziej odgłosy bitwy. Po krótkiej modlitwie na cześć Syna Bożego Charny umieścił Całun na piersiach pod ubraniem. Był to najlepszy sposób przeniesienia go. Zabezpieczenie nie mogło być lepsze, bo gdyby chciano mu go odebrać, to tylko razem z życiem.

Uskrzydleni sukcesem swojej misji templariusze zdołali opuścić Bucoleon bez najmniejszej przeszkody. Gdy wychodzili, wojska najeźdźców nie dotarły jeszcze do pałacu. Dziewięciu mężczyzn skierowało się czym prędzej w okolice portu. Czekali tam na nich inni rycerze z ich końmi i ubraniami. Już znowu jako templariusze opuścili Konstantynopol. Musieli jak najszybciej przewieźć Całun do Francji, gdzie mieściły się europejskie władze zakonu.

Rycerze jechali konno od Bosforu na północny zachód, przecinając Bałkany. Przejechali Macedonię i Serbię. Kiedy zatrzymywali się na nocny odpoczynek, spali albo w domach templariuszy, albo pod gołym niebem, okryci grubymi płaszczami z wełny. Na Węgrzech, w kraju wyzwolonym dwadzieścia pięć lat wcześniej z niewoli bizantyjskiej po śmierci cesarza Manuela Comnena, zatrzymali się w klasztorze templariuszy u podnóża gór Mecsek, nieopodal miasta Pecs, które znali pod niemiecką nazwą Fünfkirchen, co znaczy „Pięć kościołów".

Charny spotkał tam starego przyjaciela, budowniczego Laszla de Oroszlanya. Niedawno obrany królem Węgier Andrzej II postanowił odbudować romańską katedrę, zniszczoną przez trzęsienie ziemi, jako ofiarę Bogu za wstąpienie na tron i akt podzięki za wyzwolenie narodu węgierskiego, a było rzeczą normalną, że zakon templariuszy otrzymywał azyl i opiekę od towarzyszy budowniczych. Najmądrzejsi ludzie z obu tych grup dzielili się doświadczeniami i wiedzą i powiązani byli więzami przyjaźni, z czasem coraz ściślejszej.

Laszlo był prostym wiejskim człowiekiem, sympatycznym i bardzo przyjacielskim; jego krępa budowa sprawiała, że wydawał się młodszy, niż był naprawdę. Początkowo zwykły kamieniarz, z czasem doszedł do stanowiska majstra, bardzo szanowanego stopnia, świadczącego o jego zdolnościach jako architekta. Z Wilhelmem de Charny poznali się przed dziesięcioma laty w Moguncji podczas budowy domu templariuszy.

Spotkanie z przyjacielem sprawiło, że w umyśle rycerza zrodził się nowy pomysł: Święty Całun powinien być przenoszony w arce i dzięki temu przechowywany tak, jak na to zasługiwał. Skrzynia musiała być zrobiona ze szlachetnego metalu, ale brak pieniędzy w tym czasie, połączony z ciężką sytuacją ekonomiczną klasztoru w Pecs sprawiły, że trzeba było zadowolić się srebrem, być może nieodpowiednim dla jednej z największych relikwii chrześcijaństwa, ale wiara i pobożność uszlachetniły i ten metal.

Gdy Charny poprosił Laszlo o zrobienie arki, ten zdziwił się, pracował bowiem w kamieniu, a nie w metalu; spytał też, do czego to będzie służyło. Rycerz wyjaśnił, że skrzynia będzie przeznaczona na święte relikwie. Wyjaśnienie zadowoliło majstra, niezdolnego sobie wyobrazić prawdziwej zawartości arki. Charny powiedział mu, że uważa go za artystę i że w sztuce najważniejsze jest natchnienie. Ta odpowiedź nie rozwiązywała problemu, ale Laszlo z radością przyjął pochwały przyjaciela, zresztą zupełnie szczere.

W domu templariuszy była kuźnia. Wielki mistrz, powiadomiony przez Wilhelma o potrzebie jej użycia, zgodził się, choć także nie uzyskał szczegółowej informacji, podobnie jak majster. Laszlo użył skały wydrążonej we wnętrzu jako formy do odlania arki. Zgodnie ze wskazówkami Wilhelma de Charny została ona ozdobiona płaskorzeźbami przedstawiającymi apostołów. Następnie zrobiono formę z gliny bardzo wysokiej jakości. Po wypaleniu formy w piecu wlano do niej srebro. Operacja została uwieńczona sukcesem. Laszlo zastosował tę samą metodę przy robieniu pokrywy skrzyni, połączonej z nią zawiasami i w końcu wmontował zamek z pionową zasuwą.

Srebro było dobrej próby, ale zawierało pewien procent zanieczyszczeń, które nadały mu delikatny słomkowy odcień. Praca została wykonana przyzwoicie; nie było to może dzieło sztuki, ale w tych okolicznościach wystarczające. Charny podziękował Laszlowi i mistrzowi zakonu w Pecs i pojechał dalej wraz z pozostałymi rycerzami, towarzyszącymi mu cały czas.

Przebyli ziemie germańskie otoczone Alpami i w końcu dotarli do Francji, celu swojej podróży. Tam rodzina de Charny miała rozległe posiadłości ziemskie. Wielki mistrz templariuszy kazał Wilhelmowi przez pewien czas strzec relikwii we własnym domu. Rozsądek nakazywał czekać na rozwój wydarzeń. Nikt nie powinien podejrzewać templariuszy o jakiekolwiek związki ze zniknięciem Całunu. Nikt nie powinien o tym wiedzieć, aż sprawa ucichnie.

32

Rok 1997, Madryt, El Pardo

Taksówka zatrzymała się na skrzyżowaniu wąskich uliczek Martin de los Heros i Evaristo San Miguel. Enrique wysiadł na rogu przy krawężniku. Brama była z kutego żelaza. Nad nią, wypisany literami złożonymi z kamyków, widniał napis KOLEGIUM BRATA LUISA DE LEON. Budynek był czteropiętrowy, surowy i prosty, ozdobiony tylko czymś w rodzaju fryzu o abstrakcyjnych wzorach nad parterową częścią, zupełnie niepasującym do reszty.

Drzwi wejściowe prowadziły do westybulu, przechodzącego następnie w korytarz. Po prawej brązowe popiersie założyciela zakonu wydawało się obserwować przechodzących obok uczniów, jakby mówiąc: „Odtąd macie się zachowywać przyzwoicie!" Po lewej stronie, obok schodów prowadzących na dół, była kabina, w której siedziała recepcjonistka. Enrique skierował się tam i spytał o ojca Arranza. Kobieta podniosła słuchawkę telefonu i powiadomiła księdza, po czym poinformowała Enrique, że ojciec zaraz zejdzie.

Po kilku minutach w głębi korytarza ukazała się pełna powagi postać księdza. Był ubrany na czarno, w spodnie i koszulę, i nosił koloratkę – zwyczaj już niemal zapomniany wśród duchownych. Robił wrażenie postaci z dawnych lat. Twarz miał postarzałą, szedł wolno, z pewnym trudem, chociaż nie utykał. Jego prawa ręka lekko drżała, co Enrique wyczuł, gdy podawał mu dłoń; była to oznaka choroby Parkinsona, na razie w początkowym stadium.

– Spodziewam się, że tym razem pana pytania będą prostsze – rzekł ojciec Arranz uprzejmie.

– A ja, że odpowiedzi księdza będą mniej skomplikowane – odparł Enrique z uśmiechem. Naprawdę cieszył go widok tego człowieka, którego sposób traktowania wydarzeń historycznych kiedyś tak go zachwycił, mimo iż miał możność uczestniczyć tylko w jego ostatnim wykładzie.

Ojciec Arranz zaprowadził Enrique do małego saloniku, którego drzwi znajdowały się na zakręcie korytarza wiodącego do parafialnego kościółka. Ściany udekorowane były fotografiami wielu roczników alumnów centrum.

– Dobrze, Enrique, o czym zatem jest mowa w tym liście, który tak pana intryguje? – spytał ojciec, gdy usiedli na prostych fotelach wyścielanych zieloną ceratą.

– Jak już mówiłem, znalazłem ten list w starym manuskrypcie – powiedział Castro, wręczając księdzu kopię dokumentu.

Ojciec Arranz włożył niewielkie okulary, które wyjął z kieszonki koszuli, i zaczął czytać. Musiał podtrzymywać kartkę lewą ręką, by uniknąć jej chybotania się na skutek drżenia prawej. Jego pełne życia oczy poruszały się za szkłami.

– Interesujące... papier francuski. Z końca wieku. Dokładnie rok 1889.

Enrique słuchał go, zaskoczony. Wszystkie te daty odpowiadały prawdzie. Zaraz jednak skojarzył, że nie ma w tym nic dziwnego: człowiek o wiedzy Arranza mógł rozpoznać papier i wydedukować datę w związku z informacją o wieży Eiffela. Zdziwiło go jednak, że ksiądz pominął milczeniem wzmiankę o Świętym Całunie.

– Istotnie, profesorze. Dedukcje księdza są prawidłowe. Ale co zwróciło moją uwagę...

– To fragment, w którym mowa o Świętym Całunie. Czy się mylę? – wszedł mu w słowo ojciec Arranz.

– Nie, nie myli się ksiądz. Proszę pozwolić, że wyjaśnię moje dociekania. Sprawdziłem, że Święty Całun od roku 1453 znajduje się w posiadaniu książąt sabaudzkich. Trzymali go w Chambery i następnie w Turynie. Tam jest przechowywany od roku 1578.

– Proszę mówić dalej.

– Cóż, wiem, że w całej Europie jest wiele kopii Całunu. Zakładając, rzecz jasna, że prawdziwy Całun rzeczywiście się zachował. Generalnie uważa się, że ten w Turynie jest autentykiem. Niedawno jednak uznano, że powstał dopiero w XVI wieku. Niektóre studia, obszerniejsze i niezakończone, nie są w stanie usytuować go w czasie. Z drugiej strony

185

templariusze, a dokładnie ród Charny strzegł relikwii ponad sto lat. Dlatego właśnie chciałem się zobaczyć z księdzem. Dziś rano przypomniałem sobie wystąpienie księdza w Monterrey, w którym wspominał ksiądz o klasztorze cystersów w Poblet: w tym liście jest o nim mowa. Czy ksiądz sądzi, że mogłaby tam się znajdować nieskatalogowana kopia Całunu?

Ojciec Arranz spojrzał na Enrique z figlarnym uśmiechem.

— Albo prawdziwy Całun.

Słowa ojca Arranza odbiły się echem w głowie Enrique, jakby rozdzwoniły się tam dzwony wszystkich katedr. Ksiądz nie miał tego dnia wiele czasu, gdyż był umówiony na spotkanie w arcybiskupstwie. Ale sprawa, jaką mu przedstawił meksykański profesor, zaciekawiła go bardzo i chciał spotkać się z nim znowu. Umówili się na obiad następnego dnia, by kontynuować rozmowę.

Jedli w ładnej restauracji w El Pardo, malowniczej miejscowości oddalonej o dziesięć kilometrów od Madrytu. Rozmawiali spokojnie o swoich przeżyciach i doświadczeniach, na chwilę odkładając sprawę Całunu. Ojciec Arranz opowiedział Enrique, jak walczył o ogłoszenie prawdy o templariuszach i jak zawsze trafiał na opór bardziej ortodoksyjnych badaczy. Jako ksiądz miał tym większe trudności. To niepojęte, że najbardziej światłe umysły bywają równocześnie najbardziej zaślepione. Nigdy nie szermował osobistymi opiniami: trzymał się faktów. Historia składa się z wydarzeń, a nie z hipotez.

Po zjedzeniu doskonałego obiadu na koszt uniwesytetu Autonoma Enrique i ojciec Arranz poszli na spacer. Dzień nie był zbyt upalny i aż zapraszał na przechadzkę. Spacerowali po pięknym, zadbanym ogrodzie, który kiedyś należał do generała Franco, na poboczu szosy wiodącej do klasztoru Ojców Kapucynów w El Pardo, słynnego dzięki rzeźbie leżącego Chrystusa dłuta Gregorio Hernandeza. Drzewa rozmaitych gatunków: wierzby, jodły i topole, dawały przyjemny cień.

— Wczoraj opowiedziałeś mi to, o czym wiedziałeś, Enrique; teraz pozwól, że ja powiem ci to, co wiem — rzekł ojciec Arranz poważnie. — To ciekawe, jak czasami przypominają nam się zdarzenia czy sprawy, które wydawały się na zawsze zagubione w przeszłości. Kiedy wspomniałeś o Całunie w Poblet i o mojej tezie, że templariusze przetrwali mimo oficjalnej kasaty zakonu, nie pomyślałem o czymś, co być może mogłoby być ważne dla twoich badań.

W głębi ogrodu była fontanna z posągiem bez głowy pośrodku. Enrique i ojciec Arranz usiedli na jednej z otaczających fontannę kamiennych ławek.

– Jak ci już mówiłem, przypomniałem sobie wczoraj coś, co teraz wydaje się mieć sens. Wśród wielu niewątpliwych dowodów, które wtedy wymieniłem, był ten, że klasztor w Poblet jest ostatnim znanym centrum templariuszy. Można twierdzić, że jest ich wiele w całej Europie. Ale pewne elementy, pewne symbole są nieomylne i prawdziwe dla doświadczonego oka. Otóż kiedy jako młody ksiądz studiowałem teologię w Rzymie, miałem w ręku pewien dokument, który wówczas mnie zadziwił, a teraz, pół wieku później, zyskał nowe znaczenie.

Ojciec Arranz opowiedział Enrique, jak znalazł starą kompilację papieskich dokumentów z okresu Aleksandra VI, walencjanina Rodriga Borgii. Książka zawierała listy, wszystkie napisane przez papieża własnoręcznie, których nie można było sklasyfikować. Niektóre fragmenty mogły wywołać rumieńce wstydu z powodu swego wyraźnie erotycznego i bezbożnego charakteru. Ale najbardziej interesujący był list powstały kilka dni przed śmiercią papieża, napisany w języku katalońskim. Ojciec Arranz zdołał dokładnie powtórzyć jego treść dzięki swojej fotograficznej pamięci:

Syn mi powiedział, że wszystko poszło dobrze. Nie chcę nawet myśleć o tej biednej dziewczynie, która... straciła głowę. Cezar jest taki popędliwy. Muszę starać się go ujarzmić. Chociaż on zdaje się już ujarzmił mnie.

Nudos, jak zawsze, wykonał wspaniale swoją pracę; chociaż rezultat widziałem tylko przez chwilę. Czasami żałuję, że Tron Piotrowy jest tak niedostępną kolumną, na którą ludzie nie odważają się wspiąć. Albo nie chcą. Jestem biednym niewolnikiem odzianym w gronostajowy płaszcz.

Nie wiem, co Cezar zrobił z Całunem. To egoista i chciałby go mieć dla siebie. Jest ambitny... Mnie nigdy nic nie mówi, chyba że potrzebuje mojej pieczęci i władzy. Powiedział mi, że ci z Sabaudii są zadowoleni. No i niech sobie dalej będą!

Dalej, na tej samej stronie, papież pisał o swojej córce Lukrecji i swych uczuciach dla niej, o czym wstyd nie pozwalał nawet wspominać.

– Mówi ci to coś? – spytał kapłan, przedstawiwszy treść listu.

– Papież wspomina o jakimś całunie. Czy chodzi o Święty Całun Chrystusa?

– W liście, co doskonale pamiętam, Całun był napisany dużą literą. W oryginale brzmiało to *Llençol*. Ale zaciekawiło mnie to, co pisze o swoim synu Cezarze. Jak z pewnością wiesz, Cezar Borgia po śmierci Rodriga uciekł do Neapolu. Tam został pojmany przez Gonzala Fernandeza de Córdobę, Wielkiego Kapitana. Istnieje domniemanie, że ten człowiek, należący do zakonu Świętego Jakuba, był w rzeczywistości templariuszem, członkiem zakonu Strażników Świątyni, który przetrwał do XIV wieku i mógł mieć swoje centrum w Poblet.

– Nie rozumiem. Co to ma wspólnego?

– To jasne, drogi Enrique. Jeżeli przypomnisz sobie dokument, zobaczysz, że wspomina on o Całunie. Następnie niewątpliwie jest, że Cezar musiał go mieć w rękach. Jeśli tak było rzeczywiście i jeżeli założymy, że Wielki Kapitan mu go odebrał, dokąd, jak sądzisz, mógł go zawieźć?

– Do Poblet, tak, to możliwe; chociaż za wiele tutaj domniemań...

– Otóż właśnie. Twoim zadaniem będzie je zweryfikować.

Ojciec Arranz patrzył na Enrique jak stary profesor strofujący ucznia nieprzygotowanego do egzaminu. Oczy błyszczały mu entuzjazmem.

– Ale jak mógł ksiądz nie zwrócić na to uwagi, kiedy to czytał? – wykrztusił Enrique, zbity z tropu przenikliwością księdza.

– Bo kiedy to czytałem, nie mogłem powiązać Całunu z Poblet. List, który znalazłeś, jest ogniwem, którego mi brakowało. Teraz powinieneś sam dalej prowadzić badania. Ja jestem już za stary i zbyt chory, żeby ci pomóc. – Zamilkł na chwilę. – A czy nie zwróciło twojej uwagi zdanie, że „Nudos" wykonał dobrze swoją pracę?

Kapłan miał rację. Ten fragment tekstu nie był jasny dla Enrique, chociaż sądził, że może autor zrobił jakiś błąd. Zanim Meksykanin zdołał odpowiedzieć, ojciec Arranz ciągnął:

– „Nudos" po katalońsku brzmi „Nusos"*. Pamiętaj o zwyczaju, dzisiaj już zapomnianym, tłumaczenia imion i nazwisk na różne języki albo ich dopasowywania do specyfiki danego języka.

– Nie rozumiem.

– To przecież jasne, przyjacielu. Jak będzie „Nudos" po włosku?

Enrique zastanawiał się chwilę. Pytanie było bardzo proste.

– Vinci! – wykrzyknął. Zrozumiał nagle sens tego słowa.

---

* *Nudos* (hiszp.) i *Nusos* (katal.) – dosłownie „węzły" (przyp. tłum.).

– Istotnie: Vinci. A teraz: czy to oznacza, że Leonardo da Vinci miał udział w tym wszystkim? Czy może robił kopię Świętego Całunu? Oto jeszcze jeden motyw do zbadania.

Enrique towarzyszył ojcu Arranzowi aż do Kolegium Fray Luis i obiecał powiadamiać go o wszystkim, co odkryje. Zanim się pożegnali, ksiądz przypomniał mu, że Poblet było miejscem silnego oporu wojsk republikańskich podczas wojny domowej. Po bitwie nad Ebro latem 1938 roku Poblet stało się bastionem walki przeciwko nacjonalistom. Bombardowania i pożary obróciły klasztor w ruinę. Wszystkich mnichów wymordowano. Swoją tajemnicę zabrali do grobu.

33

Rok 1314, Paryż
Rok 1315, Champenard

Ś więty Całun ukrywano we Francji ponad sto lat. Następnie około roku 1350 w niewiadomy sposób trafił do rąk Godfryda de Charny – syna Piotra, brata ostatniego wielkiego mistrza templariuszy w Normandii, także o imieniu Godfryd – i jego żony Joanny de Vergy. Kazali oni wybudować kaplicę w Lirey, na terenie swoich posiadłości, i wystawili Całun dla wszystkich pielgrzymujących tam wiernych chcących uczcić relikwię.

Ród Charny był związany z templariuszami od roku 1118, daty powstania zakonu na Ziemi Świętej. Początkowo zakon Ubogich Rycerzy Chrystusa składał się zaledwie z dziewięciu francuskich krzyżowców, wśród których był także Christian de Charny. Powstał z potrzeby nieuniknionej dla chrześcijaństwa: trzeba było ochraniać pielgrzymów co roku odwiedzających święte miejsca; tysiące podróżnych, bezbronnych wobec bandytów i zbrodniarzy, napadających na drogach pielgrzymów. Dlatego niewielka grupka rycerzy z Hugonem de Payns z Szampanii i Flamandczykiem Godfrydem de Saint Omer na czele poprosiła króla Jerozolimy Baldwina I o pomoc w stworzeniu zakonu, czegoś w rodzaju *militia Christi*, złożonego z mnichów-rycerzy; ludzi łączących ze ślubami ubóstwa, czystości i posłuszeństwa walkę z niewiernymi prowadzoną ogniem i mieczem.

Baldwin uznał zasady zakonu ogłoszone przez jego pierwszego wielkiego mistrza Hugona de Payns. Pomoc króla polegała na przeznaczeniu pewnej sumy pieniędzy, by mogli zacząć działać; dał im też klasztor w Jerozolimie, dom kapłański, który był ni mniej ni więcej, tylko częścią

Świątyni Salomona – mały budyneczek, który w przyszłości dał nazwę zakonowi templariuszy*.

Bogactwo templariuszy rosło w szybkim tempie. Z dziewięciu rycerzy założycieli liczba zakonników urosła w setki; większość pochodziła z francuskiej szlachty. Ich praca, polegająca na ochronie dróg pielgrzymek i pomocy chrześcijanom wędrującym nimi, zaczęła zwracać uwagę wszystkich. Rycerze Chrystusa wypełniali swoje zadanie z podziwu godną skutecznością. Zyskało im to sympatię świętego Bernarda de Clairvaux, który nadał im własną regułę, popierał w czasie soboru w Troyes, a nawet poświęcił im homilię *Pochwała nowego rycerstwa*. Od tego czasu templariusze cieszyli się łaską papieską.

Aż do czasów soboru w Troyes w roku 1128 templariusze postępowali zgodnie z regułą świętego Augustyna. Dzięki interwencji i poradzie świętego Bernarda od tej chwili przyjęli surowszą regułę cystersów z niewielkimi zmianami w stosunku do oryginału. Nosili też białe chlamidy z surowego lnu, niebarwione, symbol czystości, świętości i ubóstwa, na które przysięgali. Po pewnym czasie na ich stroju pojawił się czerwony krzyż na ramieniu, po stronie serca, oznaczający oddanie wyprawom krzyżowym.

Powstanie zakonu templariuszy spowodowało wiele kontrowersji w chrześcijańskim świecie. Kościół nie mógł uznać zabijania człowieka za czyn pobożny. W dodatku chodziło o mnichów, którzy funkcjonowali jako wojownicy, podczas gdy pozostałe zakony – jak zakon szpitalników czy niemieccy Krzyżacy – miały charakter wybitnie dobroczynny, a nie wojskowy. Ten problem prowadził do ważnego wniosku: templariusze walczyli wyłącznie z niewiernymi, w obronie wiary w Chrystusa. Gdy przebywali na terenach narodów chrześcijańskich, byli neutralni i nie walczyli w żadnych wojnach po niczyjej stronie.

W miarę upływu czasu potęga templariuszy ciągle rosła. Zależni byli bezpośrednio od papieża, nie płacili podatków biskupom z lokalnych diecezji i otrzymywali poważne dotacje w ziemi i pieniądzach od prowincji europejskich. Wprowadzili system bankowy i stworzyli własną flotę. Królowie ufali im jako skarbnikom i doradcom i potrzebowali ich podczas podpisywania paktów jako mężów zaufania.

Niebawem jednak zaczęły się rozchodzić pogłoski, że posiadają wiedzę tajemną, nieznaną większości ludzi, że używają jej do praktyk alchemicznych i magicznych, że modlą się do demonów i złowrogich stworów.

---

* *Templum* (łac.) – świątynia (przyp. tłum.).

Pielgrzymi i żołnierze po powrocie z Ziemi Świętej opowiadali o jakichś dziwnych obrzędach, o tajemnicy nieśmiertelności, o Wielkim Dziele... Tajemnica owiała templariuszy, zawsze zamkniętych w sobie, zagadkowych i odmiennych.

Jako że tego rodzaju praktyki uznawano za bardzo poważne przestępstwo, Kościół nie chciał o nich słyszeć; zakon zaś w dalszym ciągu był bardzo potężny w łacińskich krajach Wschodu. Kiedy jednak te kraje ostatecznie upadły w początkach XIV wieku, sytuacja uległa zmianie. Templariusze stali się znienawidzeni przez wielkich władców Zachodu za to, że zgromadzili wielkie dobra i byli niezmiernie silni.

Po wypędzeniu chrześcijan ze świętych miejsc zakon szpitalników osiadł na Malcie, zakon krzyżacki utworzył suwerenne państwo w Niemczech, a templariusze wrócili do Francji, gdyż większość z nich, włącznie z założycielami, należała do tego narodu, poza Hiszpanią, z której także pochodziło wielu z nich. Ale król Francji Filip IV Piękny, niegodziwiec i zdrajca, chciał zagarnąć dla siebie ziemie zakonu, a przy tym bał się, że zakon stworzy na terenie Francji własne państwo, jak to było w wypadku Szpitalników czy Krzyżaków.

Skarbiec francuski świecił pustkami i pomysł przypisania templariuszom ohydnych zbrodni wydawał się znakomitym sposobem zadania ostatecznego ciosu ich osłabionej już potędze i skonfiskowania ich bogactw. Nie było to zbyt trudne, gdyż templariuszy otaczały legenda i pomówienia, w które lud łatwo mógł uwierzyć, jeśli uparcie wbijano mu je do głowy. Torturami można było otworzyć ludziom usta, choćby ich serca były czyste i nieskalane.

Nadszedł rok 1307. W owym czasie wielkim mistrzem w Normandii był Godfryd de Charny, potomek rycerza, który ukrył Święty Całun podczas zajęcia Konstantynopola i któremu powierzono następnie opiekę nad relikwią. Razem z Jakubem de Molay, wielkim mistrzem, i innymi najwyższej rangi rycerzami Charny był jednym z kierujących zakonem templariuszy oskarżonych przez Filipa IV, zresztą za namową jego doradcy Wilhelma de Nogaret, który nienawidził de Molaya i w ogóle templariuszy z szaleńczą zawziętością.

Rozpoczął się oburzająco niesprawiedliwy proces przeciw templariuszom, wywołany przez francuskiego monarchę z cichym przyzwoleniem papieża Klemensa V. Zakon został oskarżony o zaparcie się Chrystusa poprzez bezbożne obrzędy inicjacyjne, w czasie których rycerze mieli rzekomo oddawać cześć diabelskim stworom, na przykład karłu, brodatemu i rogatemu

Bafometowi. Mówiono, że w ich klasztorach były kabalistyczne znaki żydowskie i muzułmańskie wyryte w kamieniu; że byli alchemikami i czarnoksiężnikami, że odbywali sabaty i wszelkiego rodzaju obrzędy kultu szatana. Uznano ich za magów i czarowników spotykających się za zamkniętymi drzwiami kaplic zakonnych, by szydzić z Ukrzyżowanego i uprawiać wszelkiego typu zboczenia w otoczeniu okultystycznych symboli.

Papieska inkwizycja wzięła aktywny udział w procesie. Od 1231 roku do jej obowiązków należała troska o prawomyślność religijną i utrzymanie wiary chrześcijańskiej. Niedawno pierwsze stosy, zainicjowane przez Fryderyka II, władcę Świętego Cesarstwa Rzymskiego Narodu Niemieckiego, pochłonęły ciała mężczyzn i kobiet, którzy za wolnomyślicielstwo lub z kompletnie bezsensownych przyczyn stali się ofiarami prześladowań na ołtarzach religii i wiary.

Przez siedem długich lat, od roku 1307 do 1314 Jakub de Molay i Godfryd de Charny walczyli o utrzymanie godności zakonu i jego dobrego imienia. Cierpieli długie okresy pobytów w więzieniu i tortury. Stopniowo opuszczały ich siły. W końcu, woląc śmierć od dalszych cierpień i wiedząc, że już nie są w stanie nic zrobić, poddali się nieuniknionemu losowi i wyznali swoje winy, wymyślone przez króla Filipa. Pewne było, że ich rytuały były tajne i że uprawiali alchemię, ale tylko dlatego, by nie zamykać przed sobą rozmaitych dróg poznania. Z pewnością wyrzekli się wizerunku Chrystusa na Krzyżu, ale jedynie po to, by zademonstrować, że osiągnęli bardzo wysoki stopień pojmowania, niepotrzebujący już obrazów. Pewne było także, że ich budowle zawierały hermetyczne symbole, ale nie zmieniło ich to w czcicieli Szatana. O czarnej magii, sabatach, zboczeniach i satanizmie nie było nawet mowy. Jeśli nie przestrzegali – w swoich najwyższych kręgach – chrześcijańskiej ortodoksji, jeśli odchylili się nieco od oficjalnej doktryny Kościoła, to tylko z powodu chęci podwyższania poziomu talentu, który dany jest każdemu przy urodzeniu, a zawsze służy celom większej chwały bożej.

Po raz kolejny w historii zło – za maską hipokryty – wygrało z dobrem. Nigdy nie postępowano bardziej okrutnie niż w imię najwyższych ideałów. Jakub de Molay, Godfryd de Charny, Hugo de Peraud i Godfryd de Guneville zostali publicznie spaleni. Gdy stanęli przed tłumem paryżan, zaprzeczyli swoim zeznaniom o winie, które wydarto z nich torturami, potwierdzili swoją wiarę w Boga i rzucili na oprawców – Filipa IV i Klemensa V – najstarszą w świecie klątwę, *Macbenach,* pochodzącą z czasów

Salomona. Następnie oddali życie z uczciwością, spokojem i odwagą, godnie, tak jak je godnie przeżyli.

Papież Klemens zmarł po trzydziestu siedmiu dniach, a król Filip po ośmiu miesiącach.

Godfryd de Charny miał brata imieniem Piotr. Mieszkał on w Paryżu, chociaż posiadał bogate włości w Normandii. Bracia bardzo się różnili: Godfryd był religijny, podczas gdy Piotr starał się jak najlepiej wykorzystać życie doczesne. O ile dla pierwszego ziemska egzystencja była tylko drogą do życia wiecznego, o tyle celem drugiego było wykorzystanie każdej chwili. Przez niemal dziesięć lat bracia nie zamienili ze sobą ani słowa, tak dalece ich osobowości były sobie przeciwne.

Niemniej Piotr bardzo cierpiał podczas procesu templariuszy. Zawsze uważał brata za człowieka prostolinijnego i świętego i nie mógł uwierzyć oskarżeniom przeciw niemu i pozostałym rycerzom. Starał się użyć swoich wpływów i uwolnić Godfryda z więzienia. Wszystko jednak na próżno: wrogowie byli zbyt potężni. Kiedy zatem spalono Godfryda na stosie dziewiętnastego marca 1314 roku, Piotr popadł w głęboką depresję.

Minął już przeszło rok od tamtych wydarzeń, a kilka miesięcy od śmierci małżonki Piotra. Piotr mieszkał na wsi, z dala od rozwiązłego, frywolnego życia, które dawniej tak lubił. W duchu czuł nieznośny ból. Co noc wspominał ich oboje i modlił się za nich do Boga, w którego nie wierzył. To przynajmniej mógł zrobić dla ich pamięci. Był pewien, że gdyby mogli, byliby mu wdzięczni.

W noc świętego Jana roku 1315 o świcie rozpętała się potężna burza. Piotra obudziły huki grzmotów. Było już lato i z powodu gorąca spał przy otwartym oknie, wdychając słodkie zapachy kwitnących pól. Wstał z łóżka, by zamknąć okno, a wówczas w pobliskim lasku dostrzegł w świetle błyskawicy jakiś cień. Wysilił wzrok, wpatrując się w ciemności. Nowa błyskawica rozwiała to dziwne wrażenie. Na zewnątrz nie było nikogo. Któż byłby tak szalony, żeby spacerować w czasie burzy, pod rzęsistą ulewą?

Ale kiedy odwrócił się, by pójść do łóżka, ujrzał nagle widmo. Przed nim, w ciemnym pokoju stał duch jego brata o twarzy barwy popiołu i w pięknym białym płaszczu. Jego głos brzmiał, jakby dobiegał z głębokiej studni. Piotr, przerażony, padł na kolana. Nie wiedział, czy ta postać to rzeczywiście Godfryd, czy jakiś diabelski pomiot, chcący go zaciągnąć do piekła.

– Bracie mój, bracie mój... – wymówiło widmo, wzywając go żałośnie.

Piotr nie był w stanie odpowiedzieć, był sparaliżowany strachem. Wizja trwała, a głos... ten grobowy głos docierał do najdalszych zakątków jego mózgu.

– Czego chcesz ode mnie?! – zdołał w końcu powiedzieć, a właściwie wykrzyknąć.

– Słuchaj mnie uważnie. Przyszedłem tu z czyśćca, by błagać cię o pomoc. Grzeszyłem w życiu i teraz muszę spłacać swoje długi. Wyrzekłem się swoich ślubów i zdradziłem moich towarzyszy... Jeśli masz dla swego biednego brata choć trochę uczucia, idź do dawnego klasztoru templariuszy w Paryżu. Teraz jest tam pałac króla. Pójdź nocą i weź ze sobą żelazny drąg. Nie zapalaj pochodni. Nikt nie powinien cię zobaczyć. Licz kamienie od fasady od strony ogrodu, zaczynając od prawej. Zatrzymaj się na numerze 9. Wyciągnij kamień z muru. Pochyl się i włóż ręce w otwór. Znajdziesz tam srebrną arkę. Jest ciężka. Zabierz ją i owiń w płótno. Uciekaj stamtąd jak najszybciej. Wróć do domu i dobrze schowaj arkę. Nie powinieneś jej otwierać. Dasz ją jako legat swojemu synowi Godfrydowi w dniu jego ślubu. Niech jej nie otwiera aż do końca ceremonii. Zawartość arki jest mu przeznaczona od Boga. Zachowaj tajemnicę dla siebie. Nawet synowi nie mów, jak ją zdobyłeś. Uczyń to, o co cię proszę, bracie mój. I każ odprawić mszę za moją duszę. Nie martw się o swoją żonę: raduje się teraz widokiem Pana. Odpraw mszę za moją duszę. Żegnaj, mój bracie. Nie zapomnij mnie...

Duch rozwiał się tak nagle, jak się pojawił. Piotr wstał z trudem, przejęty i roztrzęsiony. Chwiejnym krokiem dotarł do łóżka i usiadł na nim. Kręciło mu się w głowie. Czy stracił rozum? Czy zjawa Godfryda była wytworem jego wyobraźni? Wszystko wydawało się tak realne...

Następnego ranka Piotr zerwał się z łóżka o świcie. Wspomnienie nocnej wizji opanowało jego myśli. Znowu poczuł strach. Przypomniał sobie widmową postać zmarłego brata i jego słowa.

Nic z tego nie miało sensu. To musiał być sen, po prostu koszmar senny. Poprzedniej nocy przesadził z winem przy kolacji. Tak, to by wyjaśniało wszystko, powtarzał sobie, starając się odzyskać spokój. Ale kiedy się podniósł i podszedł do miednicy stojącej na komodzie, stracił wątpliwości: na jego dłoniach widniały, niczym stygmaty, czerwone krzyże templariuszy.

34

Enrique jechał drogą Nacional II w kierunku Leridy. Monotonny dźwięk silnika zwykle powodował u niego lekką ociężałość, ale tym razem był kompletnie rozbudzony, mimo że poprzedniej nocy prawie nie spał. Był zaintrygowany, głęboko zaintrygowany, zwłaszcza po ostatniej rozmowie z ojcem Arranzem. Zeszłej nocy, kiedy na próżno usiłował zasnąć już drugi raz w ciągu ostatnich dni, powtarzał sobie jego słowa, próbując znaleźć odpowiedzi na dziesiątki pytań, które go dręczyły. Nie udało mu się, chociaż bardzo się starał.

Gdy obudził się rano – czyli jednak zdołał w pewnym momencie zasnąć – zszedł z bagażem do hotelowej recepcji, oddał klucz i poprosił o wynajęcie dla niego samochodu. Było to pięć godzin temu, o siódmej. Teraz, jak informował drogowskaz na szosie, znajdował się siedemnaście kilometrów od Leridy. Tam skręcił w drogę N-240 i po kolejnych pięćdziesięciu kilometrach pojechał lokalną drogą do L'Espluga de Francoli, by stamtąd dotrzeć do klasztoru w Poblet.

Trasę miał zaznaczoną na planie, który leżał na siedzeniu małego citroena obok niego. Ale podróż okazała się wyjątkowo męcząca. Rano powiadomiono go, że agencja Hertz nie ma do dyspozycji żadnego auta z klimatyzacją, bo wszystkie zostały wynajęte. Powiedziano mu też, że może spróbować w firmie Avis lub w jakiejś innej, ale w tym wypadku musiałby to załatwiać osobiście. Enrique odrzucił tę propozycję i zgodził się na samochód bez klimatyzacji pod warunkiem, że podstawią mu go natychmiast. Teraz, na wpół ogłuszony wyciem powietrza wpadającego przez otwarte okna, zastanawiał się, czemu nie poczekał jeszcze jeden dzień. Może dlatego, że gdyby to zrobił, zmieniłby zdanie i stracił okazję znalezienia odpowiedzi na swoje pytania.

Do L'Espluga de Francoli dotarł tuż po pierwszej. Zaparkował obok skromnego kościółka, chyba w remoncie. Był głodny i musiał sobie poszukać jakiegoś lokum, wszedł więc do pobliskiej restauracji, która wyglądała na spokojną.

Jedzenie było znakomite, włącznie z deserem, zwanym *carquinoyolis,* który z przejęciem polecał właściciel lokalu, a którego składu Enrique nie zdołał rozszyfrować. Gdy właściciel podał mu paragon, by podpisał zapłatę kartą kredytową, Enrique spytał:

– Czy pan wie, gdzie mógłbym się tu zatrzymać na noc?

Mężczyzna ujął dłonią podbródek, a jego twarz przybrała skupiony wyraz. W prawej ręce ciągle trzymał talerzyk z pokwitowaniem. Enrique musiał się powstrzymywać, by nie wybuchnąć śmiechem, bo restaurator zachowywał się, jakby zadano mu skomplikowaną zagadkę matematyczną, a nie proste pytanie, które musiał słyszeć już tysiące razy.

– Cóż... – rzekł wreszcie właściciel z katalońskim akcentem, jak obudzony z transu – tu w L'Espluga mamy Hostel del Senglar. To miłe i czyste miejsce, chociaż trochę drogie. Za miastem są jeszcze dwa: hotel Klasztorny i Masia Cadet, ale te mniej polecam.

– Który jest najbliżej klasztoru w Poblet? – spytał Enrique.

Na te słowa twarz mężczyzny nagle się zmieniła. Uprzejmość ustąpiła miejsca nieufności.

– Czy pan nie jest czasem jednym z tych? – zapytał niechętnie.

– Słucham? – Enrique zdziwił się. – Jednym z których?

– Jednym z tych bogaczy z Barcelony – odparł gospodarz tonem niemal nienawistnym – którzy urządzili się w Villa Engracia. Przyjeżdżają tu w każdy weekend swoimi wielkimi samochodami i spacerują po całym miasteczku, jakby należało do nich! Myślą chyba, że zabiorą swoją forsę do grobu, ale bardzo się mylą, bo wszystkie miliony świata i tak ich nie uchronią przed wiecznym potępieniem.

Gdy skończył tę niespodziewaną orację, miał twarz aż czerwoną z gniewu. Enrique taka reakcja wydała się mocno przesadzona, ale powiedział spokojnie:

– Nie, nie jestem jednym z tych. Jestem profesorem w Meksyku i zajmuję się badaniami historycznymi. Przyjechałem tu z Madrytu, by zebrać informacje o historii klasztoru w Poblet, która wydaje mi się fascynująca.

– Ach, tak. – Gospodarz przez chwilę wpatrywał się w niego badawczo. – W takim razie miło nam pana widzieć – dodał, najwyraźniej uznawszy, że Enrique mówił prawdę. – Może pan pojechać do uzdrowiska, chociaż, jak już mówiłem, nie polecam – ciągnął, jakby nigdy nic. – Gospoda Jaime Pierwszego wydaje mi się najwłaściwsza. Wyremontowali ją trzy lata temu, jest tuż przy szosie, zaledwie kilometr od opactwa. To piękne miejsce i bardzo tanie. Dawniej był jeszcze inny hotel, bliżej klasztoru, za gospodą, ale teraz jest tam szkoła angielskiego. Czy nie uważa pan, że to śmieszne? Nie możemy się zgodzić, jakim językiem mamy mówić, a tu przyjeżdżają cudzoziemcy i uczą nas jeszcze trzeciego. – Wybuchnął śmiechem, jakby to, co powiedział, było najlepszym żartem na świecie.

Kiedy zdołał się uspokoić, wskazał Enrique drogę do gospody, nie omieszkawszy przy tym namówić go na miejscowy likier domowego wyrobu. Likier bardzo smakował gościowi, ale po wypiciu go Enrique omal nie stracił równowagi, co wywołało kolejny atak śmiechu gospodarza. Zgodnie ze wskazówkami pojechał drogą wokół pagórka na skraju miasteczka. Stamtąd było zaledwie pięć minut do gospody, ale upał był tak wielki, a skutki likieru gospodarza tak silne, że Enrique nie odważył się przekroczyć czterdziestu kilometrów na godzinę. Już z drogi zobaczył białe ściany i jasne dachówki gospody. Składała się ona z kilku budynków, z których jeden był nowocześniejszy od pozostałych. Enrique wszedł do środka i spytał w recepcji o wolne pokoje. Był czwartek i nie widać było wielkiego ruchu; zaledwie jedną grupę młodzieży z plecakami. Mimo to recepcjonista długą chwilę sprawdzał, zanim odparł, że ma wolne pokoje.

Znalazłszy się w pokoju, Enrique odstawił walizkę i wziął szybki prysznic, by trochę się odświeżyć po męczącej podróży. Chciał jak najprędzej zobaczyć klasztor, więc ponownie wsiadł do samochodu mimo piekielnego upału. Pojechał dalej szosą z L'Espluga de Francoli. W pewnym momencie droga bardzo się zwężała, dalej prowadziła przez kamienny mostek, a za nim rozdzielała się na dwie: jedna odnoga prowadziła do La Peña, gdzie według mapy był taras widokowy, a druga do źródeł. Pomyślał, że gdyby miał chwilę czasu, obejrzałby okolicę. Miejsce było tego warte. Droga wiodła w górę aż do gospody, ale teraz serpentynami wiła się wokół doliny, otoczona gęstymi lasami sosnowymi i dębowymi.

Przez otwarte okna samochodu słychać było śpiew ptaków; do środka wpadało przyjemne, aromatyczne górskie powietrze. Tylko hałas silnika mącił ciszę tej samotni. Gdy Enrique zobaczył klasztor, przeniknął go lekki dreszcz. Wznoszące się przed nim surowe mury tchnęły dostojeństwem i spokojem. Zaczynał rozumieć oburzenie właściciela restauracji. Ci weekendowi turyści z nabitymi kabzami byli zwykłymi wampirami chcącymi kupić spokój i ciszę.

Przejechał skrzyżowanie i znalazł się na parkingu, gdzie stało zaledwie dziesięć czy dwanaście pojazdów. Jeden był tak sfatygowany, że budził wątpliwości, czy nadaje się do jazdy. Enrique zostawił swój wóz i udał się do restauracji o nazwie Fonoll, w której sprzedawano także pamiątki.

– Dobry wieczór – pozdrowił mężczyznę.

W restauracji było chłodno i prawie pusto. Przy barze stał tylko jeden wieśniak, mniej więcej siedemdziesięcioletni; pił kawę.

– ...bry – pozdrowili go wspólnie wieśniak i barman. – Czego pan sobie życzy? – spytał barman, tym razem sam.

– Mineralną bez gazu proszę. Bardzo zimną.

– Jest pan tu pierwszy raz, prawda? – usłyszał nagle głos obok siebie. To był wieśniak pijący kawę.

– Tak... – przyznał Enrique, z trudem odrywając wzrok od smakowicie wyglądających bułek.

Spodziewał się, że mężczyzna powie coś jeszcze, ale nie; poprosił więc barmana o podanie mu bułki.

– Tak myślałem – odezwał się staruszek po dłuższej chwili, jakby nagle wrócił ponownie do życia. – A wie pan, po czym poznałem? – spytał, wymachując Enrique palcem przed nosem. – Po wyrazie pana twarzy, kiedy patrzył pan na klasztor – rzekł, nie czekając na odpowiedź.

Mężczyzna miał twarz pełną zmarszczek, a siwe włosy spadały mu na czoło. Niemal odruchowo Enrique wyjrzał przez okno, zastanawiając się, jak staruszek mógł go zobaczyć z takiej odległości.

– Proszę. – Barman podał Enrique wodę i bułkę.

– Znakomicie pan wybrał – ocenił stary. – Te bułki to prawdziwe cudo. Mówię to panu, a mieszkam tu już ponad pięćdziesiąt lat.

– Czy jest pan mnichem? – spytał Enrique.

Staruszek nie był ubrany jak mnich, miał szare spodnie i białą koszulę z krótkim rękawem; ale to nic nie znaczyło w dzisiejszych czasach.

– Nie, niestety nie – odparł dziwnym tonem, jakby posmutniał. – Jestem tylko świeckim pracownikiem. Zajmuję się światowymi sprawami opactwa. Mam na imię Juan – przedstawił się już normalnym głosem, podając mu rękę.

– Enrique Castro – rzekł profesor, energicznie ściskając podaną dłoń.
– Bardzo mi miło.

– Oho! Silny pan jest – stęknął stary. – Chyba dobrze karmią tam, skąd pan pochodzi.

– Przykro mi, nie chciałem...

– Nie ma o czym mówić, panie Castro. Mężczyźni właśnie tak powinni się witać – stwierdził stary z uśmiechem, klepiąc Enrique po plecach. – A skąd pan przyjechał?

– Z Madrytu. Jestem tam...

– Ooch, Madryt! – przerwał mu. – To naprawdę wspaniałe miasto – rzekł, patrząc przed siebie, jakby przypominał sobie obrazy z dawnych czasów.

– To prawda – przyznał Enrique. – Chciałem powiedzieć, że tam pracuję. Tak w ogóle jestem Meksykaninem. Wykładam na Universidad Autonoma w Meksyku i przyjechałem do Europy, aby przestudiować niedawno odnalezione rękopisy, dotyczące templariuszy.

– Templariusze... – szepnął Juan z szacunkiem. – No, to spodoba się panu tutaj. Dziadek opowiadał mi legendy, które słyszał od swojego dziadka, o Ubogich Rycerzach Chrystusa, którzy przybywali na nasze ziemie. Do dzisiaj istnieją klasztory: w Barbera i w Grañena, które do nich należały. No i przede wszystkim nasz klasztor w Poblet. To przez wiele stuleci było ważne miejsce dla tego zakonu. Tak przynajmniej twierdził mój dziadek. I wierzę w to, wie pan? – dodał poufałym tonem. – W podziemiach opactwa, tam gdzie nie wpuszcza się zwiedzających, widziałem dziwne rzeczy...

Enrique o mały włos nie udławił się bułką.

– Na... prawdę? – zdołał wykrztusić, czując, że kawałek słodkiego ciasta nadal tkwi mu w gardle.

Stary potwierdził skinieniem głowy, dopijając kawę. Po chwili zastanowienia dodał:

– Poza mnichami i mną podziemne komnaty widziała tylko jeszcze jedna osoba. I to było wiele lat temu. Ten człowiek też był profesorem, jak pan; ale był też księdzem, o ile pamiętam... Arranz; tak się chyba nazywał.

– German Arranz? – spytał Enrique z przejęciem.

– Ależ tak, na imię miał German! – wykrzyknął stary. – Zna go pan?

– Tak, oczywiście – potwierdził Enrique z przekonaniem, by nie zdradzić, że widział go zaledwie trzy razy w życiu. – To fascynujący człowiek, mimo swojego szorstkiego charakteru.

– To on, bez wątpienia – stwierdził Juan. – Tak, twardy orzech do zgryzienia. Jak on się czuje?

– No cóż, nie najgorzej. Cierpi na chorobę Parkinsona, ale zachował energię i jasność umysłu.

– Co za zbieg okoliczności – mruknął stary w zamyśleniu. – Świat jest naprawdę mały. Proszę go pozdrowić ode mnie, kiedy go pan zobaczy.

– Zrobię to – zapewnił Enrique.

– Chciałby pan, żebym pokazał panu klasztor? – zaproponował Juan. – Przyjaciel profesora Arranza jest moim przyjacielem!

– Oczywiście! – wykrzyknął Enrique z entuzjazmem. – Będę szczęśliwy.

35

Rok 1315, Champenard, Paryż

Piotr de Charny całkowicie zmienił swój stosunek do życia. Pragnienie potwierdzenia, że rozmowa ze zmarłym bratem nie była tylko snem, przejęło go do głębi. Cieszył się też, że jego ukochana żona, którą śmierć zabrała tak młodo, żyje teraz w chwale bożej. Czuł się jak ślepiec, który odzyskał wzrok i nagle poznał światło i barwy.

Pierwszą rzeczą, jaką zrobił, było wyspowiadanie się proboszczowi z Champenard, maleńkiej osady normandzkiej, w której Piotr zamieszkał po opuszczeniu Paryża. Jego grzechy były liczne, a niektóre z nich bardzo ciężkie. Teraz, kiedy miał wracać do Lutecji* i ryzykować życie, by spełnić prośbę brata, chciał być przygotowany na Sąd, w który jeszcze wczoraj nie wierzył.

Proboszcz, usłyszawszy wezwanie od pana de Charny, pospieszył do jego rezydencji w wielkim strachu, że będzie musiał udzielić panu tego domu ostatniego namaszczenia. Jego zakłopotanie było usprawiedliwione: Piotr nie był nigdy pobożny i chociaż wypełniał obowiązki religijne, nigdy przedtem nie wzywał księdza do siebie. Nawet nie zapraszał go z wizytą.

Okazało się, że powód, dla którego Piotr wolał nie iść do kościoła, był zupełnie inny, niż ksiądz podejrzewał. Poza spowiedzią chciał powierzyć opiece proboszcza swojego syna i dwie córki, gdyby nie wrócił z podróży. Przyczynę wyjazdu wyjaśnił księdzu tylko ogólnie, sugerując, że chodzi o pojedynek w Rouen. Sprawa honoru, od której nie da się wykręcić. Poprosił także o mszę za Godfryda.

---

* Lutecja – dawna nazwa Paryża (przyp. tłum.).

Od pojawienia się ducha Godfryda minął już cały dzień. Nie sposób było dłużej zwlekać z wypełnieniem polecenia. Wczesnym rankiem Piotr udał się w kierunku Paryża. Jechał samotnie, z dwoma końmi: jeden dla niego, a drugi, by zabrać na nim arkę, jeśli ją zdobędzie... Gdy dotarł na Ile de la Cité, poczuł dziwną tęsknotę. Przypomniał sobie wszystkie swoje przeżycia tutaj, piękne i przyjemne, ale teraz całkiem bezwartościowe.

Dawny klasztor templariuszy – teraz pałac – znajdował się na zachodnim brzegu wyspy, otoczony niewielkim murem z jednej strony, a rzeką z drugiej. Piotr przeszedł się po okolicy, próbując ułożyć plan wejścia do ogrodu. Bramy zamykano o zachodzie słońca. Dostanie się do środka nie stanowiło wielkiego problemu; ale gorzej było z wyjściem ze skrzynią. Duch Godfryda powiedział, że jest ciężka. Z pewnością nie przeskoczy muru ze skrzynią w rękach.

Myślał długo i rozważał rozmaite sposoby, jak to zrobić. Niemal wszystkie były bez sensu. Tylko jeden wydał mu się możliwy do zrealizowania, chociaż dość skomplikowany. Nie był pewien, czy się uda, ale musiał spróbować. Musiał jak najszybciej wypełnić polecenie brata. Potem da na mszę za jego duszę.

Gdy nadeszła noc, Piotr skierował się do pałacu. Księżyc w pełni świecił bardzo jasno, ale on podjął już decyzję. Ukryty w cieniu obserwował okolicę przez długie dwie godziny. W środku nie zauważył żadnego ruchu. Pałac wydawał się niezamieszkany, a wszystkie bogactwa zostały skonfiskowane po procesie. Nie było czego pilnować, dlatego żaden strażnik nie czuwał tam nocą. Mimo wszystko musiał się upewnić.

Zebrawszy całą odwagę, podszedł do muru. Był niewiele wyższy od człowieka i zbudowany z nieregularnych kamieni, które mogły posłużyć jako stopnie i oparcie dla rąk. Piotr wspiął się na górę w bladym świetle księżyca. Miał ze sobą drąg i duży kawał płótna.

Już był po drugiej stronie. By dotrzeć do frontu ogrodu, przeszedł kilka metrów i skierował się w prawo. Zaczął liczyć kamienie, którymi wyłożone było podwórze tuż przy wejściu. Zatrzymał się przy dziewiątej płycie. Wyciągnął drąg spod ubrania i wsunął między płyty, tym razem o regularnych kształtach. Spróbował poruszyć głaz. Ten nawet nie drgnął. Użył więcej siły, ale bez rezultatu.

Spocił się okropnie. Noc była ciepła, a wysiłek wielki. Otarł pot z czoła. Nagle rozległo się szczekanie psa, bardzo blisko. Czekał bez ruchu, wytężając słuch. Każde szczeknięcie wydawało się bliższe. Pies musiał być po drugiej stronie ogrodzenia. Tak sądził Piotr. Ale mylił się. Przed nim pojawiło się zwierzę o groźnym i dzikim wyglądzie.

Pies chwilę stał nieruchomo, tyle, by ocenić pozycję ofiary. Piotr nawet nie drgnął, gdy zwierzę rzuciło się do niego z głośnym szczekaniem. Nie było ucieczki, więc po prostu czekał z drągiem w prawej ręce, by odpędzić napastnika. Mijały chwile pełne napięcia. Kiedy jednak pies był ledwie o kilka metrów od niego, zatrzymał się nagle z wytrzeszczonymi ślepiami. Zawył żałośnie i położył się na ziemi.

Tak dziwne zachowanie nie mogło być przypadkowe. Wydawało się, że jakaś niewidzialna siła chroniła człowieka, który starał się odzyskać skarb templariuszy. Niemniej lepiej było o tym nie myśleć i robić swoje. Rozum ma swoje granice, a Piotr de Charny był niebezpiecznie blisko ich przekroczenia.

Nie tracąc obserwującego go zwierzęcia z oczu, kontynuował pracę. Ponownie włożył drąg między płyty i starał się poruszyć kamień. Wepchnął żelazo głębiej i znów popchnął. Blok wysunął się trochę. Szło coraz lepiej.

Po kilku minutach wyciągnął blok z ziemi. Był bardzo ciężki. Piotr przetoczył go i postawił pod murem. Następnie ukląkł i zbadał rękami wnętrze. Nie udało mu się niczego dotknąć. Może arka jest głębiej. Musiał się pochylić, by do niej sięgnąć. Modlił się w duchu, by pies nie zaczął go ponownie atakować.

Zagłębienie wydawało się nie mieć dna. Piotr zanurzył się prawie do pasa, gdy wreszcie napotkał chłodną, gładką powierzchnię. To była arka. Wyciągnął ją, starając się nie otrzeć podstawy. Przypatrywał jej się zaledwie chwilę. Wydała mu się stara i piękna; czuło się, z jaką miłością wykonywał ją rzemieślnik. Owinął arkę w grube płótno, po czym wstawił głaz na miejsce. Następnie obwiązał arkę grubym sznurem dookoła i pod spodem, aż była dobrze zabezpieczona. Drugi koniec sznura przywiązał do pasa i wrócił na ogrodzenie pałacu ze skrzynią w ramionach. Jak mówił brat, była ciężka.

Przed ponownym przejściem muru spojrzał ostatni raz na psa, który omal go nie zaatakował, ciągle zaskoczony dziwną reakcją zwierzęcia. Obliczył długość sznura, tak by móc znaleźć się na szczycie, nie ruszając arki z ziemi. Sprawdził, że nikt go nie obserwuje, i ostrożnie zaczął ciągnąć skrzynię do góry. Potem powtórzył operację w odwrotnej kolejności, spuszczając ją w dół po drugiej stronie.

Wszystko skończyło się szczęśliwie. Teraz pozostawało tylko szybko stąd odejść, czekać do świtu i wracać do Champenard. Polecenie Godfryda zostało wykonane.

Piotr wrócił do domu tuż przed porą kolacji. Ze stajni udał się prosto do swoich komnat. Chłopak stajenny czeszący akurat konie zdumiał się, widząc pana tak brudnego i rozczochranego. Spytał, czy coś się stało, ale Piotr nawet go nie słuchał. Myślami był gdzie indziej. Teraz, gdy zdobył arkę, jasno widział, jak niepojęte były ostatnie wydarzenia.

W swojej alkowie zdjął płótno i przypatrywał się skrzyni. Była z metalu. Na pewno srebrna, pomyślał. Położył ręce na pokrywie i pogłaskał ją jak kochanek, czule i delikatnie. W głowie zabrzmiały mu słowa Godfryda: „Nie powinieneś jej otwierać". Pohamował się. Powinien dokładnie spełnić życzenie brata. Mimo to zastanawiał się, jaki skarb może ona zawierać. Jego wartość musiała być ogromna, skoro wymagała takiego zachodu. Cóż, dowie się w dniu ślubu syna.

Zagłębiony w myślach i wspomnieniach, uczuł nagle burczenie w brzuchu i uświadomił sobie, że jest strasznie głodny. Nie jadł nic od poprzedniego dnia. Owinął dokładnie arkę, obwiązał sznurkiem i schował do szafy. Jedząc kolację, zastanawiał się, gdzie schować skrzynię. Syn miał dopiero dziesięć lat, do jego ślubu było dużo czasu.

Piotr był zmęczony i śpiący. Potarł oczy dłońmi i ze zdumieniem zauważył, że krzyże zniknęły z dłoni.

36

Enrique i staruszek wyszli z restauracji. Żar był nie do zniesienia i Enrique dziękował Bogu za chłodny wiaterek wiejący od pobliskich gór.

– Te najwyższe szczyty to pasmo Montsant. – Juan wskazał góry ręką.

– A te otaczające klasztor to wzgórza Prades.

W palącym słońcu poszli w stronę bramy w zewnętrznym murze klasztoru. Juan wyjaśnił, że brama nazywa się Prades, tak jak góry. Ruszyli dalej, na niewielki placyk. Stary opowiadał Enrique o każdej rzeczy, jaką widzieli, a profesor notował i rysował szkice w notatniku, który wyciągnął z kieszeni. W niskich budynkach po jednej stronie placu mieszkali dawniej robotnicy i rzemieślnicy pracujący dla opactwa. Z placu było przejście do dawnej portierni, teraz nieużywanej, i do kaplicy Sant Jordi, ufundowanej przez króla Alfonsa V w połowie XV wieku. W głębi wznosił się kolejny mur, w którym była brama o podwójnych odrzwiach pokrytych brązem. Nosiła nazwę Złotej Bramy, gdyż zgodnie z tradycją ozdobiono ją złotem na przyjęcie Filipa II. Na murach widniały herby królestw Aragonii i Katalonii oraz Kastylii, umieszczone tam na cześć innych znakomitych gości klasztoru: Królów Katolickich.

Złota Brama prowadziła na główny plac. Przeszli obok sklepiku z pamiątkami. Grupa turystów w kolorowych strojach pchała się do środka, by obejrzeć, co oferują, i kupić bilety pozwalające na zwiedzanie z przewodnikiem. Za sklepikiem widniały ruiny dawnego budynku administracji i przytułku dla pielgrzymów i biednych. Obok wznoszono nowy, który chyba miał zastąpić dawny, chociaż teraz, myślał Enrique, pielgrzymi przyjeżdżają zwykle samochodami, a biednym nawet nie przyjdzie do głowy zjawić się tutaj. Staruszek zaprowadził go do małej kaplicy Świętej Katarzyny w stylu romańskim, ale nie pozostali tam długo. Ponownie na placu, obejrzeli krzyż opata Joana de Guimera. Obeszli go trzy razy, zgodnie z tradycją, według której ten, kto to zrobi, wróci do Poblet.

Enrique był zachwycony wszystkim, co widział. Klasztor był o wiele większy, niż sądził, a jego konserwacja wzorowa. Zauważył jednak, że na krzyżu i w wielu innych miejscach są dziwne nacięcia; widniały nawet na kamiennych płytach na ziemi.

– Co to za znaki na kamieniach? – spytał Juana.

– Zauważył je pan – rzekł stary, jakby spodziewał się tego pytania. – To było rzeczywiście zdumiewające – stwierdził ze wzruszeniem. – To się stało w trzydziestym ósmym, podczas wojny domowej, na kilka dni przed Wigilią. Nigdy tego nie zapomnę. Miałem... – Przymknął oczy, licząc. – Miałem wtedy jedenaście lat. Mój dom był parę kilometrów stąd, w pobliżu Riudabella. Uwielbiałem włóczyć się po górach z kolegami, chociaż matka wściekała się o to. W tamtych czasach w górach było mnóstwo wilków, niemal tak głodnych jak my w czasie wojny. Teraz chyba nie został już ani jeden... Często też przychodziłem do klasztoru zobaczyć, jak mnisi i robotnicy pracują przy winorośli. Byli dla mnie bardzo mili i zawsze dawali mi kawałek chleba, kiść winogron, a czasami nawet dzbanek miodu. Zwłaszcza opat, bardzo już stary, prawie dziewięćdziesięcioletni, który mówił z dziwnym akcentem i miał na imię Gilles.

W pierwszej chwili Enrique nie wiedział, o kim stary mówi, bo powiedział „Gil-les" zamiast „Żil". Kiedy jednak się zorientował, aż dreszcz go przeszedł. Szybko obliczył w myślach: zakładając, że pod koniec zeszłego wieku Gilles miał około czterdziestki, to w 1938 roku musiał mieć dziewięćdziesiąt. Właśnie tyle, ile miał opat, którego Juan znał w dzieciństwie. To, w połączeniu z nietypowym imieniem, mogło oznaczać tylko jedno – ów brat to był ten sam Gilles, do którego francuski ksiądz wysłał list, który Enrique znalazł w starym rękopisie... Wszystko się zgadzało. Czując, że przepełnia go radość, słuchał dalej słów staruszka.

– Tego dnia zaczęły się szkolne ferie, chociaż, Bogiem a prawdą, od kiedy zaczęła się ofensywa nad Ebro, regularnych lekcji właściwie nie było. Przede wszystkim przez bombardowania, wie pan? – Enrique przytaknął, roztargniony, chociaż wiedział, że pytanie było retoryczne. – Pamiętam, że to było wcześnie rano: niebo było całkiem białe, a zimno okropne.

Kiedy usłyszeliśmy pierwsze krzyki, byłem w palarni. To mały pokoik, do którego się wchodzi ze starej jadalni i w którym jest piec – wyjaśnił. – Przyszedłem do klasztoru zobaczyć, co się stało, a to, co zobaczyłem, ścięło mi krew w żyłach, mówię panu. Mnisi biegali po całym podwórzu we wszystkie strony. Byli przerażeni i nie przestawali powtarzać: „Milicja jest tutaj!" W moim wieku nie wiedziałem wiele o polityce: tyle, że narodowcy rzucają bomby i że republikanie niespecjalnie lubią księży. Tak więc pobiegłem schować się do kuchni. Nie bardzo wiem, dlaczego, ale ciągle jeszcze żyję, jak pan widzi.

Usiedli w cieniu pod drzewem na kamiennej ławce. Enrique nadal robił notatki, a Juan opowiadał. Pismo Enrique stawało się nieczytelne, bo musiał pisać bardzo szybko, by nie zakłócać rytmu opowiadania. Ale wolał to niż przerwać staremu. Słuchał zafascynowany, nie robiąc żadnych uwag.

– Po kilku minutach usłyszałem uderzenia w Bramę Królewską, tę tam. – Juan wskazał wejście pomiędzy sześciobocznymi wieżyczkami. – A potem strzały. Nigdy przedtem nie słyszałem prawdziwej strzelaniny. Mój ojciec miał strzelbę i czasami chodził na polowanie do lasu, ale nigdy nie pozwolił mi iść ze sobą. Byłem okropnie wystraszony. Nie wiedziałem, czy wybiec, czy zostać w szafie, w której się schowałem. To była szafa do przechowywania chleba, z otworami w drzwiach. Ubranie miałem całe w mące i myślałem, jakie cięgi dostanę od matki, kiedy wrócę do domu. Wyobraża pan sobie? Milicjanci zajmowali klasztor, a ja myślałem o laniu! Chyba ze strachu. Był to sposób dobry jak każdy inny, żeby ujść stamtąd z życiem, choćby tylko po to, by usłyszeć łajania matki. To głupie, wiem, ale nie wyobraża pan sobie, jak mi to pomogło tego strasznego dnia.

Koniec ołówka Enrique był już tak stępiony, że z trudem pisał. Zaczął szperać w kieszeni koszuli i z radością znalazł długopis. Nie miał pojęcia, skąd się tam wziął; może zabrał go niechcący z recepcji hotelu. Teraz to nie miało znaczenia.

– Przez te otwory mogłem obserwować część klauzury i prawie cały refektarz, połączony drzwiami z kuchnią. Widziałem, jak milicjanci weszli na podwórze i zajęli pozycje. Zewsząd słychać było hałas i gwałtowne bieganie na wyższym piętrze, jakby sprawdzali klasztor od piwnic po strych. Nigdy w życiu nie zapomnę strachu, jaki czułem, kiedy żołnierze weszli do kuchni i jeden otworzył drzwi sąsiedniej szafy. Byli tak blisko mnie, że prawie czułem ich oddechy i smród mundurów. Nie widziałem, co mieli ze sobą, bo kuliłem się w kącie z zamkniętymi oczami, modląc się, żeby mnie nie znaleźli, ale od tego czasu codziennie dziękuję Panu Bogu za to, że znaleźli to, czego szukali. Kiedy odważyłem się znowu spojrzeć przez otwór, serce mi się ścisnęło. Opat Gilles stał na środku klauzury naprzeciw mężczyzny w mundurze, który wyglądał na komendanta. Obok niego stał inny wojskowy i próbował go namówić na wystrzelanie wszystkich mnichów. Ale komendant odmówił. Pamiętam, że gdy usłyszałem jego odpowiedź, odetchnąłem z ulgą tak mocno, że mąka zasypała mi twarz i przez chwilę bałem się, że kichnę i że mnie odkryją. Na szczęście tak się nie stało.

Historia Juana wydała się Enrique pasjonująca. Od czasu do czasu łapał się na tym, że wpatruje się w niego jak w ekstazie, z długopisem zawieszonym w powietrzu nad kartką papieru. Zmusił się do ponownego rytmicznego notowania.

– Wielkie wrażenie zrobiła na mnie spokojna twarz opata. Przecież zaledwie przed chwilą dwaj wojskowi dyskutowali nad tym, czy go zabiją czy nie. Szczerze mówiąc, panie Castro, chociaż poświęciłem swoje życie Bogu, nie sądzę, żebym w obliczu śmierci zachował taki spokój i odwagę jak on; nie sądzę, żeby ktokolwiek to potrafił. Opat nie był jedynym mnichem w klasztorze. Obok niego zauważyłem brata Józefa, dawnego kierownika nowicjatu. Na jego twarzy też nie było strachu. Pamiętam, że po długim siedzeniu w szafie nogi miałem zdrętwiałe i czułem skurcze w całym ciele. Byłem pewien, że gdyby ktoś mnie odkrył, nie dam rady uciec. Chociaż potem musiałem to zrobić, żeby uratować życie – wyszeptał bardziej do siebie niż do Enrique. – Dwaj mnisi poprosili komendanta, żeby im pozwolił pochować jednego z braci, który zmarł poprzedniego dnia. Zaskoczyło mnie to i nawet dzisiaj wydaje mi się to dziwne. Jak już mówiłem, przyszedłem do klasztoru z samego rana i nie widziałem żadnych oznak żałoby, ani też żaden z braci nie mówił nic na ten temat. Nie nudzą pana te moje wspomnienia? – spytał nagle, jakby obudził się z głębokiego snu. – Nie musi pan wysłuchiwać tych starych historii. Starzy ludzie zawsze za dużo mówią. Myślę, że to dlatego, że boją się, że umrą i nikt o nich nie będzie pamiętać – stwierdził takim tonem, że Enrique nie był pewien, czy żartuje, czy mówi serio.

– O nie! – wykrzyknął Enrique. – Proszę, niech pan mówi dalej.

– Dobrze, jak pan chce, panie Castro – zgodził się stary ku wielkiej uldze Enrique. – Ale żeby pan potem nie mówił, że nie uprzedzałem; chociaż już nie ma wiele do opowiadania. Jak powiedziałem, opat i brat Józef poprosili komendanta o pozwolenie na pochowanie zmarłego brata. Ten się zgodził, co spowodowało nowe sarkania i krzyki tego drugiego, aż komendant kazał mu wyjść poza klasztor, by zorganizować obronę. Chociaż byłem tylko dzieckiem, pamiętam, że pomyślałem, że to się tak nie skończy. I nie myliłem się. Był moment, kiedy klasztor opustoszał, bo bracia wyszli robić przygotowania do pogrzebu, a milicja po prostu zniknęła. I wie pan? To właśnie było najgorsze. Może się to panu wyda głupie, ale zacząłem płakać, widząc opustoszały klasztor. To miejsce zaledwie parę godzin temu było pełne życia i ruchu. Kiedy wreszcie przestałem płakać, gardło mnie bolało od płaczu. Od tego dnia boli mnie stale.

Enrique sprawdził, ile kartek zostało mu w notatniku. Ponad dziesięć; pomyślał, że to chyba wystarczy.

– Jakiś kwadrans po tym, kiedy odeszli, zobaczyłem, że mnisi wracają. Czterech niosło skromną trumnę z sosnowego drzewa. Szli powoli i poważnie, na przedzie opat i brat Józef, a za nimi pozostali mnisi. Eskortowali ich milicjanci. To wszystko, co zobaczyłem ze swojej kryjówki w kuchennej szafie. Nie wiem, co się potem wydarzyło, ale po jakimś czasie usłyszałem strzały i przerażające krzyki. Minęło tyle lat, a ja ciągle budzę się nocą zlany potem i słyszę te potworne krzyki. Jestem pewny, że opat i brat Józef umarli w milczeniu, z taką samą godnością, z jaką przeżyli swoje życie. Już drugi raz tego dnia rozpłakałem się, tym razem głośno. Płakałem za Gillesem i za bratem Józefem, i za wszystkimi pozostałymi mnichami, a także dlatego, że bolały mnie nogi. I płakałem z powodu bezsensu tej wojny, której przyczyn nie mogłem pojąć.

Enrique zobaczył, że stary płacze. Łzy spływały mu po twarzy pośród zmarszczek. On sam miał ochotę się rozpłakać.

– Bardzo mi przykro – tylko tyle zdołał powiedzieć. – Nie musi pan opowiadać dalej, jeżeli pan nie chce.

Juan otarł łzy sękatymi dłońmi, po czym machnął ręką, jakby chciał powiedzieć, że wszystko w porządku.

– Musi mi pan wybaczyć – rzekł. – Jestem starym głupcem. Już tyle lat nie opowiadałem tej historii; wie pan, co mówią o rozdrapywaniu dawnych ran. Ale skoro już zacząłem, powinienem skończyć – stwierdził z rezygnacją. – Zaraz po tej serii strzałów, tak mi się przynajmniej wydawało, bo kompletnie straciłem poczucie czasu, usłyszałem z oddali jakiś łoskot, który początkowo wziąłem za grzmoty zbliżającej się burzy. Ale po chwili dźwięk przeszedł w ryk silnika samolotu: przeleciał nad klasztorem i rzucił bombę, która chyba upadła gdzieś daleko od refektarza. Nie mogłem uwierzyć, że bombardują klasztor! Fala wybuchu pozrzucała wszystkie naczynia z półek, a szafa zatrzęsła się mimo grubych kamiennych murów dzielących mnie od miejsca eksplozji. Musiałem wyskoczyć z szafy, co wymagało zejścia jakiś metr niżej. Upadłem na podłogę, bo nogi odmówiły mi posłuszeństwa. Były całkiem zdrętwiałe i każda próba poruszenia nimi sprawiała mi nieznośny ból. Gdy leżałem na ziemi, samolot znowu przeleciał i znowu rzucił bombę, tym razem bliżej. Myślałem, że będę głuchy do końca życia. Na szczęście nie, ale do dziś słabo słyszę na lewe ucho. Przy tym drugim wybuchu szafa zachwiała się tak, że bałem się, że upadnie i przygniecie mnie. Cudem zdołałem na czworakach wydostać się z kuchni. Na podłodze leżały rozbite naczynia, garnki, patelnie – wszystko, co sobie można wyobrazić. Powietrze było pełne dymu i tak śmierdziało spalonym prochem, że oczy piekły jak ogniem. W korytarzu wszystko wyglądało jeszcze gorzej. Podłoga była zachlapana krwią i wszędzie widać było porozrywane na kawałki ludzkie ciała. A najstraszniejsze były krzyki rannych, które słychać było nawet w huku wybuchów. Nikt na mnie nie zwrócił uwagi. Nawet kiedy udało mi się wydostać z budynku. Ani wtedy, gdy zatrzymałem się na chwilę przy ciałach mnichów, którzy leżeli pod krzyżem – tym, który dopiero co obchodziliśmy trzy razy. Pamiętam, że biegłem przez ten plac i aż do chwili, kiedy znalazłem się poza klasztorem, myślałem, że jakiś odłamek może w każdej chwili trafić mnie w plecy i że to będzie koniec. Kiedy samoloty odleciały, większość klasztoru to była już tylko kupa gruzów. Dopiero wtedy zorientowałem się, że ręka mi krwawi. Myślałem, że umazałem się krwią któregoś z mnichów, ale okazało się, że rękę mam przedziurawioną prawie do kości; prawdopodobnie odłamkiem. Do tej pory mam bliznę. – Pokazał długi ślad przecinający mu ramię. – Następna rzecz, jaką pamiętam, to że obudziłem się w łóżku w wiejskim szpitalu i że siedziała przy mnie matka.

– Co, według pana, się stało? – spytał Enrique. – Z mnichami – uściślił. – Jak umarli?

– Nie wiem – odparł Juan. – Kto to może wiedzieć? – dodał szeptem.

Enrique skinął głową. Fascynująca opowieść starca bardzo go wzruszyła. Spojrzał na notatnik, nie mogąc znieść wzroku Juana. Została już tylko jedna czysta kartka.

– Pan jest pierwszą osobą, poza moją rodziną, która usłyszała tę historię.

Enrique znowu skinął głową.

– Proszę zrobić z tego dobry użytek – dodał Juan, próbując wrócić do poprzedniego jowialnego tonu. – Gdyby napisał pan o tym książkę albo coś takiego i wzbogacił się na tym, niech pan do mnie zadzwoni.

Enrique spojrzał na staruszka. Na jego twarzy widać było ślady zaschniętych łez, ale rozświetlał ją ciepły uśmiech.

– Dziewięćdziesiąt procent dla pana, a dziesięć dla mnie? – spytał.

Juan milczał przez chwilę, jakby rozważał propozycję.

– *Fifty fifty* – rzekł wreszcie. – Gdybym ja to musiał opisać... Rany boskie! Lepiej nie myśleć.

Obaj wybuchnęli śmiechem. Nie z powodu uwagi starego, ale dlatego, że musieli dać ujście nerwom, zakląć te lęki i cierpienia tamtego Bożego Narodzenia sprzed prawie sześćdziesięciu lat i wrócić do lepszych, nie tak ponurych czasów.

37

Rok 1327, Champenard
Rok 1453, Lirey

Piotr de Charny miał powody do zadowolenia. Był to dzień zaślubin jego syna. Narzeczona, słodka, śliczna dziewczyna imieniem Joanna, pochodziła z rodu de Vergy. Poza tym nareszcie mógł poznać zawartość arki templariuszy. Godfryd nie miał nic przeciw temu, by syn Piotra ją otworzył i pokazał, co zawiera. Została przeznaczona dla niego i miał z nią uczynić, co uzna za najlepsze. Młodzieniec nie zamierzał odmówić ojcu udziału w tak cennym darze.

Ale radość Piotra trwała bardzo krótko. Podczas przyjęcia weselnego, które odbywało się w ogrodzie jego posiadłości, śmiejąc się z jakiegoś dowcipu, zadławił się baranią kością i udusił, zanim ktokolwiek zdołał przyjść mu z pomocą. Dzięki temu, że na przyjęciu było kilku księży, którzy udzielali ślubu, Piotr, walcząc o odrobinę oddechu, mógł otrzymać ostatnie namaszczenie. Szczęście przerodziło się w smutek; ślubna biel w żałobną czerń.

Rankiem tego dnia Piotr wezwał do siebie syna, by pokazać mu arkę. Ponad dziesięć lat była schowana pod kluczem w piwnicy, w kufrze, obstawiona beczkami i butelkami z winem. Powiedział synowi tylko to, co usłyszał od brata – że jej zawartość została mu przeznaczona od Boga. Młody Godfryd przyjął dar, nie zastanawiając się, o co chodzi. Był pewien, że jest to legat rodzinny, jakiś stary, bardzo cenny przedmiot.

Śmierć ojca napełniła Godfryda głębokim smutkiem. Najszczęśliwszy dzień jego życia stał się zarazem najsmutniejszym. W Champenard, po egzekwiach, żałoba trwała cały miesiąc. Na pogrzebie wiele kobiet z okolicy żałośnie płakało. Piotr zyskał sobie szacunek służby, bo zawsze starał się być sprawiedliwy i wyrozumiały. Chociaż od chwili pojawienia się ducha brata stał się poważniejszy, nie stracił tych cech, ale jeszcze umocnił dzięki odzyskaniu wiary.

Nie można walczyć z nieuchronnymi prawami życia i przeznaczenia. Godfryd musiał przezwyciężyć cierpienie i wraz ze swoją piękną żoną żyć dalej. Joanna pomagała mu bardzo i wraz z nim czciła legat przekazany przez Piotra: Święty Całun. Nigdy się nie dowiedzieli, w jaki sposób dostał się w jego ręce, nie poznali też tajemnicy, jaka otaczała całą sprawę. Uważali, że posiadanie Całunu to dla nich zaszczyt i szczęście.

Godfryd nie wiedział, co powinien zrobić z relikwią. Zachęcany przez Joannę, rozważał przekazanie go papieżowi, ale uznał, że Całun został „przeznaczony dla niego od Boga". Oboje wierzyli, że w odpowiednim momencie będą to wiedzieć bez żadnych wątpliwości, jasno i wyraźnie.

W połowie XIV wieku Francja prowadziła wojnę z Anglią. Spory między dwiema potęgami o prawa do tronu Francji zaczęły się w 1337 roku i nie kończyły się aż do roku 1453; znane są jako wojna stuletnia. Król Francji Filip VI, syn Karola Walezjusza i bratanek okrutnego Filipa Pięknego, oraz następca tronu angielskiego, Edward zwany „Czarnym Księciem" z powodu koloru zbroi i serca, syn króla Edwarda III, spotkali się po raz pierwszy w bitwie pod Crecy w roku 1346. Nieco później, podczas Francuzów na Calais, Godfryda de Charny schwytano i uwięziono, spodziewając się, że rodzina go wykupi.

Ale Godfryd zdołał uciec z więzienia. Był przebiegły i odważny i nie chciał, by jego rodzina poniżała się do próśb i niehonorowego płacenia ze jego wolność. Tuż przed ucieczką miał dziwny sen, w którym nie widział postaci ani obrazów, tylko jakiś odległy głos, który nakazywał mu ucieczkę i poradził, żeby polecił się opiece Świętego Oblicza Chrystusa. Godfryd obudził się w środku nocy przejęty i zlany potem. Przysiągł wystawić dla Całunu kaplicę na swoich ziemiach. Ale tu zaczęły się problemy, bo kilku biskupów było zazdrosnych o przywileje udzielone przez papieża rodzinie Charny, a przede wszystkim o bajeczne dochody znoszone przez wiernych odwiedzających Całun. Ci biskupi bezwstydnie intrygowali przeciw rodzinie Charny. Oprócz tego dwór książąt z Sabaudii, spokrewniony z rodem Charny, zaczął prosić, by Całun przekazano im, jako prawowitym właścicielom.

Godfryd zginął w bitwie pod Poitiers w roku 1356, kiedy królem był już Jan II, syn Filipa VI, wzięty do niewoli przez „Czarnego Księcia". W następnym stuleciu Całun nadal był w Lirey, pod opieką członków rodu Charny. Przez cały ten czas książęta sabaudzcy nalegali na oddanie im relikwii, aż wreszcie w 1453 roku, równocześnie z upadkiem Konstantynopola i zajęciem go przez imperium otomańskie, Małgorzata de Charny przekazała im Całun.

Ta niezwykła kobieta, bardzo nowoczesna jak na owe czasy, przez wiele lat będąca głową rodu, długo odmawiała żądaniom książąt sabaudzkich. Przyczyną, dla której zdecydowała się oddać im relikwię, był szantaż. Małgorzata miała córkę Katarzynę, panienkę o wielkim sercu i żywej inteligencji, ale niezbyt urodziwą. Trudno było znaleźć męża dla tego stworzenia o wielkiej głowie, oczach zapadniętych z powodu przebytej w dzieciństwie krzywicy i wargach pokrytych krostami, których żaden makijaż nie mógł ukryć. Była zatem ciągle panną, jako że, przeciwnie niż to się zwykle działo w podobnych przypadkach, nie czuła powołania do życia zakonnego.

Niemnej pewien przystojny młodzieniec, oficer królewski, zaczął nagle okazywać dziewczynie żywe zainteresowanie. Poznał ją w kościele, do którego chodziła z matką. Podawał jej wodę święconą, a potem, krok po kroku, ich przyjaźń rosła i umacniała się; przyjaźń, na którą Małgorzata spoglądała łaskawym okiem, uważając pretendenta do ręki córki za człowieka godnego i o dobrej pozycji. Młodzi zaręczyli się i idylla trwała. Niestety wszystko to zostało zaplanowane przez bezdusznego księcia Ludwika Sabaudzkiego.

Katarzyna wpadła w sidła obłudnego oficera. Miłość jest ślepa: zakochany widzi tylko to, co chce widzieć, myląc swoje życzenia z rzeczywistością. Wiedziała, że ślub ma się odbyć już niebawem i, oszukiwana przez zwodniczego narzeczonego, nie potrafiła opanować żądz cielesnych. Pozwoliła się uwieść, oddała mu się z całą miłością. Oszust nadal udawał zakochanego narzeczonego. Ale gdy nadszedł dzień ślubu, wyskoczył z łoża małżeńskiego i udał się na poszukiwanie matki swojej żony.

Oznajmił Małgorzacie, że jej córka nie była dziewicą. Została pozbawiona dziewictwa przed ślubem i w tej sytuacji on nie może się zgodzić na małżeństwo, powinien natomiast powiadomić o fakcie Świętą Inkwizycję. Był to bardzo poważny zarzut. Małgorzata, nie rozumiejąc, co się stało i nie znając okoliczności, w jakich jej córka popełniła fałszywy krok, próbowała przekonać oficera, by zachował dyskrecję. Ten jednak nie dał się uprosić, w końcu zaś odkrył karty i zażądał, jako zapłatę za milczenie, Świętego Całunu dla dworu Sabaudii.

Małgorzata de Charny nareszcie wszystko zrozumiała, ale nie miała wyjścia: musiała się zgodzić na żądania oficera. Postawiła jednak jeden warunek. Oficer miał spędzić w związku z Katarzyną co najmniej rok jako kochający małżonek. Potem, pod pretekstem wyjazdu na wojnę, odjedzie gdzieś daleko, napisze kilka listów i w końcu sfinguje swoją śmierć. Katarzyna będzie bardzo cierpieć, ale przynajmniej przez jakiś czas będzie szczęśliwa. Ponadto Małgorzata zażądała, że sama wybierze miejsce spotkania. Na to zgodzono się bez wahania. Małgorzata nie chciała dotknąć stopą sabaudzkiej ziemi. Spotkanie odbyło się w Szwajcarii w mieście Genewie. Dwudziestego drugiego marca 1453 roku w pałacu Varambon Święty Całun Chrystusa, którym tyle lat się opiekowała, przestał należeć do szlachetnego rodu de Charny. Od tej chwili jego historia związała się z rodem książąt sabaudzkich aż do roku 1502, kiedy to wykradł go im Cezar Borgia. Ale o tym nie dowiedzieli się nigdy i czcili relikwię w Chambery, a następnie w Turynie przez następne stulecia.

38

Rok 1997, Poblet

Juan towarzyszył Enrique do sklepu z pamiątkami, gdzie profesor chciał kupić nowy notatnik. Na szczęście nie było już turystów, więc zakup zajął im ledwie parę minut. Idąc w kierunku Bramy Królewskiej, Enrique przyglądał się kopule kościoła, majestatycznie wznoszącej się nad dzwonnicą. Wyglądała jak średniowieczna wieża oblężnicza. Może nawet była nią kiedyś; teraz jednak w jej wielokątnych ścianach były ostrołuki, a w każdym z nich po trzy okna.

– Czy może mnie pan zaprowadzić na górę? – spytał Enrique, wskazując kopułę. – Musi być stamtąd wspaniały widok.

– Czemu nie? – zgodził się Juan. – Świeży powiew dobrze nam zrobi. Rozjaśni umysł, wie pan?

To, co Juan nazwał „powiewem", okazało się prawdziwą wichurą. Widok z kopuły był imponujący, ale Enrique musiał zasłaniać oczy ręką, żeby w ogóle mieć je otwarte. Dziki wicher sprawiał, że łzawiły bez przerwy i nie pozwalały podziwiać pejzażu otaczającego klasztor. Z tej wysokości samochody na parkingu i kolejni turyści kręcący się dookoła sklepiku z pamiątkami wyglądali jak barwne plamki. Dzień był słoneczny i widać było wyraźnie łańcuch gór Montsant oraz osiedla na zboczach. Chłodny wiatr sprawiał, że gorące popołudnie było przyjemne i relaksujące.

Enrique kontemplował widoki, kiedy nagle jego uwagę zwróciło coś, czego przedtem nie dostrzegł. Pewnie dlatego, że brunatna barwa tego miejsca sprawiała, iż nie było wyraźnie widoczne wśród gęstej roślinności wokół klasztoru.

– Co to za budowle? – spytał Juana, starając się przekrzyczeć szum wiatru.

Stary spojrzał we wskazanym kierunku i odparł:

– To cmentarz. Ma ponad osiemset lat, ale już się go nie używa. Teraz mnichów chowa się na cmentarzu wewnątrz klasztoru.

– A to zielone, co się porusza z wiatrem?

– A, mówi pan o winorośli. – Juan w pierwszej chwili nie zrozumiał, o co Enrique go pyta. – Ma tyle lat, co ten cmentarz. To prawdziwy cud, że dotychczas nie uschła. Kiedy byłem mały, jej liście pokrywały prawie całą powierzchnię cmentarza i latem dawały wspaniały cień, ale teraz wypuszcza tylko trochę liści wokół pnia. Jeżeli się pan przyjrzy, zobaczy pan, że jest przymocowana w kilku miejscach palikami z drzewa.

Enrique przyjrzał się uważnie i zobaczył, że nad zielonymi liśćmi winorośli i w niektórych punktach cmentarza wznosiły się grube paliki pomalowane na biało. Pochyliwszy się, by zasłonić się od wiatru, wyjął nowy notes i naszkicował cmentarz wraz z palikami i winorośl rozpiętą pomiędzy nimi.

Gdy zeszli z kopuły, wargi miał wysuszone od wiatru i słońca. Postanowili napić się czegoś przed wejściem do podziemi klasztoru, której to chwili Enrique oczekiwał z niecierpliwością.

W obszernym westybulu było chłodno, co odczuwało się tym bardziej, że na dworze panował upał. Juan wyjaśnił, że tu znajdowała się sala, zwana pałacem króla Marti i sypialnie mnichów. Poprowadził Enrique przez drewniane drzwi po stronie przeciwnej do wejścia. Korytarz za nimi wiódł przez bibliotekę na wielki plac. Podeszli do najdalszego miejsca murów po prawej. Stał tam duży, surowy budynek. Naprzeciw niego wznosiły się okrągłe kaplice, które należały do apsydy kościoła.

Weszli do budynku przez małe metalowe drzwi. Wnętrze, tak jak reszta klasztoru, było surowe. Drewniane meble wyglądały na stare i bardzo kruche. Dwa rzędy potężnych kolumn przecinały salę pozbawioną okien. Po prawej był wielki kominek o poczerniałych ścianach.

– Czy może mi pan pomóc? – spytał Juan z drugiego końca sali.

Starał się poruszyć ciężką szafę w ścianie. Enrique pomógł mu odsunąć mebel. Wtedy Juan ukląkł i podniósł gruby, zakurzony dywan. Pod dywanem znajdował się wielki głaz oddzielony od reszty podłogi niemal niewidoczną szparą.

– A teraz... – szepnął stary, naciskając jeden z kamieni w podstawie komina – niech pan dobrze uważa.

Enrique usłyszał po chwili brzęk łańcuchów i jakiś głuchy dźwięk. Z otwartymi ustami patrzył, jak głaz zagłębia się w ziemię metr od niego, by następnie zniknąć mu sprzed oczu i odsłonić kamienne schodki tonące w zupełnych ciemnościach.

– Niewiarygodne! – wykrzyknął z zachwytem.

– Byli naprawdę sprytni, co? – Juan podszedł do niewielkiego dębowego stolika i wziął z niego latarkę. – Proszę iść za mną. I niech pan uważa. Schodki są wilgotne i nierówne.

Zaczął schodzić, ostrożnie i powoli, oświetlając stopnie latarką, a wolną ręką strzepując z sufitu olbrzymie pajęczyny. Enrique szedł za nim, ani na chwilę nie spuszczając z oczu pięt butów starego i czubków własnych pantofli.

– Mówią, że kilka dni po bombardowaniu klasztor zajęli nacjonaliści. – Głos Juana odbijał się echem w ciemnościach. – Ten budynek został zupełnie zburzony i w ten sposób znaleziono wejście do podziemia. Ponoć żołnierze znaleźli sztandary i tarcze herbowe templariuszy, a poza tym dziwną tkaninę z symbolami wolnomularskimi. Nikt nie wie, co z tym zrobili, ale to, czego nie mogli zabrać ze sobą, nadal jest tutaj, jak pan za chwilę zobaczy. W ostatnich latach wojny klasztor służył jako kwatera główna, więc wejście do podziemi odbudowano, planując ewentualne użycie podziemnych komnat jako schronu dla sztabu generalnego.

Schody kończyły się w obszernej sali, ciemnej jak i one. Enrique zderzył się z plecami starego, kiedy tamten nagle się zatrzymał.

– Uwaga na otwór! – ostrzegł Juan, oświetlając podłogę w przeciwnym krańcu pomieszczenia. Wąskie schodki prowadziły tam do metalowych drzwi bardzo zniszczonych korozją. – To drzwi do podziemnego przejścia. Dawniej można było tędy dojść aż do lasu, na południe od klasztoru, ale teraz przejście jest częściowo zawalone. W dodatku żołnierze podczas wojny zamaskowali wyjście.

Enrique był zafascynowany: tajne wejścia, podziemne korytarze, tajemnicze przedmioty... wszystko to wydawało się nierealne, zbyt fantastyczne, żeby było prawdziwe.

– Tu znaleziono tkaninę i wszystko inne – rzekł staruszek, wchodząc do sali o wiele większej niż poprzednia. – Widzi pan te kręcone kolumny?

– To kolumny Jachim i Booz. Strażnicy Świątyni Salomona – odparł Enrique, wpatrując się w nie uważnie.

Gdy Juan oświetlił ściany, Enrique ujrzał ślady wiszących tam niegdyś tarcz herbowych. Zobaczył też zardzewiałe uchwyty na pochodnie, które przed laty oświetlały pomieszczenie.

– Tkanina zasłaniała to wejście. – Juan oświetlił otwór w ścianie w głębi. – Proszę spojrzeć, co jest nad nim.

Nad wąskim, niskim łukiem widniały symbole wyryte w kamieniu. Enrique podszedł, by obejrzeć je z bliska.

– Oko Opatrzności i... – zaczął Juan.

– ...bliźnięta z konstelacji Bliźniąt – dokończył Enrique. – Znak templariuszy, przedstawiający dwóch rycerzy na jednym koniu. Ale czemu...? Juan, może mi pan dać na chwilę latarkę?

– Tak, oczywiście. Co takiego?

– Chcę coś sprawdzić – odpowiedział Enrique, wskazując gwiazdki wyryte w skale. – Widzi pan? Dokładnie tu, wokół gwiazdy Kastor.

Stary podszedł bliżej.

– Nic nie widzę.

– Jest tutaj! Ta ciemniejsza aureola. Wygląda jak namalowana.

– Tak, teraz widzę! – wykrzyknął Juan. – Ma pan rację.

Obejrzeli wszystkie gwiazdy, jedną po drugiej, i przy żadnej innej nie znaleźli nic podobnego.

– Myśli pan, że to coś oznacza? – spytał Enrique.

– Nie mam pojęcia. – Juan wzruszył ramionami. – Może kiedyś coś znaczyło.

Oświetliwszy notes latarką, Enrique przerysowywał symbole ze ściany: Oko Opatrzności, gwiazdy Bliźniąt i dziwny znak otaczający Kastora, głowę jednego z bliźniąt i najjaśniejszą gwiazdę w konstelacji.

– Jeżeli to wydaje się panu dziwne – rzekł Juan, gdy Enrique skończył – to niech pan zobaczy to. – Przekroczył niski kamienny łuk wejścia, które ukrywała tkanina.

Enrique poszedł za nim, porzuciwszy oglądanie symboli.

– To *sancta sanctorum* – wyszeptał Juan. – Najbardziej sekretne i tajne miejsce w klasztorze.

Znajdowali się w maleńkiej salce o wysokiej powale.

– Wspaniałe miejsce na przechowywanie cennej relikwii – szepnął Enrique, patrząc na puste kamienne ściany.

Gdy wrócili na powierzchnię, była już prawie noc. Przed pożegnaniem się z Juanem do jutra, Enrique uzupełnił swój notatnik informacjami o swojej wizycie w podziemiu.

Wracając do gospody, myślał o tym, co dziś zobaczył. Nie miał już żadnych wątpliwości co do hipotez, jakie przedstawił ojciec Arranz w Monterrey. Pewnie nigdy się nie dowie, jak żył tajemniczy Gilles, ale przynajmniej odkrył, jak umierał. Poza tym miał już pewność, że klasztor był miejscem, gdzie czczono kopię Świętego Całunu. „Albo prawdziwy Całun" – przypomniał sobie słowa księdza.

Wmawiał sobie, że powinien być zadowolony, ale na próżno. Wciąż pozostawały pytania bez odpowiedzi; bardzo wiele takich pytań. Czuł, że te nierozwiązane tajemnice są najważniejsze. W dalszym ciągu nie wiedział, dlaczego ateista – profesor Sorbony – odbył długą podróż z Paryża do klasztoru wśród wzgórz Tarragony w poszukiwaniu Świętego Całunu. Nie rozumiał, co sprawiło, że kiedy go odnalazł, zmienił swoje życie. I dlaczego cystersi ukryli Całun w głębi ziemi, w miejscu pełnym symboli templariuszy. Nie miał też pojęcia, jakie znaczenie w całej zagadce odgrywał papier w medalionie.

Dwa notatniki pełne zapisków leżały obok niego na siedzeniu samochodu. Oderwał wzrok od drogi i spojrzał na nie. Był pewny, że na tych kartkach kryje się odpowiedź. Widział już światła gospody, gdy przypomniał sobie, co profesor Arranz powiedział na konferencji, zanim protesty kolegów zagłuszyły go: „Czasami historia zaskakuje nas i mamy ochotę ukryć prawdę, która nas przeraża. Ale nie powinniśmy bać się tego, co już się wydarzyło; po prostu trzeba zmienić..."

– ...punkt widzenia – wyszeptał Enrique.

Wrażenie było tak silne, że stracił kontrolę nad samochodem, zjechał z drogi i uderzył w drzewo. Na szczęście zdążył wyhamować, a dzięki pasowi bezpieczeństwa nie walnął głową w kierownicę.

Zgasił silnik i po kilku próbach zdołał zapalić światło w samochodzie. Podniósł jeden z notesów, które zsunęły się z siedzenia. Szybko przerzucał kartki, aż znalazł tę, której szukał, i wyrwał ją. Potem chwycił drugi notes i z równą gwałtownością przekartkował.

– Gdzie jesteś? – pytał, ściskając w dłoni wyrwaną kartkę. – Gdzie jesteś? Mój Boże... – szepnął po chwili. – Jak mogłem się nie zorientować?

Powoli, jakby bojąc się, że jednak miał rację, otworzył dłoń ściskającą wyrwaną kartkę. Była zgnieciona jak zwiędły kwiat. Enrique położył ją na

221

kolanach koło notesu i spróbował wygładzić. Kiedy zobaczył oba obrazy obok siebie, gwałtownie wciągnął powietrze, ciągle nie wierząc. Przekręcił notes, by rysunek cmentarza był ustawiony tak samo jak gwiazdy w konstelacji Bliźniąt. Na oddzielnej kartce zaczął kopiować rysunek cmentarza, łącząc ze sobą punkty podpierające i wyciągając linie przedstawiające pień winorośli. Przed jego oczami pojawiły się postaci dwojga bliźniąt, Kastora i Polluksa, trzymających się za ręce i z głowami pochylonymi lekko do przodu.

Enrique chwilę siedział nieruchomo, patrząc bezmyślnie na światła gospody. Wreszcie, jakby przywrócony do życia, ze spokojem zgarnął wszystkie papiery do kieszeni. Przekręcił kluczyk w stacyjce, próbując włączyć silnik. Motor zachrypiał, ale nie ruszył.

Enrique wysiadł z wozu. W ręku trzymał latarkę, którą znalazł w bocznej kieszeni auta. Temperatura mocno spadła i nocny wiaterek sprawił, że przeniknął go dreszcz. Poszedł na przód samochodu, otworzył klapę i oświetlił latarką wnętrze. Chłodnica była zniszczona i wylewała się z niej woda. Jeszcze raz spojrzał w kierunku gospody, po czym odwrócił się i poszedł drogą w kierunku klasztoru Poblet. Opactwo było niecały kilometr stąd, ale w ciemnościach wydawało się znajdować dużo dalej. Gałęzie drzew, które w dzień dawały miły cień, teraz wyglądały wręcz groźnie. W głębi lasu błyszczały oczy nieznanych zwierząt.

Gdy dotarł do klasztoru i przeszedł Bramę Prades, zastał plac całkiem pusty. Skierował się do składu narzędzi, który widział, przechodząc tędy rano. Rozglądał się nerwowo dookoła, bojąc się, że go ktoś odkryje. Drzwi były otwarte, ale zanim wszedł, upewnił się, zaglądając przez okno, że w środku nie ma nikogo. Zapalił latarkę i oświetlił pomieszczenie, szukając drąga i solidnej łopaty. Z tymi narzędziami na ramieniu skierował się ku gęstym zaroślom w północnej stronie klasztoru.

Zrobiło się jeszcze chłodniej. Rozgwieżdżone niebo pokryły chmury zwiastujące zbliżającą się burzę. Enrique usłyszał daleki odgłos grzmotu i w wyobraźni ujrzał samolot o srebrnych skrzydłach, siejący ogień i śmierć.

Po dziesięciu minutach znalazł się na starym cmentarzu. Był otoczony dwumetrowym murem z nieregularnych kamieni, które w wielu miejscach powypadały. Chmury pokryły już całkowicie niebo, niczym szara, ciężka opona. Kiedy dotarł do bramy, spadły pierwsze krople deszczu. Jeżeli się nie mylił, grób, którego szukał, powinien się znajdować po przeciwnej stronie cmentarza. Zapalał latarkę jak najrzadziej i na krótko, bojąc się, że któryś z mnichów zobaczy go z okna klasztoru. Szedł wśród grobów niemal po omacku, obijając się o nie co chwila. Gdy był zaledwie parę metrów od przeciwległego muru, potknął się o jakiś korzeń i upadł na ziemię. Drąg i łopata wypadły mu z rąk i poleciały do przodu, z głośnym trzaskiem uderzając o mur. Deszcz był coraz gęstszy. Lodowate krople waliły go po plecach, jakby nie chciały, by się podniósł.

Z trudem wstał, macając po ziemi w poszukiwaniu latarki. Tym razem zapalił ją na dłużej, chcąc dostrzec rozrzucone narzędzia. Leżały pod murem, obok jednego ze słupków podtrzymujących winorośl. Schylił się po nie z głośnym stęknięciem – stłuczone kolano znowu zaczęło go boleć – rozejrzał się i zaczął oświetlać rozmaite strony cmentarza, by zorientować się, gdzie się znajduje.

– Polluks... – powiedział cicho, oświetlając fragment muru przed sobą – i... – szepnął jeszcze ciszej, obracając się.

Ręka trzymająca latarkę zaczęła drżeć tak, że musiał podtrzymać ją drugą ręką, by ustabilizować snop światła. Grób nie miał płyty. Tylko zaimprowizowany krzyż z dwóch małych deseczek związanych sznurkiem. Na poziomej deseczce, lekko skrzywionej, można było przeczytać napis BRAT KASTOR.

Enrique stał obok grobu, woda lała mu się na głowę i ramiona, spływając aż do czubków palców. Jeszcze nie do końca pojmował, dlaczego on, profesor historii, za chwilę sprofanuje grób na cmentarzu jakiegoś opactwa. Ale w duszy miał zupełny spokój. Odłożył latarkę, tak by oświetlała grób, i ujął łopatę. Ogłuszający grzmot rozdarł niebo w tej samej chwili, w której ostrze wbiło się w ziemię. Kopał bez wytchnienia, podczas gdy niebo co chwila rozświetlały błyskawice.

Mniej więcej po dwudziestu minutach był już całkowicie przemoczony. Woda zbierała się w wykopanym otworze i na stopy spływały mu strugi błota. Ale burza oddaliła się równie szybko, jak się pojawiła i deszcz padał coraz słabiej, aż zmienił się w drobną mżawkę. Po chwili zupełnie ustał. Blade światło latarki, leżącej teraz w wykopie, zaczęło przygasać.

Enrique ponownie zanurzył łopatę w błocie, ale tym razem usłyszał inny dźwięk niż dotychczas. Odłożył szpadel i ukląkł nad wykopem. Zanurzył ręce w brudnej wodzie i wymacał dłońmi wieko drewnianej trumny.

Nadszedł moment sprawdzenia, czy miał rację. Enrique wiedział, że szalone pomysły rzadko okazują się mieć jakiś sens. Ale elementy, które powiązał ze sobą w myślach, zgadzały się tak doskonale, że wszelki przypadek był tu wykluczony. Wiedział, że w Boże Narodzenie 1938 roku pod drewnianym krzyżem pochowano nie mnicha, ale najcenniejszą relikwię klasztoru, tę, którą Fernandez de Córdoba odebrał Cezarowi Borgii: prawdziwy Święty Całun. Całun, który Cezar wykradł Sabaudczykom i który kazał skopiować Leonardowi da Vinci, by ich oszukać; Całun Chrystusa, który przechowywano w Poblet w sekretnej podziemnej komnacie pod staranną pieczą człowieka imieniem Gilles. Pomysł pochowania go w grobie musiał przyjść do głowy właśnie temu dzielnemu opatowi. Może nawet obmyślił to wcześniej, przewidując nadejście trudnych czasów. Tego Enrique nie wiedział. Był jednak przekonany, że Gilles, jak wszyscy mądrzy ludzie, uważał, iż jego pomysł nie jest niezawodny, i przewidział inne wyjście na wypadek swojej śmierci i śmierci wszystkich, którzy wiedzieli, gdzie Całun jest ukryty. Gdyby tak się stało, zostałby na zawsze ukryty pod ziemią. Dlatego kazał zakopać Całun, przy słupku, który odpowiadał gwieździe Kastor w konstelacji Bliźniąt. Potem zaznaczył tę gwiazdę w podziemnej komnacie w nadziei, że gdyby wszyscy bracia zmarli, ktoś zdoła znaleźć Święty Całun, idąc zostawionymi przez niego śladami.

Teraz, po niemal sześćdziesięciu latach, on, z pasją studiujący dzieje templariuszy, poszedł tymi śladami i zawiodły go aż tutaj, do skromnej sosnowej trumny.

Woda pokrywająca trumnę już spłynęła i wsiąkła w ziemię. Enrique mógł dostrzec zniszczone drewno, tak kruche po latach, że niemal rozpadało się w palcach. Zardzewiałe gwoździe prawie nie stawiały oporu, gdy podważał wieko drągiem. Ostrożnie, tak żeby do środka nie dostało się błoto, podnosił wieko, aż odsłonił zawartość. Serce zaczęło mu bić szybciej, kiedy ujrzał duże zawiniątko. Pochylił się i delikatnie je podniósł. Enrique musiał rozedrzeć grube płótno, by odkryć pod nim ciężką arkę ze srebra, poczerniałego ze starości. Nie była zbyt ozdobna; miała tylko relief przedstawiający postaci świętych. Ale właśnie prostota czyniła ją tak piękną, godną oprawą dla relikwii. Rękoma drżącymi z emocji odsunął zasuwę przytrzymującą pokrywę. Zawiasy wydały lekki jęk, ale nie stawiły oporu. Podniósł z ziemi latarkę i oświetlił nią wnętrze arki. Tkanina z ciemnego jedwabiu nie pozwalała dojrzeć, co jest wewnątrz. Spojrzał na swoje ręce, umazane błotem, i wytarł je w mokrą koszulę. Potem znów oświetlił arkę, unosząc jedwab powoli i z szacunkiem.

– Och, Boże...! – wyszeptał, gdy w końcu zobaczył, co było ukryte pod jedwabiem.

Płacząc z radości pod letnim niebem, ponownie pełnym gwiazd, wpatrywał się w pogodne, subtelne oblicze na Świętym Całunie.

Epilog

Minęło już sześć miesięcy od czasu, kiedy profesor Enrique Castro przekazał Święty Całun Watykanowi. Od tej chwili nie wiedział o nim nic więcej, chociaż często wracał myślami do Płótna w poszukiwaniu ciszy i spokoju ducha. Odpowiedzi na wielkie zagadki ludzkości zawsze są dziwne i skomplikowane. Niełatwo jest ufać tylko rozumowi albo tylko wierze. Być może człowiek jest skazany na to, że nie potrafi zrozumieć samego siebie, niewybaczalnie zaślepiony sobą samym. Być może jest też jak ryba w akwarium, zamknięty w swoim maleńkim świecie i nie widzi, że gdzieś tam, dalej, istnieje nieznany wszechświat. W każdym razie, myślał Enrique, każdy człowiek powinien, na miarę swoich możliwości, podnosić wzrok ku niebu i próbować domyślić się, co się znajduje nad jego głową.

Odnalezienie Całunu było przełomowym momentem w jego życiu, zarówno osobistym i zawodowym, jak też duchowym. Niejeden filar jego dotychczasowego myślenia zachwiał się, a nawet legł w gruzach. Nadal był racjonalistą, ale zrozumiał, że inteligencja powinna posługiwać się wszystkimi prawdami świata, nie wyłączając niektórych z nich tylko dlatego, że utrudniają konstrukcję myśli. Teraz jego myślenie było może mniej jednolite, ale czuł się wyzwolony z niewoli logiki przesadnie sztywnej i zbyt ludzkiej.

Czasami nie był w stanie zrozumieć, jak odważył się zajść tak daleko: wykopać w tajemnicy, ciemną nocą, przy strasznej burzy, trumnę zawierającą Święty Całun; przejść na lotnisku Barajas w Madrycie przez kontrolę celną z Całunem w walizce, schowanym pomiędzy bielizną. Gdyby celnicy go sprawdzili, siedziałby pewnie teraz w więzieniu za rabunek zabytku historyczno-artystycznego Hiszpanii. Uważał, że Całun powinien należeć do całej ludzkości, a nie leżeć w ukryciu, choćby to go miało chronić. Tak myślał również German Arranz, który ogromnie pomógł mu w poszukiwaniach i który zgodził się, żeby Enrique dokładnie zbadał Całun w Meksyku. Zatrzymał w Hiszpanii srebrną arkę do chwili, kiedy Całun zostanie przekazany do Rzymu. Jako historyk Enrique zawsze uważał, że każdy pomnik przeszłości – czy to stara księga, czy wykopaliska archeologiczne – powinien być dostępny dla każdego. Powinien być strzeżony przed zniszczeniem czy kradzieżą, ale nie aż tak, żeby nie można było z niego korzystać. Ukrywanie go byłoby równoznaczne z jego utratą.

W przypadku Świętego Całunu tym bardziej. Wszyscy, wierzący i ateiści, powinni móc podziwiać jego niezwykły majestat relikwii. Enrique był pewien, że jego decyzja, żeby oddać Całun Watykanowi – prawowitemu moralnie właścicielowi – była słuszna. Niemniej zdziwiło go, gdy watykańskie biuro prasowe nie ogłosiło żadnej notatki na temat odzyskania Całunu. Przeprowadzenie badań mających stwierdzić jego autentyczność było konieczne, ale minęło już niemal pół roku od chwili, gdy wysłał Całun do Rzymu. I to mimo że załączył kopię raportu, który – w tajemnicy – opracowali on i jego koledzy z Universidad Autonoma w Meksyku, specjaliści różnych dziedzin, uzyskując zaskakujące rezultaty, nawet zdumiewające.

Jego wątpliwości, choć bardzo głębokie, w ów poniedziałek dwudziestego piątego maja 1998 roku zostały rozwiązane. Korzystając z kilku dni wakacji, był w Paryżu, razem ze swoją żoną Mercedes. Tego ranka zwiedzili wieżę Eiffla, żelazne „monstrum" ważące ponad sześć tysięcy ton. Po wypiciu świetnej, choć drogiej *cafe au lait* w luksusowej restauracji na wieży udali się do Luwru. Tam podziwiali *Giocondę*, najsłynniejszy obraz Leonarda da Vinci, chronioną grubym pancernym szkłem przed próbami ataków ludzi chcących go zniszczyć, co już się zdarzało parokrotnie. I jak wszyscy, którzy mieli okazję oglądać portret, byli zafascynowani wyrazem twarzy Giocondy. Jej oczy i uśmiech potrafiły wzbudzić zarówno sympatię, jak i wściekłość. Była zagadką nigdy niewyjaśnioną do końca.

Wizyta w Luwrze była bardzo przyjemna dla umysłu, ale niezwykle męcząca dla nóg. Po wyjściu z muzeum na prośbę Mercedes poszli nad Sekwanę, tam gdzie bukiniści sprzedają na wielobarwnych kramikach wszelkiego rodzaju stare przedmioty, książki, grawiury, monety... W porze obiadu siedli zmęczeni na ławce nad brzegiem rzeki. Enrique kupił gazetę i przeglądał ją nieuważnie. Nagle dojrzał notatkę, która zwróciła jego uwagę. Była to krótka relacja z ostatniej wizyty papieża Jana Pawła II w siedzibie Świętego Całunu w Turynie... Świętego Całunu, który od XVI wieku był fałszywy.

JAN PAWEŁ II WZYWA NAUKOWCÓW DO PRZEPROWADZENIA NOWYCH STUDIÓW NAD ŚWIĘTYM CAŁUNEM

Ojciec Święty przybył wczoraj do Turynu dla uczczenia Świętego Całunu Chrystusa i ponowił swoją deklarację ponownej dyskusji na temat jego autentyczności.

Witany serdecznie przez tysiące wiernych, Papież odwiedził po raz trzeci Święty Całun w towarzystwie premiera Włoch Romano Prodiego i kardynała Giovanniego Saldarini, arcybiskupa miasta i strażnika relikwii. Wyraźnie zmęczony i w niezbyt dobrym stanie zdrowia modlił się na klęczkach przed Całunem, jednym z najcenniejszych symboli chrześcijaństwa, otaczanym szczególną czcią.

Święty Całun, pozostający pod opieką książąt sabaudzkich w turyńskiej katedrze od niemal pięciu wieków, został uznany przez Papieża za „symbol męczeństwa Ukrzyżowanego i milionów ludzi prześladowanych za wiarę", ale także za nieporównane „świadectwo Ewangelii i oznakę boskiej miłości i grzechów ludzkich".

W swojej wypowiedzi Ojciec Święty potwierdził, że Całun jest „wyzwaniem dla inteligencji, która wymaga od każdego człowieka, a zwłaszcza od uczonych, wysiłku dla wyjaśnienia jego prawdziwego znaczenia". Wspomniał także o „głębokiej fascynacji wywoływanej przez Całun, która doprowadziła do postawienia doniosłych pytań dotyczących zgodności pomiędzy Świętym Całunem a męką Chrystusa opisaną przez ewangelistów".

Papież wezwał międzynarodową społeczność naukowców do rozpoczęcia nowych badań nad Płótnem: „Kościół nalega na podjęcie studiów nad Całunem bez żadnych uprzedzeń, tak ze strony naukowców, jak wiernych.

fINIS

*Sicut umbra dies nostri**

Wnioski ze studiów nad Całunem
Raport *GILLES*

Ten raport, nazwany *GILLES* na cześć francuskiego profesora, który dotarł do Świętego Całunu w klasztorze w Poblet, nie ma na celu spekulowania wnioskami wysnutymi na podstawie studiów nad Całunem. Informacje w nim zawarte są wyłącznie rezultatem obserwacji, doświadczeń i prób przeprowadzonych w czasie studiowania zagadnienia, z wyjątkiem tych, które opierają się celowo na domniemaniach. Każdy ewentualny błąd nie jest więc wynikiem przekroczenia wyznaczonych granic w ściśle naukowym badaniu.

Raport nie ma też na celu wykazania tożsamości człowieka z Płótna ani tego, czy rzeczywiście był to Jezus Chrystus. Mimo to należy podkreślić, że wszyscy członkowie ekipy badawczej doszli do wniosku, iż w świetle uzyskanych rezultatów margines wątpliwości jest niewielki, zwłaszcza w porównaniu z opisami ewangelicznymi. Człowiek z Całunu był ponad wszelką wątpliwość istotą o szczególnych właściwościach. Czy człowiek, którego po śmierci owinięto w ten całun, był czy nie był Synem Bożym,

---

* *Sicut umbra dies nostri* (łac.) – Nasze dni są jak cienie (przyp. tłum.).

jest i zawsze pozostanie kwestią wiary; ale, jeśli w ogóle ktoś mógł Nim być, to właśnie on.

Wreszcie, jako konieczne i potrzebne wyjaśnienie, należy wspomnieć, że włos znaleziony na materiale Całunu, którego użyto do przeprowadzenia studium genetycznego osoby, od której pochodził, został wysłany do Watykanu w hermetycznie zamykanej stalowej skrzynce, wraz z Całunem. Ponadto wszystkie wyniki badań DNA przeprowadzonych na nim zostały zniszczone, uznano bowiem, że gdyby wpadły w niepowołane ręce, można by przewidywać możliwość stworzenia klonu tej osoby.

Materiał, z którego zrobiono Całun

Święty Całun został wykonany z włókna lnianego w doskonałym gatunku (*linum ustatissimum*), z niewielką domieszką włókien bawełny (*herbaceum*). Rodzaj materiału jest znany pod nazwą „jodełki" lub „rybiego ogona". Taki rodzaj tkaniny był znany w Europie od XIV wieku, ale istnieją dużo starsze zachowane próbki, już z II wieku p.n.e., odnalezione w grobowcach egipskich. Istnieje także podobne płótno, należące do XII dynastii egipskiej, datowane pomiędzy XVIII a XX wiekiem p.n.e.

Całun został utkany ręcznie na maszynie tkackiej o wysokiej osnowie (typ tkaniny znany w Egipcie od co najmniej 30 wieków przed Chrystusem). Nić wątku składa się z 38 włókien na centymetr kwadratowy. Nić taśmy – z 26 włókien. Różne grubości nici wskazują na to, że pasma były przędzone przez różne osoby.

Dokładne rozmiary Płótna to 4,36 metra długości i 1,10 metra szerokości. Być może powstał w mieście Palmira, największym centrum produkcji tekstylnej w I wieku n.e. Miasto to znajduje się bardzo blisko Damaszku, obecnej stolicy Syrii.

Waga Świętego Całunu zależy od warunków atmosferycznych, zwłaszcza od wilgotności. Wynosi od 240 do 290 gramów na metr kwadratowy. Całe Płótno waży zatem od 1150 do 1390 gramów.

Fizyczna charakterystyka człowieka z Całunu

Człowiek, którego owinięto w Całun (nie uwzględniając skrócenia lewej nogi, powstałego na skutek działań związanych z jego śmiercią), był wzrostu od 181 do 182 centymetrów, antropometrycznie doskonały (nie wykazuje żadnego defektu fizycznego), atletycznej budowy. Jego wagę można ocenić na około 80 kilogramów, a wiek na 30–35 lat.

Na podstawie badań twarzy i charakterystycznych cech ciała nie można stwierdzić z całą pewnością, że człowiek z Całunu należał do rasy semickiej; jego rysy sugerują to w niewielkim stopniu, a wzrost i figura nie są typowe dla przeciętnego Żyda sprzed 2000 lat. Łatwiej byłoby go zaliczyć – chociaż będzie to mniej dokładne – do typu śródziemnomorskiego.

Męczeństwo człowieka z Całunu

Ciało człowieka z Całunu nosi ślady biczowania na całej powierzchni z wyjątkiem prawej strony części piersiowej, prawdopodobnie dlatego, by uniknąć ewentualnego zatrzymania akcji serca. Najbardziej uszkodzone rejony to piersi, ramiona i plecy; w mniejszym stopniu nogi, pośladki i brzuch. Do biczowania użyto dwóch batogów, każdy złożony z dwóch pasów zakończonych dwiema kulkami (prawdopodobnie z ołowiu lub kości); jest to rodzaj znany jako *flagrum*. Można naliczyć mniej więcej 120 uderzeń rozrzuconych po całym ciele.

Człowiek z Całunu został przybity (do krzyża?) za przeguby rąk, pomiędzy kośćmi nadgarstka, bez uszkodzenia kostki półksiężycowej. Gwóźdź, którym przebito prawy nadgarstek, nie przeszedł pomiędzy kośćmi i uległ skrzywieniu z nieznanych przyczyn; trzeba go było wbić ponownie co najmniej jeszcze raz (może nawet dwa razy). Dlatego rana na tym nadgarstku jest większa (mierzy 15 na 20 milimetrów) i ma owalny kształt. Znajdujące się tam nerwy zostały uszkodzone przez gwoździe, uległy napięciu i spowodowały wyprostowanie palców i zagięcie kciuków do wnętrza dłoni. Gwoździe spowodowały też hemostazję*, co przeszkodziło wykrwawieniu się człowieka z Całunu.

Stopy zostały przebite razem, jedna oparta o drugą, jednym długim gwoździem, który przeniknął kość nadpiętową i spowodował wyprostowanie prawej nogi w czasie, gdy człowiek umierał na krzyżu. Człowiek ten niewątpliwie nie był kulawy. Lewa noga wydaje się krótsza, ponieważ bę-

---

* Hemostazja – zahamowanie krwotoku (przyp. aut.).

dąc przez tyle czasu ugięta (na krzyżu?), pozostała taka i później z powodu zesztywnienia członków *post mortem*. Lewe kolano było ugięte nad prawym.

Słynna korona cierniowa była w rzeczywistości rodzajem czapy. Spowodowała skaleczenia w rejonach czoła, skroni i potylicy, tworząc coś w rodzaju jednolitej aureoli. Można naliczyć koło 30 ran. Najpoważniejsze były tak głębokie, że uszkodziły żyłę czołową i część czołową arterii skroniowej. Największe rozdarcie, półokrągłe, przecina czoło; krew jest tu gęsta. Kształt rany powstał zapewne ze skurczu mięśni czoła, jako konwulsyjna reakcja na ból. Roślina użyta do zrobienia korony otrzymała nazwę „cierni Chrystusa" (*Ziziphus spina Christi*), a jej kolce składają się z dwóch bardzo ostro zakończonych haczyków.

Już po śmierci (rana nie wykazuje obrzęku na obrzeżach) człowiek z Całunu otrzymał głębokie pchnięcie w bok, zadane ostro zakończonym, tnącym narzędziem, które zostało wbite w ciało niemal poziomo. Rana jest doskonale widoczna, chociaż krew zostawiła plamę bardziej rozmytą, o mniej intensywnym zabarwieniu. Ta rana znajduje się dokładnie w okolicy prawego hemitoraksu*, z wydzielającą się krwią i osoczem (*post mortem*) nad prawym bokiem, aż do okolicy krzyża, między piątym i szóstym żebrem. Rana o otwartych brzegach bez śladów ścinania się wskazuje na to, że zadano ją martwemu już ciału. Lanca, której użyto, była to prawdopodobnie *lancea romana,* używana powszechnie przez rzymskich legionistów w epoce cesarstwa. Ostrze miało owalny kształt, można nim było przebić mięśnie i uszkodzić żebra; jest to typowe ostrze tzw. kształtu roślinnego, ale bardziej wydłużone.

Na prawym ramieniu widać lekkie zagłębienie spowodowane nieznanymi przyczynami. Możliwe, że powstało ono od szarpnięcia przez kata prawej nogi ofiary podczas przybijania jej do *stipes*, przyjmując, że człowiek z Całunu zmarł na krzyżu.

Człowiek z Całunu dźwigał na plecach ciężki kawał drewna (*patibulum* krzyża?), którego waga, wnioskując ze śladów na plecach i ramionach, wynosiła od 60 do 70 kilogramów, co jeszcze głębiej wbiło ciernie „korony" w okolice karku. To drewno spowodowało, że skóra była otarta i posiniaczona na odcinku mniej więcej prostokąta o wymiarach 9 na 10 centymetrów na prawym ramieniu (nad łopatką i przy obojczyku). Inny

---

* Hemitorax (gr.) – w połowie wysokości klatki piersiowej (przyp. aut.)

podobny ślad, mniejszy, znajduje się na analogicznej części po lewej stronie. Grubość niesionego drzewca musiała wynosić około 15 centymetrów, a zatem w stosunku do wagi jego długość należy ocenić na 160–170 centymetrów.

Człowiek z Całunu miał nogi skrępowane w kostkach. Widać też ślady sznura na nadgarstkach (ręce związane przy biczowaniu), na ramionach, pod pachami i na piersiach, te ostatnie prawdopodobnie spowodowane drzewcem niesionym na ramionach.

Został okrutnie pobity po twarzy. Widać wyraźne skrzywienie łuku nosa w lewą stronę, a także część twarzy pokaleczoną i posiniaczoną z powodu silnego uderzenia. Część *cigomatica** po prawej stronie twarzy również wydaje się opuchnięta. Uderzenie musiało być zadane kijem lub pałką o około 5–6 centymetrów obwodu, a zadano je z prawej strony, czyli lewą ręką (zgodnie z żydowskim obyczajem). Najbardziej uszkodziło nos. Inne ślady silnych uderzeń widać na piersi i brzuchu. Wargi są bardzo spuchnięte. Część brody została wydarta, prawdopodobnie jednym szarpnięciem.

Człowiek z Całunu upadał na ziemię kilkakrotnie, na dość nieregularne podłoże (kamieniste lub brukowane). Jego kolana są wyraźnie poranione, zwłaszcza lewe.

Strumień krwi przecinający plecy na wysokości pasa powstał od ciosu lancą w bok i według wszelkiego prawdopodobieństwa wypłynął przy zdejmowaniu człowieka z miejsca, do którego został przybity (z krzyża?).

Na jego powiekach przy składaniu ciała do grobu położono po jednej monecie z brązu, niewielkich rozmiarów, mniej więcej odpowiadających wielkością oczodołom. Jest to żydowski obyczaj; czasami zamiast monet kładziono kamyki, kawałki ceramiki itd. Te monety były to prawdopodobnie *leptones***.

Zanim go zawinięto, głowę nieboszczyka podwiązano chustką pod brodą, by utrzymać usta zamknięte. Człowiek z Całunu miał włosy długie (nie był ostrzyżony), które ściągnięto na wysokości szyi tak, że pasmo spadało na podstawę szyi. To forma typowa dla kultury esseńskiej Palestyny sprzed 2000 lat.

---

* *Cigomaticus* (łac.) – policzkowy (przyp. aut.).
** *Leptones* – brązowe monety żydowskie (przyp. aut.).

Zesztywnienie ciała, bardzo wyraźne, z głową przyciśniętą do piersi, jest typowe dla ciał ukrzyżowanych, co potwierdza wiele świadectw historycznych.

Analiza Całunu

Do materiału przylgnęły resztki wosku, fragmenty ciał insektów, pyłków i nasion roślin, wełna oraz maleńkie włókienka różowego i błękitnego jedwabiu.

Badanie palinologiczne* wykazało pomiędzy włóknami Całunu drobinki pyłku roślin pustynnych z czasów Jezusa Chrystusa i z regionu Palestyny, identyczne ze znalezionymi w warstwach osadowych jeziora Genezaret, liczące sobie 2000 lat.

Znaleziono także drobiny pyłku, które potwierdzają jego przewożenie przez Konstantynopol, Francję, Włochy, Azję Mniejszą (Edessa) i Hiszpanię, a ponadto inne w mniejszych ilościach. Ta różnorodność, niewystępująca w naturalnych warunkach w żadnym miejscu na świecie dowodzi, że Całun wiele podróżował. Niektóre drobiny należą do gatunków już nieistniejących, dlatego nie mogły służyć do badań porównawczych. Inne gatunki istnieją nadal i należą do wymienionych rejonów geograficznych.

Znaleziono dużą ilość cząsteczek tlenku żelaza i czystego żelaza (komponent krwi), najwięcej na śladach dużych ran. Wskazuje to na duży upływ krwi. W kilku wypadkach krew przesiąkła przez materiał. Nie przeniknęła całkowicie materiału dzięki jego wielkiej spoistości i dlatego, że ciało było odwodnione. Te cząsteczki znajdują się na całej powierzchni Całunu prawdopodobnie dlatego, że trzymano go w postaci złożonej na kilka części.

Plamy krwi znajdują się na całym Płótnie. Straciły jakiekolwiek organiczne cząstki, które pozwoliłyby określić krew bliżej (chociaż jej skład wydaje się niewątpliwy). Nie ma też chemicznych pozostałości krwi. W promieniach ultrafioletowych nie wystąpiła fluorescencja, zatem nie ma hemoglobiny. Próby z benzydyną** również wypadły negatywnie:

---

* Palinologia (gr.) – dział botaniki, zajmujący się pyłkami roślin, żywymi i skamieniałymi (przyp. aut.).

** Benzydyna (gr.-łac.) – krystaliczny proszek stosowany jako odczynnik w analizie nieorganicznej (przyp. tłum.).

nie nastąpiła transformacja koloru. Negatywnie zakończyło się także badanie mikrospektroskopowe w poszukiwaniu hemochromogenu*. Negatywna była chromografia warstw ultracienkich. Proteiny specyficzne dla krwi uległy przekształceniu i straciły cechy pozwalające je zidentyfikować. Przy wyświetleniu spektrum przetworzonej metahemoglobiny stwierdzono, że krew jest bardzo stara. Poszukiwanie bilirubiny – pozytywne. W odbitym świetle widać kolor niebieski, typowy dla azobilirubiny. Test floroscaminy pozytywny. Wykryto proteiny krwi.

Znaleziono też proteiny zwierząt w niektórych miejscach Całunu, ale tylko na plamach krwi, a nie na całej powierzchni, jak to by było w przypadku płótna sporządzonego przez malarza. Te proteiny są połączone z inną substancją organiczną, seroalbuminą, która znajduje się wyłącznie w osoczu krwi. Przy próbie rozpuszczenia w hydracynie cząsteczki przybrały kolor czerwony, charakterystyczny dla hemochromogenu.

Analiza odbicia na Całunie

Wizerunek na płótnie wygląda na odbicie w tym sensie, że nie powstał przez zetknięcie ani przez żadną reakcję chemiczną czy bakteriologiczną (sprawdzone badaniem promieniami X). Na materiale nie ma żadnych śladów pigmentu. Tym samym należy odrzucić termiczne pochodzenie wizerunku.

Wizerunek jest zdecydowanie powierzchowny; nie przenika lnianych włókien zewnętrznych, nawet w najciemniejszych miejscach. Największe zaciemnienie występuje w miejscach, gdzie jest więcej włókien przyciemnionych (co znaczy, że nie ma większego zaciemnienia na każdym oddzielnym włóknie). Wizerunek występuje tylko na powierzchni Całunu, która pozostawała w kontakcie z ciałem. Pod plamami krwi nie ma odbicia.

Włókna z wizerunkiem są uszkodzone. Len w tych miejscach uległ odwodnieniu i utlenieniu ostrzejszemu niż reszta Całunu. Odbicie powstało na skutek gwałtownej dekompozycji pewnych części płótna. Prawdziwy kolor wizerunku jest neutralnie szary. Kolor sepii powstał przez zżółknięcie lnu i zewnętrzne naświetlenie.

---

* Hemochromogen – składnik hemoglobiny (przyp. tłum.).

Wizerunek jest trójwymiarowy. Różnice w jego intensywności zależą wyłącznie od odległości. Stopień intensywności jest odwrotnie proporcjonalny do odległości materiału od ciała.

Odbicie jest negatywem fotograficznym twarzy człowieka z Całunu (z wyjątkiem plam krwi, które są w pozytywie). Części jasne wyszły na nim jako ciemne i odwrotnie. Brakuje mu jednak perspektywy (nie ma źródła promieniowania zlokalizowanego i punktowego). Wizerunek powstał wskutek promieniowania, które wydzielało samo ciało. Nie znamy promieniowania tego rodzaju i nie istnieje żadna hipoteza, która pozwoliłaby ustalić tu jakąś satysfakcjonującą teorię.

Analiza genetyczna człowieka z Całunu

Należy wprowadzić wyjaśniający opis, który będzie służył pełnemu zrozumieniu najważniejszych pojęć używanych w genetyce. Przeprowadzona analiza człowieka z Całunu została zrealizowana poprzez pełny łańcuch DNA uzyskany z włosa znalezionego na materiale.

Dziedzictwo genetyczne istot ludzkich przekazywane jest z pokolenia na pokolenie, przy czym każdy rodzic przekazuje potomstwu połowę swoich genów. Każda osoba posiada pary jednostek genetycznych, chociaż przy przekazywaniu (jajo lub plemnik, czyli gamety) do organizmu przechodzi tylko po jednym. Każda jednostka genetyczna nazywa się genem, a ich zestaw znajdujący się w chromosomach to genoma, długa spirala DNA.

Człowiek ma 23 pary chromosomów, czyli razem 46. Każdy gen chromosomu ma swoje odbicie w drugim chromosomie: są to geny homologiczne. Jest tak dlatego, że każdy specyficzny gen zajmuje niezmienne miejsce w konkretnym chormosomie, zwane *lucus*. Wzdłuż chromosomów znajduje się ok. 100 000 rozmaitych genów (w tym kilka tysięcy genów związanych z chorobami dziedzicznymi), trochę genów jest bardzo małych, inne z kolei są niezwykle duże. Obecnie znamy około 30% mapy genomu, czyli mówiąc inaczej, około 30 000 genów.

Jeśli ktoś posiada dwa geny homologiczne identyczne z jednej pary, mówimy, że jest homocygotyczny w stosunku do tego genu. W przeciwnym razie, gdy każdy gen homologiczny jest inny, człowiek jest heterocygotyczny w stosunku do niego. Każda odmienna forma genu nazywa się allelem. Z dwóch genów, w przypadku gdy są różne, tylko jeden występuje u człowieka – ten, który ma cechy dominujące; drugi zaś pozostaje ukryty. Jedynie w przypadku dziedziczenia dwóch alleli ta cecha może się ujawnić. Ale mając nawet tylko jeden allel dziedziczny, nawet jeśli się nie objawia, można przekazać ten gen dzieciom i następnym pokoleniom.

W pewnych przypadkach określona cecha zależy od różnych lub od wielu genów (poligenetyczna – w przeciwieństwie do monogenetycznej) i od kombinacji alleli. Niekiedy kombinacja alleli może wprowadzić cechy pośrednie. Trzeba pamiętać, że większość najważniejszych cech człowieka odpowiada sumie różnych genów.

Charakterystyka fizyczna

- Atletyczna budowa
- Wysoki wzrost
- Szerokie ramiona i biodra
- Głowa wydłużona (*dolicocefalo**)
- Skóra jasna
- Włosy jasnokasztanowate, lekko falujące
- Broda niemal blond
- Nos długi
- Wargi średnie
- Uszy małe
- Brwi czarne i zaokrąglone
- Oczy zielonkawobrunatne
- Grupa krwi AB Rh+
- Wszystkie funkcje fizyczne potencjalnie sprawne
- Brak zmian w chromosomach
- Brak anomalii genetycznych i mono- oraz poligenicznych
- Bardzo wysoka odporność na alergie
- Brak genów chorób dziedzicznych

Charakterystyka psychiczna

- Inteligencja wysoka, iloraz inteligencji, niezależnie od czynników atmosferycznych, w okolicach 150 (występuje u mniej niż 1% ludzi)

---

* Głowa o obwodzie mniejszym niż 0,77 metra (przyp. aut.).

- Szerokie możliwości dedukcji i indukcji
- Pamięć wysoko rozwinięta
- Wysokie zdolności abstrakcyjnego myślenia
- Zrównoważenie emocjonalne
- Znakomita koordynacja psychomotoryczna
- Brak dziedzicznych chorób umysłowych

Najbardziej zastanawiające w tym studium genetycznym było odkrycie, że człowiek z Całunu nie ma żadnej pary alleli recesywnych, czyli że analizowany przedmiot nigdy nie był homogenetyczny w stosunku do genu recesywnego. Jego homologiczne geny zawsze stanowią parę alleli dominujących albo jeden domunujący, a drugi recesywny. To oznacza, że człowiek z Całunu wykazuje tylko cechy zawarte w allelach dominujących lub cechy pośrednie, gdyż nie jest możliwe, by jakaś cecha objawiała się wyraźnie, należąc do allela recesywnego, w indywiduum heterocygotycznym w stosunku do tego genu.

Wśród 30 000 genów znanych i umiejscowionych na mapie ludzkiego genomu zaledwie 10% ma zweryfikowane swoje rozmaite allele. To są 3000 genów, w których człowiek z Całunu przedstawia zawsze przynajmniej jeden dominujący allel. Prawdopodobieństwo, że taki układ wystąpi u jednostki ludzkiej, wynosi więc 1–2 do potęgi 3000. Aby pojąć wielkość tej cyfry, trzeba powiedzieć, że jest ona nieskończenie większa niż gugol*, największa cyfra używana przez matematyków. Przykładowo: prawdopodobieństwo, że wszyscy ludzie na Ziemi zdobyliby pierwszą nagrodę na loterii każdego dnia swojego życia, jest nieporównywalnie większe.

Wersje Ewangelii

Mateusz

(W pałacu Kajfasza). Wówczas zaczęli pluć Mu w twarz i bić Go pięściami, a inni policzkowali Go i szydzili: „Prorokuj nam, Mesjaszu, kto cię uderzył!"

---

* Gugol – 1 podniesione do setnej potęgi (przyp. aut.).

(W pałacu Piłata). Wówczas uwolnił im Barabasza, a Jezusa kazał ubiczować i wydał na ukrzyżowanie./Rozebrali Go z szat i narzucili na Niego płaszcz szkarłatny. Uplótłszy wieniec z ciernia, włożyli Mu na głowę./ Pluli na Niego, brali trzcinę i bili Go po głowie.

(Droga Krzyżowa). A gdy Go wyszydzili, zdjęli z Niego płaszcz, włożyli na Niego własne Jego szaty i odprowadzili Go na ukrzyżowanie.

(Ukrzyżowanie). Gdy Go ukrzyżowali, rozdzielili między siebie Jego szaty, rzucając o nie losy.

(Święty Całun). Józef (z Arymatei) zabrał ciało, owinął je w czyste płótno i złożył w swoim nowym grobie, który kazał wykuć w skale.

Marek

(W pałacu Kajfasza). I niektórzy zaczęli pluć na Niego: zakrywali Mu twarz, policzkowali Go i mówili: „Prorokuj!" Także słudzy bili Go pięściami po twarzy.

(W pałacu Piłata). Ubrali Go w purpurę i uplótłszy wieniec z ciernia, włożyli Mu na głowę. I zaczęli Go pozdrawiać: „Witaj, Królu żydowski!" Przy tym bili Go trzciną po głowie, pluli na Niego i przyklękając, oddawali Mu hołd.

(Droga Krzyżowa). Następnie wyprowadzili Go, aby Go ukrzyżować. I niejakiego Szymona z Cyreny... który przechodził, przymusili, żeby niósł Jego krzyż.

(Ukrzyżowanie). Ukrzyżowali Go i rozdzielili między siebie Jego szaty, rzucając o nie losy, co który miał zabrać.

(Święty Całun). Ten (Józef z Arymatei) zakupił płótna, zdjął Jezusa z krzyża, owinął w płótno i złożył w grobie, który wykuty był w skale. Przed wejście do grobu zatoczył kamień.

Łukasz

(W pałacu Kajfasza). Tymczasem ludzie, którzy pilnowali Jezusa, naigrawali się z Niego i bili Go. Zasłaniali Mu oczy i pytali: „Prorokuj, kto cię uderzył!"

(Droga Krzyżowa). Gdy Go wyprowadzili (by ukrzyżować), zatrzymali niejakiego Szymona z Cyreny, który wracał z pola. Włożyli na niego krzyż, aby go niósł za Jezusem.

(Ukrzyżowanie). Gdy przyszli na miejsce zwane Czaszką, ukrzyżowali tam Jego.

(Święty Całun). A był tam człowiek, zwany Józef... z Arymatei..., on to udał się do Piłata i poprosił o ciało Jezusa. Zdjął je z krzyża, owinął w płótno i złożył w grobie wykutym w skale, w którym nikt jeszcze nie był pochowany./Jednakże Piotr wybrał się i przybiegł do grobu; schyliwszy się, ujrzał same tylko płótna. I wrócił do siebie, dziwiąc się temu, co się stało.

Jan

(W pałacu Piłata). Wówczas Piłat zabrał Jezusa i kazał Go ubiczować. A żołnierze, uplótłszy koronę z cierni, włożyli Mu ją na głowę i okryli Go płaszczem purpurowym. Potem podchodzili do Niego i mówili: „Witaj, Królu żydowski!" I policzkowali Go.

(Droga Krzyżowa i Ukrzyżowanie). Zabrali zatem Jezusa. A On sam dźwigając krzyż, wyszedł na miejsce zwane Miejscem Czaszki, które po hebrajsku nazywa się Golgota. Tam Go ukrzyżowano.

(Ukrzyżowanie). Żołnierze zaś, gdy ukrzyżowali Jezusa, wzięli Jego szaty i podzielili na cztery części, dla każdego żołnierza jedna część; wzięli także tunikę.

(Zranienie lancą). Lecz gdy podeszli do Jezusa i zobaczyli, że już umarł, nie łamali Mu goleni, tylko jeden z żołnierzy włócznią przebił Mu bok, a natychmiast wypłynęła krew i woda.

(Święty Całun). Zabrali (Józef z Arymatei i Nikodem) ciało Jezusa i owinęli je w płótna razem z wonnościami, stosownie do żydowskiego sposobu grzebania./Biegli obydwaj razem (Szymon Piotr i sam Jan?), lecz ów drugi uczeń wyprzedził Piotra i przybył pierwszy do grobu. A kiedy się nachylił, zobaczył leżące płótna oraz chustę, która była na Jego głowie, leżącą nie razem z płótnami, ale oddzielnie zwiniętą w jednym miejscu.

WYDAWNICTWO AMBER Sp. z o.o.
00-060 Warszawa, ul. Królewska 27, tel. 620 40 13, 620 81 62
Warszawa 2005. Wydanie I
Druk: Wojskowa Drukarnia w Łodzi